倪匡奇情作品集
木蘭花傳奇
30
殺神
（含：重嫌、秘辛）
倪匡
著

目錄

重嫌

秘辛

【總序】

木蘭花VS.衛斯理——倪匡奇幻系列的兩大巔峰

秦懷玉

對所有的倪匡小說迷來說，《衛斯理傳奇》無疑是他最成功、也最膾炙人口的作品了，然而，卻鮮有讀者知道，早在《衛斯理傳奇》之前，倪匡就已經創造了一個以女性為主角的系列奇情故事，甫出版即造成大轟動，《木蘭花傳奇》遂成為倪匡眾多著作中最具特色與最受讀者喜愛的兩大系列之一；只因衛斯理的魅力太過強大，使得《木蘭花傳奇》的光芒被掩蓋，長此以往被讀者忽視的情形下，漸漸成了遺珠。

有鑑於此，時值倪匡仙逝週年之際，本社特別重新揭刊此一系列，希望藉由新的編排與介紹，使喜愛倪匡的讀者也能好好認識她。

《木蘭花傳奇》是倪匡以筆名「魏力」所寫的動作小說系列。原載於香港新報及《武俠世界》雜誌，內容主要是以黑女俠木蘭花、堂妹穆秀珍及花花公子高翔三人所組成的「東方三俠」為主體，專門對抗惡人及神秘組織，他們先後打敗了號稱「世界上最危險的犯罪集團」的黑龍黨、超人集團、紅衫俱樂部、赤魔團、暗殺黨、黑手黨、血影掌，及暹羅鬥魚貝泰主持的犯罪組織等等，更曾和各國特務周旋、鬥法。

如果說衛斯理是世界上遇過最多奇事的人，那麼打擊犯罪集團次數最高的，即非東方三俠莫屬了。書中主角木蘭花是個兼具美貌與頭腦的現代奇女子，在柔道和空手道上有著極高的造詣，正義感十足，她的生活多采多姿，充滿了各類型的挑戰；她的最佳搭檔：堂妹穆秀珍，則是潛泳高手，亦好打抱不平，兩人一搭一唱，配合無間，一同冒險犯難；再加上英俊瀟灑，堪稱是神隊友的高翔，三人出生入死，破獲無數連各國警界都頭痛不已的大案。

若是以衛斯理打敗黑手黨及胡克黨就得到國際刑警的特殊證明文件的標準來看，木蘭花在國際刑警的地位，其實應該更高。

相較於《衛斯理傳奇》，《木蘭花傳奇》是入世的，在滾滾紅塵中演出令人目眩神搖的傳奇事蹟。衛斯理的日常儼然是跟外星人打交道，遊走於地球和外太空之間，事蹟總是跟外星人脫不了干係；木蘭花則是繞著全世界的黑幫罪犯跑，哪裡有犯罪者，哪裡就有她的身影！可說是地球上所有犯罪者的剋星！

而《木蘭花傳奇》中所啟用的各種道具，例如死光錶、隱形人等等，一如倪匡慣有的風格，皆是最先進的高科技產物，令讀者看得目不暇給，更不得不佩服倪匡驚人的想像力。

尤其，木蘭花等人的足跡遍及天下，包括南美利馬高原、喜馬拉雅山冰川、北極、海底古城、獵頭族居住的原始森林、神秘的達華拉宮及偏遠隱密的蠻荒地區等，讀者彷彿也隨著木蘭花去各處探險一般，緊張又刺激。

《衛斯理傳奇》與《木蘭花傳奇》兩系列由於歷年來深受讀者喜愛，書中主要角色逐漸由個人發展為「家族」型態，分枝關係的人物圖越顯豐富，好比《衛斯理傳奇》中的白素、溫寶裕、白老大、胡說等人，或是《木蘭花傳奇》中的「天使俠女」安妮和雲四風、雲五風等。倪匡曾經說過他塑造的十個最喜歡的小說人物，有三個在木蘭花系列中。白素和木蘭花更成為倪匡筆下最經典傳奇的兩位女主角。

在當年放眼皆是以男性為主流的奇情冒險故事中，倪匡的《木蘭花傳奇》可謂是開創了另一番令人耳目一新的寫作風貌，打破過去女性只能擔任花瓶角色的傳統窠臼，以及美女永遠是「波大無腦」的刻板印象，完美塑造了一個女版〇〇七的形象。猶如時下好萊塢電影「神力女超人」、「黑寡婦」等漫威女英雄般，女性不再是荏弱無助的男人附庸，反而更能以其細膩的觀察力及敏銳的第六感，來解決各種棘手的難題，也再一次印證了倪匡與眾不同的眼光與新潮先進的思想，實非常人所能及。

《女黑俠木蘭花傳奇》共有六十個精彩的冒險故事，也是倪匡作品中數量第二多的系列。每本內容皆是獨立的單元，但又前後互有呼應，為了讓讀者能更方便快速地欣賞，新策畫的《木蘭花傳奇》每本皆包含兩個故事，共三十本刊完。讀者必定能從書中感受到東方三俠的聰明機智與出神入化的神奇經歷，從而膾炙人口，成為讀者心目中華人世界無人能敵的女俠英雌。

重嫌

1 無風自動

「所謂女黑俠木蘭花、穆秀珍，全是無中生有，小說家製造出來的人物——」穆秀珍的聲音顯然是因為憤怒，而聽來十分尖銳，她手中拿著報紙，望著報上的一段文字，念到這裡，略停了一停，揮著手，用力在報上拍了一下，再提高了聲音，道：「蘭花姐，你看看，這是什麼話？太豈有此理了！」

為了加重語氣，穆秀珍在說完之後，還重重地「哼」了一聲。

木蘭花和安妮好像都沒有什麼反應，她們手上都拿著一本書，舒服地靠在沙發上，看得十分入神。

穆秀珍仍然瞪著眼，在等著木蘭花和安妮的反應，可是木蘭花翻過了一頁書，安妮也翻過了一頁書，兩人就像是完全未曾聽到穆秀珍剛才所讀的那一段報上的文字一樣。

穆秀珍又用力拍了一下報紙，陡然之間，大喝了一聲，道：「喂！」

安妮放下了手中的書，站起身來，木蘭花卻仍然一動也不動，安妮抬起頭來，笑著道：「秀珍姐，你在學張飛，要喝斷長板橋麼？」

穆秀珍神情憤然，道：「你們兩個，也太麻木不仁了，人家在報上這樣說我們，你們一點也不在乎！」

安妮側轉過頭向木蘭花看去，木蘭花並沒有抬起頭來，但是她卻知道安妮在望著她，她微微一笑，道：「秀珍好像要推翻言論自由的原則！」

安妮跟著笑了起來，穆秀珍鼓著腮，重重坐了下來。

寒流正侵襲這個城市，郊外，朔風呼號，尤其當天色黑下來之後，風聲吹過樹梢，發出尖銳的呼嘯聲，不過室內很溫暖，枯枝在壁爐中，發出熊熊的火燄，醉人的香味，和劈劈啪啪的聲響。

高翔到巴黎國際刑警的總部，去參加一個國際性的反毒品計劃工作，雲四風和雲五風兄弟，則在北歐參加一個巨大的原子反應爐的建設工作，穆秀珍覺得自己家中太冷清，所以也搬了來，她們三個人像以前那樣，聚在一起。

不過，木蘭花和安妮兩人只顧看書，報紙上又有攻擊她們的文字，穆秀珍顯得很不高興。

她坐下來之後不久，又站了起來，道：「安妮，我們來下棋！」

安妮掠了掠頭髮，搖著頭道：「秀珍姐，我不上妳當了，你從來也沒有耐性下完一局棋的！」

穆秀珍自己也有點不好意思地笑了起來，搭訕著道：「你們在看什麼？」

安妮揚了揚手中的書，書的紙張已經很黃，顯然已有相當的歷史，道：「太奇妙了，這是一部奇書，由著名的探險家、旅行家，安東尼博士手寫的。」

穆秀珍「哼」地一聲，道：「這個蘇格蘭人，已經逝世十多年了。」

安妮糾正穆秀珍的話道：「失蹤！」

穆秀珍瞪大了眼，提高聲音道：「別和我爭，一個人失蹤了十多年，就算在法律上，也認為他已經死亡了，我說他死了十多年，有什麼不對？」

安妮是和穆秀珍爭論慣了的，雖然穆秀珍擺出一副嚇人的神態來，但是安妮一點也沒有給她嚇倒，仍是侃侃而談，道：「秀珍姐，你這樣說，有幾個漏洞，第一，就算他死了，也不一定是他失蹤那一天死的，所以，一個人失蹤了十多年，絕不等於他死了十多年，他可能是死了十年，甚至不到十年。第二，法律上認為一個人死亡，不等於這個人已經真正死亡了。」

穆秀珍瞪著眼，她給安妮的一輪辯駁，駁得一句話也回答不出來，呆了半晌，才又好笑地道：「你這小鬼頭，嘴越來越刁了！」

木蘭花直到這時，才抬起頭來，微笑著說道：「秀珍，你的話等於是說，安妮在思想上越來越成熟了，你卻一點也沒有進步！」

穆秀珍「哇」地一聲，叫了起來，道：「你們兩個，是不是想打架？」

安妮和木蘭花一起笑了起來，安妮跳了起來，抱住了穆秀珍，穆秀珍也大聲笑著，兩個人一起滾跌在沙發上，客廳裡充滿了歡樂的氣氛。

穆秀珍翻了一個身，伸手拿起安妮剛才看的那本書來，木蘭花立時道：「小心點，書沒有出版過，是手抄本，十分珍貴，要是弄壞了，沒有法子賠還給人家！」

穆秀珍撇了撇嘴，向書的封面看了一看，一看之下，她就叫了起來，道：「難怪你們看得那麼入神，原來這本書那麼有趣！」

穆秀珍看到的書名是《世界上不可解釋的奇事》，這樣的書名，當然是會引起穆秀珍的興趣的。

安妮接口道：「當然，不然我和蘭花姐不會看得那麼入神，這部書，上下兩冊，一共記載了二十七種不可思議的奇事。」

穆秀珍迅速地翻著書，可是，她顯然一個字也沒有看進去，只是一面翻，一面迫不及待地問道：「在這二十七件怪事之中，哪一件最有趣？」

木蘭花不以為然地搖著頭，穆秀珍就是那麼心急，最好自己一點腦筋也不必動，就可以知道世上的一切。

安妮道：「我還沒有看完，但是我覺得他記載的，澳洲中部沙漠中的那件事，真玄妙到不可思議。」

穆秀珍瞪大了眼道：「怎麼樣的？」

安妮道：「有一隊汽車隊，在一九三〇年，組織橫越澳洲中部的大沙漠，他們有著當時最好的裝配，一直和一家電視台有聯絡，報導他們的行蹤，可是在一天晚上，連人帶車，完全失蹤了！」

穆秀珍呆了一呆，說道：「那也不算什麼，在沙漠中，本來就充滿了死亡陷阱的。」

安妮搖頭，道：「不是，他們一共有八十四個人，四輛大卡車和七輛吉普車，可是全不見了，在無線電聯絡中斷之後，直升機和飛機的搜索持續了十五天之久，可是一點線索也沒有，而在他們失蹤的那一天，沒有氣候突變的記錄，沒有旋風，沒有沙漠變動的記錄，什麼意外也沒有，他們就消失了！」

穆秀珍搖著頭，陡地站了起來，道：「真有趣，我們到沙漠去看看！」

木蘭花笑了起來，道：「已經十多年了，不知道有多少人沿著這隊汽車隊的路線，再進行探險，安東尼教授也曾走過一次，可是其餘所有的人，從雪梨到達爾文港，穿過了沙漠，卻什麼事也沒有！」

穆秀珍卻仍然固執地道：「或許我們再去一次，可以找到點頭緒來的，反正我們閒著，沒有什麼事！」

木蘭花搖著頭道：「你只不過是因為自己閒著，並不是真的對這件事有興趣！」

穆秀珍睜大了眼，木蘭花的神情忽然之間，變得陷入了沉思之中，拍著她手中的書，道：「而且，事實上，比較起來，這一件無風自動的事情，更加玄妙不可思議得多了！」

穆秀珍和安妮同時開口問道：「無風自動？」

木蘭花道：「是的，無風自動，我已經將安東尼教授記載的一切讀了好幾遍，而且，更神秘的是：安東尼教授就是為了探索這件不可思議的事，而突然失蹤的！」

安妮和穆秀珍兩人反倒不出聲了。

她們和木蘭花在一起那麼久，自然知道木蘭花的脾氣，她們知道木蘭花絕不會無緣無故對一件事表示那麼濃厚的興趣的。

而當木蘭花對一件事表示如此濃烈的興趣之際，那就是說：木蘭花已經決定要弄清楚這件事的來龍去脈，她將會有所行動了！

連安妮也不知道安東尼教授記載的「無風自動」是怎麼一回事，但是既然安東尼教授是因為這件事而失蹤的，那麼，這件事必然有一定的危險性，那是一定的了，而如今，這件事可以說和她們都有了關係，穆秀珍雖然心急，也可以知道事情的重要性，所以她也不出聲，只是望定了木蘭花。

木蘭花略停了一停，道：「在第二次世界大戰末期，盟軍和日本軍隊，在緬甸北部的叢林之中，曾經展開過慘烈的爭鬥，有一天，發現了一座寺院——」

木蘭花略頓了一頓，才繼續道：「在這裡，安東尼教授記載得很模糊，他沒有記下準確的日期和地點，安東尼教授並不是那麼粗心的人，這座寺院被發現的日期，他可能沒有去查，可是地點，我看原來可能有一張地圖，但已經被人撕去了！」

木蘭花翻著書，指著書縫中的一頁，誰都可以一眼就看得出，那裡有一頁被撕去了。

木蘭花解釋道：「雖然被撕去了一頁，但是剩下來的前頁和後頁，文字仍然是連貫的，所以我猜想那是一幅插圖——最大的可能是地圖！」

穆秀珍終於忍不住了，她用幾乎是哀求的語調道：「蘭花姐，你快說吧，那座寺院怎麼了？自己會動？」

木蘭花笑了起來，道：「當然不是整座寺院會動，你別心急，要是你不耐煩聽我從頭講起，你可以自己去看！」

安妮說道：「蘭花姐，你說！」

穆秀珍拉過了兩隻墊子，拋了一隻給安妮，兩人一起在木蘭花的面前坐了下來。

木蘭花道：「根據安東尼教授的記載，當時發生戰鬥的雙方，一方是英國軍隊，指揮官是戴維斯少校，另一方是日本南進兵團中著名的驍勇善戰部隊，指揮官是平瀨榮作大佐，事後，英國以壓倒性的炮火取得了勝利。俘虜了平瀨大佐以下的官兵三百餘人，這是一場極其慘烈的叢林戰。」

穆秀珍雖然沒有再插嘴，可是在木蘭花講那一段話之間——她一共擠了五次眼，咳嗽了九次之多。

木蘭花並不理會她，繼續道：「那個叢林地區一向外人罕至，是撣邦族的活動地區，也有一個小小的村落，不過日軍進攻在先，駐在那裡，戴維斯少校是奉命進攻的，目的是在於打通緬北和中國邊界的交通——」

這時，不但穆秀珍有點忍不住了，連安妮也咳嗽了幾次，木蘭花笑了起來，掩上了書，道：「好吧，既然你們那麼心急，我就將事情說得簡單一點，那座寺院，有一口極大的銅鐘，那口大銅鐘，每隔七年的一個晚上，會突然自己搖動，發出巨大聲響，連續約莫十分鐘之久才停止！」

穆秀珍「哼」地一聲，道：「不用說，那一定是擇邦族的土人在搗鬼！」

木蘭花笑道：「安東尼教授的看法，顯然和你不同，他為了要研究這件事，所以在每七年一次，那口巨鐘自己會搖動發出聲響的時候，事先去等著，來探究原因，而他一去就沒有回來，那是一九六六年二月十日的事。」

穆秀珍對這個日子，並沒有給予什麼注意，可是，安妮卻「啊」地一聲，道：「七年一次，還有十天，那口大鐘又該響了！」

穆秀珍聳了聳肩，道：「那又怎麼樣？難道我們也像安東尼教授一樣，去等著那口鐘搖動麼？」

穆秀珍只不過隨便說說，可是令她料不到的是，木蘭花竟然立即道：「是！」

穆秀珍「啊」地一聲。

安妮卻微笑著。

穆秀珍沒有料到木蘭花已有這樣的決定，但是安妮卻是早已料到的了。

由於木蘭花的回答，使穆秀珍感到擔憂、意外，所以一時之間，穆秀珍伸手指著木蘭花，張著口，卻不知道說什麼才好。

穆秀珍還沒有出聲，木蘭花卻又突然地道：「我們的客人來了，真準時！」

安妮揚了揚眉，她沒有聽到什麼聲響，也不知道木蘭花已經約了人，但是木蘭花既然那麼說，那就一定有人來了，她毫不猶豫地站起身，向門走去。

她來到門口，門鈴聲已經傳來，她打開了門，走進門外的小花園，看到花園的鐵門外，站著一個身形相當高大的中年人。

安妮一面向鐵門走去，一面就著門柱旁的燈，打量著她們的客人，同時在猜測著來客的身分。

來客的身形很高，身子很挺直，一件貼身的灰呢大衣，並沒有戴帽子，面色紅潤，大約五十五歲，很明顯的，是一個英國人，而且從他站立著的那種挺直的姿態來看，毫無疑問，他曾經是一個軍人。

安妮的心急速地轉著念，等到她來到了門口，拉開鐵門的時候，她的思索已然有了答案。所以她一面拉開門，一面已然客氣地說道：

「戴維斯少校請進來！」

站在門外的英國人揚起了眉，現出了一種訝異而又有點憤怒的神情來。

這時，木蘭花和穆秀珍也已經走了出來，英國人一面走進來，一面用宏亮的聲音道：「木蘭花小姐，我以為我們之間的約定，是有效的！」

木蘭花微笑著，道：「你說得對，事實上，我並未將你今晚來的事，告訴過任何人！」

英國人不相信地瞪了安妮一眼，道：「可是她——」

木蘭花一面向前走來，一面仍然帶著微笑，道：「這位是我的小妹妹安妮，我剛在和她們講述那座寺院被發現的情形，你的身分和名字，我想是她自己想出來的，是不是，安妮？」

安妮點了點頭，那位戴維斯少校仍然一臉不相信的神情。

木蘭花道：「外面風大，請進來吧，少校，旅途愉快麼？」

木蘭花這樣說，本來只是一句十分普通的客套語，有遠方來客，這句普通的問候話，是對誰都適宜的，可是戴維斯少校對這句普通的問候話的特殊反應，卻連穆秀珍也感覺到了。

這位少校先是陡地一震，接著，便回頭向鐵門外看了一眼，事實上，鐵門外的公路上，靜得除了風在馳動之外，什麼也沒有。

而少校的神色，在那一剎間，也顯得十分驚惶，一個久歷戎馬、經過嚴格軍事訓練的人，是不應該有這種張皇的神態的，而他居然現出了那樣的神態來，那就證明，他的心中的確是有什麼事，令他真正感到害怕！

而且，他也不和木蘭花客氣，在回頭望了一眼之後，就搶先急急向屋子走去，木蘭花、穆秀珍和安妮三個人，跟在他的後面，在他們相繼走進屋子之際，木蘭花回頭向安妮施了一個眼色。

安妮立時點了點頭，她走在最後，在關上門之後，木蘭花、穆秀珍和少校在客廳裡。

而安妮雖然極想留在客廳裡，聽少校談他來訪的目的，和那座奇怪的寺院中會無風自動的那口大鐘的奇事，可是她卻並沒有在客廳中多停留，而逕自上了樓梯，來到了二樓的工作室中。

安妮一進了工作室，就在一張控制台前坐了下來，用熟練的手法按下了一個鈕掣，在她面前的一組九幅螢光幕，就一起亮了起來，幾秒鐘之內，安妮就可以在那九幅螢光幕上，看到木蘭花住屋四周圍的情形了。

從戴維斯少校剛才如此受震動的情形來看，他的旅途之中，可能有什麼意外，也可能是他的安全正受著威脅，安妮完全明白木蘭花的意思，所以安妮才會在工作室中，察看屋子四周圍的情形，看看是不是有什麼可疑的人物跟蹤而來。

但是，從螢光幕上的情形來看，卻又平靜無事，公路上要隔好久，才有一輛跑車疾駛而過，那些疾駛而過的車子，絕沒有任何想停下來的跡象。

屋子左右和後面的空地上，也一點沒有異動。

不過，安妮是一個對一切的事情都十分負責的人，就算她在做的事是枯燥乏味的，她還是一樣全神貫注地做下去，不會中斷的。

沒有可疑之處，她應該給木蘭花一個信號，她按下了控制台旁的一個掣，連按了三下。

這時，在客廳中的木蘭花，正在一個小巧的酒吧前，為客人斟酒，而她的視線，則注視著牆上的鏡子。

在鏡子中，她看到鋼琴上，有一盞小小的綠燈接連閃動了三下，她知道，那是安妮在告訴她，完全沒有意外。

木蘭花轉過身，走出酒吧來，將酒遞給坐在壁爐前的戴維斯少校。

戴維斯少校的神色很不平靜，他的樣子很神氣，可以看得出當年他在戰場上衝鋒陷陣的雄姿，但是歲月不能掩飾他臉上的皺紋，更無法掩飾他心中的驚惶。

穆秀珍一直盯著戴維斯少校，想聽他開口，可是少校卻只是一口一口喝著酒，一聲不出，直到他喝完了酒，他才呼了一口氣。

木蘭花在他的對面坐了下來，道：「是不是有什麼意外？」

戴維斯少校的神情有點迷惘，他搖著頭，道：「不知道！我不知道！」

木蘭花皺了皺眉，雖然她精於推理，往往可以推測到一些人家未曾說出口來的事情，但是，對於戴維斯少校這一連兩聲「不知道」，她卻也無法知道那是什麼意思。

不過，有一點木蘭花可以肯定的是，從戴維斯少校那種迷惘的神情來看，他真的不知道發生了什麼！

木蘭花皺著眉沒出聲，穆秀珍已經冒冒失失地問道：「有人跟蹤你？」

戴維斯少校似乎有點怪穆秀珍冒失，所以只是瞪了穆秀珍一眼，並不出聲。

穆秀珍碰了一個悶釘子，心中也不禁有點生氣，而她又是心中藏不住氣的人，所以她也賭氣轉過頭去，不再理睬戴維斯少校。

戴維斯少校搓著手，想講話，但是嘴唇掀動了幾下，卻又沒有出聲。

木蘭花明白他的意思，指著穆秀珍，說道：「這位是我的妹妹，穆秀珍，以後不論有什麼行動，我都需要她的合作，她是一個極其勇敢的人！」

穆秀珍挺起了胸，但是在心中得意之餘，還是忘了禮貌，咕噥了一句，道：「有什麼了不起，不過是一口自己會搖動的鐘！」

戴維斯少校像是未曾聽到穆秀珍的這一句咕噥，他點了點頭，道：「蘭花小姐，你看過安東尼教授的記載了？」

木蘭花道：「是，可是記載很模糊，希望你能提供進一步的資料給我。」

戴維斯道：「當然，當然，這就是我來的目的——」

他講到這裡，又向窗子望了一眼。

穆秀珍忍不住道：「少校，你只管放心，在我們這裡，比什麼地方都安全，你的膽子那麼小，真不知道你是怎麼打仗的！」

戴維斯現出了一點怒意來，但是他卻沒有發作，只是伸手在自己的臉上撫摸了一下，道：「你想知道什麼情形，蘭花小姐？」

木蘭花道：「從開始，我的意思是，從你指揮兵士進攻開始。」

戴維斯少校望著壁爐中閃動的火燄，陷入了沉思之中，過了半晌，才道：「是的，我們以壓倒性的炮火，攻擊敵人的七個據點，在將對方的火力完全壓下去之後，我們就開始衝鋒，戰役的結束很順利，困守多日的日軍，早就彈藥不繼了，所以，我們並沒有遇到什麼抵抗，就俘虜了平瀨大佐手下三百多人，而且，衝進了平瀨大佐的臨時指揮部之中！」

他講到這裡，略頓了一頓，才又補充了一句，道：「平瀨大佐的臨時指揮部，就是那座奇怪的寺院。」

木蘭花插了一句話，道：「你認為那寺院，不是緬北普通的佛教寺院？」

戴維斯少校雙手一起搖著，道：「不是，完全不是，安東尼教授已經詳細描述過了！」

木蘭花道：「是的，可是我卻有點不明白，例如他的記載說，這座寺院中的所有神像，全是線條極其簡單古拙的石像，認不出是人是獸，那是什麼意思？而且，日軍既然已將這個寺院作為臨時指揮部，難道竟沒有對寺中的神像作破壞麼？」

戴維斯少校道：「沒有破壞，當我帶著兵士衝進去的時候，平瀨大佐帶著司令部的官佐，搖著白旗走出來，他看到我時，曾經大叫，當時我聽不懂他叫的日語是什麼意思，後來通過翻譯，才知道他一再大叫的是：『我投降了，別在寺院中有任何戰鬥，別損壞寺院中的一切！』」

木蘭花「嗯」地一聲，少校又道：「當我處置了他們之後，我就看到了那口鐘，那口鐘至少有兩千磅重，懸在一根粗大的鐵梁之上，離地只有三呎，由三個粗大的鐵環，將鐘和鐵梁連在一起，鐘上所鑄的花紋很奇特，我在伸手摸這口鐘的時候，平瀨大佐和翻譯走了過來，說是有重要的事，一定要和我面談。」

木蘭花道：「平瀨大佐所謂重要的事，就是有關這口鐘的事？」

戴維斯少校道：「是的，當時我也不知道為了什麼，而當我聽完之後，我根本沒有在意，認為那是一件無稽之極的事，也認為日本人是一個不知所謂的民族。」

穆秀珍顯然已被戴維斯的話所吸引，這時候，她忍不住問了一句，道：「平瀨告訴你什麼？」

戴維斯道：「平瀨告訴我，當他進駐這裡的時候，有大約八十個撣邦族人住在這裡一帶，他曾經要族長和他合作，但是族長拒絕，於是，他將那些人當作不合作分子拘捕起來。但其間有的逃亡，有的死去，有一天晚上，族長突然要求見他，神色凝重，告訴他，每七年一次，那口巨鐘會自動響起來，平瀨當然不相信，可是他還是記下了那件事──」

木蘭花道：「族長來告訴平瀨的那一夜，應該是公元一九四五年二月十日晚上，對不對？」

戴維斯少校點頭道：「根據平瀨的記載，的確是這一天。當天晚上，他照例巡視各處佈防區，因為我們已然進軍到了附近，我們的前頭部隊離開他，只不過三公哩左右，戰情十分緊張。據他說，到了午夜，突然之間，鐘聲大鳴，響徹雲霄──」

木蘭花攏著手，道：「等一等，是剛好在午夜時分？」

少校道：「是！」

木蘭花又道：「平瀨大佐只是聽到鐘聲，並沒有看到那口巨鐘晃動？」

少校道：「不是，他說，他聽到了鐘聲，就勃然大怒，以為是那些撣邦族人在攪什麼鬼，於是立即回到了司令部——那寺院中，當他來到那口鐘面前時所看到的事，據他自己所述，簡直令他整個人為之顫慄，而他還是一個職業軍人！」

木蘭花和穆秀珍卻沒有追問平瀨大佐看到了什麼，因為她們知道少校一定會接著講出來的。

少校只停頓了極短的時間，就接著道：「平瀨說，他看到司令部的官佐，人人都圍在那口大鐘之旁，一共有十二個人，那十二個人，個個現出極其怪誕的神色，像是受了高度的催眠，而他才一出現，那十二個人就開始互相殘殺起來，有指揮刀的，就拔出指揮刀，向他人亂砍亂殺，沒有武器的，就用雙手緊緊地掐住人家的喉嚨，而那口大鐘，則不住自己搖晃著，發出震耳欲聾的巨響聲，他想要出聲制止那場殘殺，但是卻一點聲音也發不出來，他像是泥塑木雕一樣，一直到鐘的搖動停止，才恢復了活動的能力。」

少校講到這裡，也不由自主現出恐懼的神色，停了下來。

2 超自然力量

木蘭花不出聲，只是聽著，穆秀珍聳了聳肩，直到現在為止，她仍然對一切事情莫名其妙，一點頭緒也找不出來。

戴維斯少校在壁爐的火燄上搓了搓手，又道：「當時，平瀨大佐將這些事講給我聽，我也根本沒有放在心上，只是反問他，對我提起這件事來是什麼意思，平瀨的回答說，這寺院，這口大鐘，好像有著一股超自然的力量，叫我別破壞它們！」

木蘭花的眉心打著結，道：「你並未曾看到過那口大鐘自己搖擺，發出聲響，是不是？」

少校搖頭道：「沒有，那次戰役是在五月間發生的，當年，戰爭結束，同年十月，我們的部隊就離開了緬北，我再也沒有回去過。」

木蘭花道：「令我不明白的是，為什麼過了二十八年之久，這件事又會和你發生關係呢？」

戴維斯少校搓著手，道：「不是二十八年，應該是七年之前，我在戰爭結束後退役，這件事，也根本忘記了，在戰爭中，各種古怪的事太多，誰能記得那麼多，退役之後，我進了一家汽車製造廠工作，在我遇到安東尼教授的時候，我還在那家廠裡，我們是在一個俱樂部裡遇到的，聽安東尼教授講述他在探險過程中所遇到的一些不可思議的事情——」

少校嘆了一聲，望著酒杯，木蘭花又替他斟了半杯酒，少校拿起酒杯來，一飲而盡。

戴維斯少校在喝下了酒之後，道：「我……很後悔，但當時我忽然想起了那個寺院，那口鐘，想起了平瀨大佐告訴我的故事，於是，我將這件事的經過，源源本本告訴了安東尼教授。」

木蘭花揚了揚眉，示意少校再講下去，可是在那剎那間，少校又現出了一種十分不安寧的神態來，他站起來，又坐下去，接連好幾次。

穆秀珍在一旁，一面搖著頭，一面又拋了一個坐墊給他。少校像是一個小孩子一樣，將穆秀珍拋過來的坐墊抱在懷中。

不過，他那種不安的神色，卻越來越甚。

他好像十分恐懼，而且不願意將以後發生的事向木蘭花說出來，他張開口，可是自他口中發出來的，卻只是「伊伊哦哦」，一些毫無意義的聲音。

穆秀珍沒好氣地道：「你將這一切告訴了安東尼教授，他怎麼表示？」

戴維斯少校又站了起來，道：「他……他……以後的事情，在他的記載中，已經說得很明白了！」

穆秀珍皺著眉，她也看出戴維斯少校的心中，一定有什麼事隱藏著，不肯說出來。

穆秀珍自己是一個十分爽氣的人，所以她也最討厭說話吞吞吐吐的人，何況她一見到戴維斯少校，就對他的印象不怎麼好，所以她忍不住大聲道：「究竟怎麼了？快說啊，我看你心中有事，不敢說出來！」

木蘭花立時道：「秀珍！」

可是木蘭花的那一下叫聲，並未能阻止穆秀珍將她的話講完，而少校在聽了穆秀珍的話之後，不安的神情更甚，自他的喉間，發出了一下充滿恐懼的叫聲來，拋下了他抱著的那個坐墊，一面後退，一面道：「對不起，真對不起，我要告辭了！」

穆秀珍呆了一呆，喝道：「喂，你話還沒說完，不能走！」

可是穆秀珍才一叫出口，戴維斯少校已經陡地轉過身，向門口奔了出去。別看他剛才坐立不安，一行動起來，卻一樣快的出奇。

不過，不論他的行動如何快，總及不上穆秀珍，他才奔出了幾步，穆秀珍已經陡地一閃，攔在他的身前，穆秀珍不但攔住了少校，而且，還準備伸手抓住他的手臂，令他鎮定下來。

可是，就在這時，只聽得樓上傳來了安妮的一下急促的呼叫聲。安妮在叫道：「蘭花姐，快來看！」

穆秀珍陡地一怔，抬頭向樓梯看了一眼。

穆秀珍有這樣的反應，是十分正常的，因為她素知安妮的為人，絕不是隨便驚惶失措，大呼小叫的人，而她如今發出那樣的急呼聲，那就表示，一定有什麼非比尋常的事發生了！

穆秀珍抬頭看去，當然看不到安妮，她只看到木蘭花以極高的速度，向樓梯上衝去。而在此時，戴維斯少校在穆秀珍的肩頭上用力一推。

穆秀珍在猝不及防的情形下，給少校推得打橫跌出了一步，那時，她也理不得少校了，才一沉穩身子，也向樓梯上奔了上去。

這其間，不過是幾秒鐘的時間，木蘭花卻已經到了樓上的梯口，她回頭看了一眼，向著穆秀珍叫道：「留住少校！」

穆秀珍當然心急想知道，何以安妮忽然發出了一下急呼聲，可是戴維斯少校眼看要衝出去了，她不得不先照木蘭花的吩咐，將少校留下來。

是以她立時大聲叫道：「別走！」

她一面叫著，一面向外疾奔了出去，出了屋子，朔風迎風撲來，真叫人有喘不過氣來的感覺。

她看到戴維斯少校已經竄過了花園，來到了鐵門前。用力地搖著鐵門，一時之間，還未能將鐵門打開來，將鐵門搖得發出「鏘鏘」的聲響。那種聲響，和在呼嘯的西北風之中，聽來格外覺得刺耳。

穆秀珍連忙又向前奔去，一面又大叫道：「別走！」

少校回頭看了一眼，看到穆秀珍追了過來，他竟然像是做了什麼虧心事，急於逃走一樣，連爬帶攀，向鐵門上攀了出去。

等到穆秀珍趕到鐵門前的時候，戴維斯少校已經攀上鐵門，穆秀珍大叫一聲，身子躍起來，伸手去拉戴維斯少校的足踝。

可是她這一拉，只拉到了他的一隻鞋子，少校的一隻鞋子被穆秀珍拉脫，人已翻過了鐵門，向下跳下去，穆秀珍叫道：「喂，你只有一隻鞋子——」

她本來是想警告少校，只有一隻鞋子是走不快的，可是她那一句話還沒有講完，就看到少校落地之後，打了一個滾，一躍而起，向前奔去，速度快得就像是一頭受了驚的野兔一樣！

穆秀珍呆了一呆，她也來不及打開鐵門，手腳並用，向上攀了上去，一躍而下，當她落地之際，戴維斯少校離她約莫有二十多碼，而且奇怪的是，少校並不是在公路上向前奔，而是穿過了公路，直撲進公路對面的灌木叢之中去！

穆秀珍當然知道，公路對面的灌木叢並不十分寬闊，再過去就是怪石嶙峋、陡峭的懸崖，以少校這樣高速度的奔馳，他極可能收不住腳，直衝出懸崖去，那懸崖在海邊，有三百多呎高，要是少校跌了下去——

穆秀珍冒著寒風，也竄過了公路，那時，少校已經隱沒在灌木叢中，天色又黑，寒風呼號，穆秀珍根本已經看不到他了。

穆秀珍奔進灌木叢，一面叫道：「少校，有話好說，別再向前——」

她最後的「奔了」兩個字，還未曾出口，就陡地聽到了一下淒厲之極的呼叫聲，那一下呼叫聲，夾雜在寒風呼嘯之中，簡直是令人為之心悸。

穆秀珍也不由自主發出了「啊」地一下叫聲，她也顧不得灌木叢的枯枝會勾破她的衣服，又向前疾奔出了幾步，而她在奔出了幾步之後，所看到的情形，令得她目瞪口呆！

尖厲的慘叫聲還在半空中迴蕩，穆秀珍看到的是，戴維斯少校整個人，正在向著懸崖下跌下去！

在黑暗之中，捲上來的浪花泛出耀目的白色，襯托著迅速下墜的人影，是以看來更加觸目驚心。

戴維斯少校的身子，至少已經跌下了一百呎，穆秀珍再有本領，也沒有辦法救他了，穆秀珍只好無助地發出一下又一下的叫聲。

事實上，只不過幾秒鐘，戴維斯少校淒厲的叫聲停止了，白色的浪花捲上來，又退了下去，一切全變得那麼平靜，就好像在十秒鐘之前，什麼也未曾發生過一樣！

穆秀珍在一生之中，不知曾經歷過多少凶險的事，但是像現在那樣，一個一分鐘之前，還好端端地和她在屋子中講話的人，在一分鐘之後，卻跌下了三百呎的懸崖，這種驚心動魄的事，她過去還不曾有過同樣的經驗，而且，那個人，還是她一直想追回來的。

在那一剎間，穆秀珍只想到一點：要是她不追得那麼急，戴維斯少校會不會跌下去呢？要是她早就出聲警告少校，前面是懸崖，那麼，少校就不會跌下去，慘劇就不會發生了！

穆秀珍雙手緊緊握著拳，木然站著，望著懸崖下捲上來又退下去的浪花，寒風侵襲著她的全身，她站了可能有好幾分鐘，直到接連打了幾個寒戰，她才想到，自己再站著，根本是無補於事的了！

她陡地吸了一口氣，轉過身，急急走出了灌木叢，來到公路上，公路上冷清得出奇，她奔到了鐵門前，翻過了鐵門，叫道：「蘭花姐！」

她一面叫著，一面奔進了屋子，屋子內十分暖和，使得被寒風吹久了的臉頰上，泛起了一股痲癢的感覺，她又叫道：「蘭花姐，少校跌下懸崖去了！」

她在叫著的時候，自然而然抬頭望著樓梯，因為她在離去之際，木蘭花是聽到了安妮的一下急速的呼叫之後，衝向樓上去的。

可是，當她抬頭向樓梯上望去的時候，她又陡地呆了一呆。

樓梯上所舖的淺紫色的地氈顯得很凌亂，那還不要緊，更令穆秀珍吃驚的是，樓梯的欄杆，有兩根從中斷折了開來！

這種情形，說明了一點：有人曾在樓梯上，經過激烈的打鬥！

而且，打鬥的雙方，一定全是在武術上有著極高造詣的高手，要不然，直徑足有兩吋的橡木欄杆，是不會斷折的！

而且，穆秀珍也自然可以想得到，在剛才那段時間之中，木蘭花和安妮兩個人是不可能練習功夫的，那麼，自然是木蘭花和別人在動手了！

穆秀珍一想到激烈的打鬥，就感到莫名興奮，她大叫一聲，道：「我來了！」她一面叫，一面急速地向樓上衝去，可是，當她來到樓上的時候，她看到工作室的門開著，那一列電視機的螢光幕上，仍然顯示著她們屋子四周圍的情形，而工作室中卻空無一人，只有一張椅子倒在地上。

穆秀珍立時轉過身，打開了臥室的門，叫道：「蘭花姐，安妮！」臥室中也沒有人，穆秀珍又撞開了另一間房間的門，然後急速轉身，又奔到樓下，樓下也沒有人，穆秀珍又叫了幾聲，就停了下來，急速地喘著氣。

木蘭花和安妮不在屋子中，這一點，她是可以肯定的了，而木蘭花和安妮的離去，當然是發生在她追趕戴維斯少校那一段時間的事！

穆秀珍無法想像在那幾分鐘之內，究竟發生了什麼事，她只知道曾經有過激烈的打鬥，有人闖進了屋子，木蘭花和安妮可能是追趕敵人而離開了屋子。

穆秀珍想到這裡，伸手在自己的額上重重擊了一下，她是在埋怨自己，要不是在懸崖邊上站了那麼久的話，那麼，她一定可以趕得上那場打鬥的！

穆秀珍心中懊喪，在樓梯上坐了下來，雙手拖著臉頰，等著木蘭花和安妮回來。

可是，足足半小時過去了，木蘭花和安妮兩個人卻還沒有回來！

在這半小時之中，穆秀珍站起、坐下、踱步、打轉，像是足足過了半年一樣，她越等越心急。不過，她絕沒有為木蘭花和安妮擔心什麼，她相信木蘭花和安妮有應付一切惡劣環境的能力。

穆秀珍強迫自己安靜下來，這時候，她才想起自己應該通知警方，快點去打撈戴維斯少校的屍體了，要是木蘭花回來，知道她遲了半小時才做這件事，那麼一定要責怪她的了！

穆秀珍來到電話前，撥了警局的號碼，當有人接聽之後，她先道出了自己身分，然後將經過的事，向值日警官說了一遍。

值日警官在記下了穆秀珍所說的經過之後，道：「方局長在辦公室，是不是要和他講幾句話？」

穆秀珍略想了想，道：「也好！」

她等了片刻，就聽到了方局長的聲音，道：「秀珍，我看了值日警官的記錄，究竟是怎麼一回事？」

穆秀珍不禁苦笑了一下，因為究竟是怎麼一回事，她全然說不上來，她只知道在緬甸北部的叢林之中，有一個古怪的寺院，那寺院之中，又有一口會無風自動的巨鐘而已。但是在這樣的寒夜，如果向方局長說這種事，是不難被人疑心自已發了神經病的。

所以，穆秀珍怔了一怔，只是道：「究竟是什麼事，我也說不上來，蘭花姐回來會告訴你的，還是快派人去找那位少校吧！」

方局長「哦」了一聲，道：「蘭花不在？他到什麼地方去了？」

穆秀珍道：「我也不知道！」

方局長靜了片刻，穆秀珍的回答當然令他不滿意，但是他也深知穆秀珍的為人，知道她說了不知道，那就是真的不知道了，他只是說道：「好的，我馬上派人來！」

穆秀珍放下了電話，轉過身來，客廳中很整齊，並沒有什麼打鬥的跡象。

可是，穆秀珍在一看之下，只覺得客廳中像是少了什麼東西。

她皺著眉，客廳中少了什麼呢？好像什麼都在，可是感覺上，又實實在在少了一點什麼！

穆秀珍一面搔著頭，一面向前走去，當她在一張沙發上坐下來之際，她又陡地跳了起來，她想出來了，少了的是那兩本手抄本的書，安東尼教授所著的那兩本書。

那兩本書很厚，體積也很大，可是現在卻不見了！

穆秀珍瞪大著眼，所有的事，從發生到現在，還不足一小時，一小時之前的事，自然就像是在眼前一樣，她記得木蘭花和安妮一起在看那兩本書，而她則對著她們在讀報紙！

報紙，那份報紙還在，可是那兩本書卻不在了！

穆秀珍開始想到事情有點不對勁，戴維斯少校來了之後，那兩本書一直放在沙發上，接下來發生的事，戴維斯少校奪門而走，安妮發出驚叫聲，卻來得那麼突然，而以後，照樓梯上的情形看來，木蘭花曾和人有過爭鬥，那麼，木蘭花是不是從容到有時間將那兩本書收了起來？

穆秀珍覺得那不太合邏輯，所以，她開始感到自己一開始的推斷有點不對了，她是推斷木蘭花在追敵人，所以才和安妮離開了屋子的。

但是現在再檢討起來，就發現敵人是有目的而來的，木蘭花和安妮是被迫離開屋子的可能性更加大一點！

因為那兩本書已經不在了，而敵人的目的，是那兩本書，書不見了，自然是敵人佔了上風！

穆秀珍一想到這裡，不禁發起急來，她又衝上了工作室，按下了幾個掣，希望木蘭花和安妮在離去的時候，身上帶著無線電波發射機，那麼，她就可以在顯示蹤屏上發現她們的去向。

可是穆秀珍卻失望了，她沒有發現什麼。

而這時，警車的警號聲，已經自遠而近傳了過來，不到十分鐘，屋子中已滿是警員，穆秀珍吩咐兩個警員留在屋子裡，木蘭花一有消息，就來通知她，而她則帶著其餘的警方人員，離開了屋子，穿過了公路和灌木叢，來到了懸崖邊。

這時，漆黑的海面上，有探照燈的光芒在移動，有三艘水警輪也奉命趕到了，懸崖上的警方人員也亮起了探射燈，同時，用無線電對講機，通知著水面上搜索的人員，戴維斯少校墜崖的地點。

海面上十分黑，風浪也很急，要找尋一個自懸崖上跌進海中的人，顯然不是一件容易的事情。

時間慢慢地過去，穆秀珍仍然未曾得到木蘭花和安妮的消息，而越是接近天亮，氣溫就好像越來越低，儘管，在天色微明時分，接到了水警輪方面的通知，已找到戴維斯少校的屍體！

穆秀珍回到了屋子裡，送走了警方人員，天色已經大亮了。

天氣陰霾而寒冷，壁爐的爐火早就熄滅了，穆秀珍也不再去點火，她只是焦急地握著手，望著電話，忙了一夜，她也沒有倦意，只是盼望木蘭花和安妮回來，可是卻一點消息也沒有。

穆秀珍越等越心急，好不容易，聽到門外有汽車的聲音，她忙自窗口望下去，看到一輛警方的車子停在門口，一個警官剛從車中跳出來。

穆秀珍認識那個警官，那是負責謀殺案調查的楊科長。

穆秀珍看到是他，不禁皺了皺眉。楊科長無異是一位極優秀的警務工作人員，警方的特別工作主任高翔，對楊科長縝密的頭腦，負責的工作，有著極高的評價。

不過就人論人，穆秀珍不但不欣賞楊科長，她覺得楊科長的人太深沉，臉上永遠是那樣平平淡淡、冷冷漠漠的，好像即使是整個天空正在轟隆轟隆地塌下來，也難以引得他抬頭向上望一望似的。

穆秀珍自己是一個如此開朗和表面化的人，自然無法欣賞性格和她全然不同的楊科長了！

她看到楊科長在下了車之後，板著臉，他那張寒臉，真會使人覺得天氣更冷！

楊科長按著門鈴，穆秀珍有點不願意，但是她還是走出去，開了門，楊科長只是望了穆秀珍一眼，連「穆小姐，你好」也沒有說一聲，穆秀珍也賭氣不出聲，兩個人一起進了屋子。

楊科長也不坐下來，進了屋子之後，又再看了一下，才用冷冰冰的聲音道：

「木蘭花小姐不在？」

穆秀珍沒好氣地道：「不在，我也等了她一夜，一點消息都沒有，要是你忙的話——」

穆秀珍略頓了頓，她那樣說，簡直是在暗示楊科長可以離去了。

不過，楊科長卻並沒有要離去的表示，他打開了手中的文件夾，向穆秀珍望了一眼，道：「穆小姐，請你將戴維斯先生墜崖時的情形說一說！」

穆秀珍瞪大了眼，道：「為什麼？有什麼意外發現？」

可是楊科長的聲音，卻仍然是那麼平淡，他也沒有說別的，只是重複地道：

「請你將戴維斯先生墜崖的經過說一說！」

穆秀珍瞪著楊科長冷漠而沒有笑容的臉，一時之間，氣得幾乎講不出話來，直到她心裡連罵了七八聲「殭屍」之後，她才想到，楊科長是警方人員，他自然是為公事而來的，自己有義務要回答他的問題，這才忍下了心頭的怒意，將經過的情形約略講了一遍。

楊科長一面聽，一面記錄著，等到穆秀珍講完，他才冷冷地問道：「你在追他出去的時候，沒有發現有別的人？」

穆秀珍道：「沒有！」

她的心中又罵了一聲「殭屍」，當她望著楊科長瘦長、蒼白、冷漠而無表情的臉，真像是一具殭屍之際，她感到一陣快意。

楊科長又問道：「在灌木叢中，在懸崖邊上，也沒有別的人？」

穆秀珍實在有點不耐煩，大聲道：「沒有！沒有！」

楊科長連眼睛也不翻一下，雖然穆秀珍的聲音已然完全是在叫喊了。

他翻了翻文件夾中的一些文件，聲音仍然是那樣冰冷、平板，道：「穆小姐，戴維斯先生不是自己失足跌下去的！」

穆秀珍又是好氣，又是好笑，道：「不是自己跌下去的，難道是有人推他下去的？」

楊科長這才用冰冷的眼光望著穆秀珍，道：「不但是推，穆小姐，他的後腰上中了一刀，那柄五吋長的利刀還留在他的腰際，他是中了一刀之後，再給人推得跌下懸崖去的！」

穆秀珍陡地站了起來，一時之間，驚訝得一句話也說不出來！

戴維斯少校是被人刺了一刀之後，才跌下懸崖去的？這真是她做夢也想不到的事！可是，楊科長是一定不會胡亂揑造出這個事實來的，他根本沒有揑造的必要！

楊科長一直盯著穆秀珍，陡然之間，穆秀珍明白他是為什麼來的了！

穆秀珍在明白了楊科長的來意之後，只是發怒，而並不吃驚，她陡地叫了起來，道：「你在想什麼，是我刺了他一刀，推他下去的？」

楊科長連眼皮也不顫動一下，冷冷地道：「當時，只有你和他兩個人，而他中刀的部位，是他自己無法刺得中自己的！」

穆秀珍氣得大叫了起來，可是她憤怒的叫喚，顯然全然無補於事。

楊科長又冷冷地道：「穆小姐，在職責上，你是唯一的疑犯，所以，我要拘捕你！」

穆秀珍實在忍不住了，她將在心中罵了幾百遍的話，罵了出來，用盡了氣力，吐道：「你這個臭殭屍！」

楊科長仍然連眼皮都不曾抬一下，顯然他被人罵著「殭屍」，也不是第一次了！

安妮在工作室中，對著那三列九幅螢光幕，全神注意著，可是她的心中也不禁在想，戴維斯少校在客廳裡對木蘭花和穆秀珍，說些什麼呢？

當她想到這一點的時候，她立時又想到，明天，應該花一點工夫，去裝置一個傳音裝置，使她能在工作室中，同時也能聽到客廳中的聲音，那麼，現在她就可以知道戴維斯少校在講些什麼了！

而當她那樣想之際，她忽然想起，她們屋子的客廳中，也有著四支電視攝像管，那是雲五風替她們裝的，裝好之後，還沒有用過。

安妮一面心中暗罵著自己蠢，一面又按下了幾個掣，不到半分鐘，另一組四幅螢光幕也亮了起來，客廳和飯廳中的情形，全在眼前了。

安妮又調節了幾個掣，雲五風顯然忘記了傳音裝備，使安妮只能看到客廳中的情形，而聽不到聲音，她這時看到的，正是戴維斯少校抱著一隻坐墊，神情極其驚惶不安。

看到一個身材魁梧的中年人，像小孩子一樣，抱著坐墊，安妮忍不住笑了起來。

她笑著，可是突然之間，她的笑聲中止，因為就在那時，她看到飯廳通向廚房的那扇門，正在不斷地打開又關上。

那扇門那種開關搖動的情形，就像是有很強烈的風，在將門吹來吹去一樣。

可是安妮才從客廳上來，她可以肯定外面的風雖然大，但是客廳裡卻是一點風也沒有的，要是客廳裡有風，木蘭花和穆秀珍怎麼會不知道？

然而，那扇門的確像是被風吹動一樣在搖動著，安妮陡地吸了一口氣，又向木蘭花望去，她看到木蘭花和穆秀珍正一起望著戴維斯少校，並沒有留意那扇從客廳通向廚房的門正在搖動。

安妮越想越奇怪，站了起來，可是，當她站起來時，她又看到，那扇門好端端地關著，一點事也沒有。

安妮不禁擦了擦眼，剛才，她明明是看到那扇門在移動的，難道是眼花了？那是不可能的事！

安妮心中在想著，是不是應該將看到的事情告訴木蘭花，她正在那樣想，還未曾有決定時，客廳中的情形也起了變化。

她看到戴維斯少校拋下了坐墊，向後退去，然後轉過身向門口奔去，而穆秀珍則閃身攔住了戴維斯少校的去路。

而也就在那同時，她也看到，剛才並不是她眼花，通向廚房的那扇門，又迅速地打開來，有一樣東西，正出現在門口。

3 怪物

她應該想到，是一個人出現在門口，可是無論如何，她看到的不是一個人！那真是很難形容的，那東西在門打開之後，像是想走出來，那東西的形狀，有點像人，但是卻更像是一具石像——一具雕刻線條十分古怪，看來似人非人，似神非神的一種東西。

安妮那一剎間所想到的是，她絕無法將她看到的東西形容出來，一定要通過電視錄影裝備，將之錄下來才行。

她一想到這一點，立即開始行動，而在那前後不過半秒鐘之際，她又看到那「東西」，正退回廚房去，門也隨之關上。

安妮忙按下了一個掣，一面急叫道：「蘭花姐，快來看——」

當她按下了那個掣之後，她才知道，自己做了一個極大的錯誤。

因為她按下的，並不是開動錄影機的掣，反而按錯了關電視機的掣，四幅螢光幕上，光芒閃了一閃，隨即什麼也看不到了。

而就在那時，她聽到了木蘭花的叫聲，木蘭花在叫穆秀珍留住戴維斯少校。

接著，便是腳步聲，木蘭花衝了進來，道：「什麼事？安妮？」

安妮在看著電視機，一時之間，竟說不出話來，自然，她只不過呆了短短的時間，便立時道：「一個……怪物！」

木蘭花在那剎間，顯然並沒有懷疑安妮那句話的真實性，因為她知道安妮從來也不是大驚小怪、胡言亂語的人，她大步跨進來，又打開了電視機。

可是，等到電視螢光幕迅速亮起來之後，那扇門關著，毫無異狀。

木蘭花向安妮望了一眼，再去看另一組螢光幕，房門大開，穆秀珍已經追著戴維斯少校出去，木蘭花看到了穆秀珍正拉下少校的一隻鞋子，順手拋了開去。

木蘭花又向安妮望去，安妮急急道：「蘭花姐，真的，一個怪物，一定還在廚房裡，我們一起去看！」

木蘭花立時轉身，和安妮一起向門口奔去。

工作室的門開著，然而，當她們才奔到門前，準備衝出去時，工作室的門陡地極快地合攏來，木蘭花的反應何等之快，立時一腳踢出，可是當她一腳踢出之際，門已經「砰」地一聲關上了！

普通房子的房門，都是向著房間內打開的，但是木蘭花的那幢小房子中，所有房間的門，打開的方向卻恰恰相反，全是向外開的。

因為木蘭花的生活極其多姿多采，而她在歷年來，在對付各種各樣的罪犯之中，結下了不少強敵，那些敵人，有的是極具才能，而且危險性極高的人，所以木蘭花的住所之中，有著種種科學化的裝置，來防止這些敵人的侵入。

她故意將房門開啟的方向，弄得和傳統的建築相反，是基於「給敵人任何微小的不方便，就是對自己有利」這一原則而設計的。

當然，僅僅將房門反裝，絕擋不住凶惡敵人的來襲，但是來襲的敵人，一心以為門是向內推開，而實際上卻是需要向外拉才能打開之際，他就可能有幾秒鐘的耽擱。在生死攸關的爭鬥之中，幾秒鐘的時間，就可以決定生死了！

而且，事實上，木蘭花好幾次死裡逃生，賜給她轉機的，也只不過是敵人一秒鐘的猶豫而已。

這時，木蘭花和安妮疾衝向門口，房門突然由外合攏來，木蘭花剎那之間就可以肯定，那絕不是風吹得門關上的，因為那時，在感覺上，根本沒有風！

如果不是風將門吹動，那麼，一定是有人在門外，用力推那扇房門了。

木蘭花的反應來得十分快，她立時一腳踢出，想將門踢開。以她那一腳的力道而論，足可以踢開門，而且將門後的人撞倒的！

可是她的反應雖快，還是慢了一步，等到她一腳踢在門上之際，門已經關上了，門關上時所發出的「砰」然聲響，和她一腳踢在門上的那一下聲響，幾乎是同時傳出來的，緊接著，她又聽到好像有什麼東西，在門外向門上撞了一下。

木蘭花立時料到，那可能是在門外推門的人，用的力道太大，以致雖然他迅速地將門關上，但自己的力道也收不住，一下子撞到了門上。

不過，木蘭花這時自然沒有時間去深究這樣的瑣事，她立時喝了一聲：「什麼人！」同時，她伸手去開門，又叫道：「安妮！」

她只不過叫了一聲「安妮」，並沒有叫安妮做什麼，可是安妮和木蘭花在一起久了，自然知道木蘭花以這樣的語氣，在這樣的情形下叫她，究竟是為了什麼。

她知道木蘭花未說出來的話是在警告她，有危險的事要發生了，快準備應付，所以安妮一面也向門口奔去，一面已順手將桌上一隻扁平的金屬盒子抓在手中，在那隻扁平的盒子中，有著可以應付困境的工具，和幾件袖珍型、但是效果十分好的武器在。

安妮才一抓了盒子在手，木蘭花就已經推開了門，門一推開，木蘭花就以極快的速度竄了出去，而安妮則緊隨在身後。

可是，剛才將門推上的那個人——如果是一個人的話——的行動，快得出乎她們的想像之外。

她們才衝出房間，就聽得廚房門也是「砰」地一聲，真難以想像那人如何在這麼短的時間內，從樓上到了樓下，又奔進了廚房之中去的。

木蘭花連一停也沒有停，立時衝向樓梯扶手，安妮也衝了過來。

安妮比木蘭花更敏捷，她一衝向樓梯的扶手，手在扶手一按，就毫不猶豫地越過了扶手，向樓下直跳了下去！

樓上樓下的高度，大約是十二呎，木蘭花剛想提醒安妮小心，眼前突然黑了下來！屋子的電源被截斷了！

在黑暗之中，木蘭花聽到安妮落地的聲音，一聽到那種輕微的聲音，木蘭花就知道，安妮充分發揮了自高處躍下的技巧，全身肌肉收縮，直到落地的一剎間才彈開來，她並沒有受傷。

木蘭花預料得不錯，她立時聽到安妮叫道：「蘭花姐，我沒事！」

木蘭花還未曾來得及回答安妮的話，在黑暗之中，一股勁風突然迎面襲了過來！

直到現在為止，一切的事情，發生得實在太突然了，以致木蘭花根本一點預防也沒有，她也沒有戴上有紅外線的眼鏡——如果戴上那種眼鏡的話，她就可以在黑暗之中，看到發生的一切。

但這時，她什麼也看不到，她只是感到有一股勁風向自己迎面襲來。

這種在木蘭花可以毫不懷疑感覺到有人向她襲擊的感覺，普通人是感覺不出來的，但是木蘭花非但可以感覺得到，而且從極輕微的空氣激盪的聲音中，她還可以立即判斷出，向自己迎面襲來的，一定是一柄極其鋒利、形狀略彎的利刀！

木蘭花的反應極快，她立時頭向後一仰，同時，一腳踢了出去。

這一下反擊，立時有了結果，她明顯地感到，她踢中了一個人！

那個人發出了一下悶哼聲，接著，便是那個人跌下樓梯去的聲響。

那人在跌下樓梯去之際，顯然對他自己的身子已經完全失去了控制，是東倒西歪，直撞了下去的，是以又傳來了幾下欄杆斷折的聲響，不過那幾下聲響，聽來十分異樣，引得木蘭花略呆了一呆。

當電燈突然熄滅之際，安妮剛好落地，她一滾躍起，仍然衝向廚房的房門，推開門，進了廚房。

她一進廚房，就聽到樓梯上傳來乒乒乓乓的聲音，她還未曾出聲問發生了什麼事，就聽得木蘭花大叫道：「安妮，小心！」

安妮已經來到了電掣箱的前面，一聽得木蘭花出聲警告，立時轉過身來。

她才一轉身，就立即知道，有人也衝進了廚房來。安妮順手推過一張椅子去，可是，衝進來的那人，勢子十分快，安妮推出的那張椅子，並沒有撞中他，從聲響聽來，椅子是撞在牆上了！

接著，廚房通向後院的門也被撞開，寒冷的北風捲了進來，就著外面的一點微光，安妮依稀看到一個矮小的影子閃了一閃，就沒有了蹤影。

安妮忙轉身，撲到了電掣箱，她的手才一碰到電掣箱，就知道總掣被人關掉了，她拉下總掣，全屋的燈光復明，木蘭花也已進了廚房。

木蘭花和安妮互望了一眼，立時一起向廚房的後門奔出去，一面奔，木蘭花一面問道：「你看到了什麼？」

安妮道：「一個矮小的人影！」

在到了後院，離開屋後的圍牆還有五六呎時，木蘭花身子就躍了起來，雙手按住了牆頭，身子翻起，翻過了圍牆。

安妮接著也翻過了牆，牆後是一個長滿了灌木的小土坡，雖然寒風呼號，但是她們還是可以聽得出，灌木叢中，有一點異樣的聲音傳來。

那顯然是有人在灌木叢中，迅速地向前奔逃著，木蘭花和安妮兩人毫不猶豫地奔了過去。

她們穿過了灌木叢，越過了那土坡，她們一直沒有看到要追逐的人是什麼樣子，但是憑她們敏銳的感覺，她們卻可以知道，她們要追的人，一定就在前面，所以她們一直不斷地向前追著。

在漆黑、寒風呼號的晚上，在荒山野嶺之中，要追逐看不到的目標，實在是一件十分困難的事，可是她們還是一直向前追著。

木蘭花和安妮都是經過嚴格體力訓練的人，尤其是木蘭花，自小就接受嚴格的東方武術的訓練，體力的發揮，可以說是在常人的三倍以上。

可是，在將近兩小時不斷的奔跑之後，她也不禁有點氣喘了起來，安妮在半小時前就開始落後，但還是咬緊牙關，跟在木蘭花的後面。

木蘭花一面追，一面心中也不禁想到在前面奔逃的，是什麼樣的人，何以他們的體力，竟可以如此之持久，還在自己之上？

木蘭花對自己的住所四周圍的環境，自然相當熟悉，她估計。在這兩小時之中，她已經追出了大約五英哩，連綿起伏的山坡應該中斷，前面該是公路了！

她的估計沒有錯，當她迅速翻過了一個高坡之後，就看到了在山中開出來的，只不過三十呎寬的公路。

在這種偏僻地方的公路，兩旁並沒有路燈，但是無論如何，在平坦的公路上，總是比較明亮些，木蘭花立時看到了她追逐的目標。

她在黑暗中，並不是白追的，一共是兩個人，那兩個人，在過去的兩小時之中，一直被木蘭花和安妮在追著，看來他們也是剛到公路不久。

奇怪的是，他們到了公路之後，並不再奔逃，只是在公路上不斷地跳著。

公路是在山中開出來的，木蘭花追到由山開出來的懸崖上，從上面向下望去，約有三十呎高，那兩個這時在公路上跳著的人，自然是跳下去的！

三十呎高！下面是堅硬的公路路面，如果是在生命受到極度的威脅之下，木蘭花也可能會毫不猶豫地向下面跳下去！

但是，在這樣的高度躍向堅硬的路面，要說能確保不受傷，木蘭花也沒有把握，如果她這時不是親眼看到，那兩個人就在公路上跳躍著，她會說，世上沒有人可以從那樣的高度跳下硬地而不受傷！

木蘭花在懸崖邊上略為停了一下，安妮也喘著氣，趕了過來。

安妮是直衝了過來的，她幾乎站立不穩，急速地喘著氣，木蘭花忙扶住了她。

下面公路上的那兩個人還在跳著，天色很黑，其實根本看不清他們的樣子，只不過依稀可以看出，那是兩個人，身材很矮小，大約只有四呎左右，那不像是成年人的身高，而如果不是他們的身上穿著灰白色的衣服的話，可能還根本看不出他們的身形來。

安妮被木蘭花扶住，一面喘著氣，一面道：「他們……是怎麼下去的？」

木蘭花還沒有回答，在公路上的那兩個人居然也聽到了上面有人聲，一起抬起頭來。

他們抬頭向上一看，連木蘭花也不禁嚇了一大跳，安妮更是立時叫了起來，道：「就是那怪物！」

那兩人，用「怪物」來形容他們，實在不算是過分，因為他們一仰起頭來，連臉上也是灰白色的一片，好像有五官，但是在黑暗中看來，卻只不過是幾個黑色的斑點，如果不是他們在跳著，又在揮舞著雙手的話，那麼，他們只像是兩截塗了灰漆的樹幹！

木蘭花一伸手，自安妮的手中取過了那隻金屬盒子來，但是她還未曾有機會將金屬盒子打開來，公路上的那兩個人便一起發出了尖銳的呼叫聲，而同時，汽車的疾駛聲也傳了過來。

那輛汽車的來勢，快到了極點，速度至少在八十哩以上，而且在轉過一個彎角之際，完全沒有慢下來，可見得駕車人技術的高超。

汽車直駛向公路上的那兩個人，車門也打開，當車子在那兩個人的身邊駛過之際，那兩個人動作之快，簡直就像是兩頭野兔一樣，立時竄進了車中，車子的速度，甚至沒有慢下來，一面向前駛，車門也立時關上。

這一切的經過，只不過是極短的時間，不超過三秒鐘，木蘭花本來想以金屬盒中的武器，襲擊在公路上的那兩個人的。

可是，當汽車一出現之際，她就改變了主意，當汽車掠過，那兩個人竄進了車廂之際，木蘭花也已經扳動了她握住的一柄槍的槍機。

自那柄槍中射出來的，並不是子彈，而是一枚有著強力磁性的，小型的無線電發射儀。

車子的去勢雖然快，幾乎在轉瞬之間，便已經轉過了公路的彎角，而且迅速地遠去，但是木蘭花還是肯定她射出的那枚小型無線電波發射儀，已經射中了那輛車子，而且，已經牢牢地吸在那輛車的車身之上了！

木蘭花吸了一口氣，她在盒子蓋中，拉出了一幅只有兩吋見方的螢光幕來，按下了兩個掣，螢光幕亮了起來，有一個亮綠點，迅速在向前移動著。

木蘭花和安妮兩人互望了一眼，木蘭花熄了螢光幕，蓋上了盒蓋，向下略看了一看，兩個人一起踏著懸崖上的石角，攀了下去。

等到她們過來，到了公路上後，安妮問道：「蘭花姐，這兩個……這兩個……」

木蘭花一面迎著寒風，向前走去，一面道：「安妮，這兩個是人！」

安妮苦笑了一下，她就是心中覺得這兩個不怎麼像人，倒更像是什麼怪物，所以那句話才遲疑了一下，未曾盡快地講了出來的。

這時，她跟在木蘭花的身後，道：「這兩個人……他們不見得也是學我們那樣攀下來的吧！」

木蘭花搖頭道：「不是，我追得他們相當近，他們沒有時間慢慢攀下來！」

安妮的聲音有點駭然，道：「那麼，他們……他們難道是跳下去的？」

木蘭花道：「我想是這樣！」

她們繼續沿著公路向前急速地走著，希望在路面能發現一輛車子，可以繼續她們的追蹤，可是，在如此的寒夜之中，這條公路又是如此之偏僻，要發現一輛車子，實在是十分困難的事。

木蘭花回頭向安妮望了一眼，當她看到安妮的臉上充滿了疑惑的神色之際，她道：「安妮，根據已經發生的事實，你應該可以推斷得到這兩個人是什麼人！」

安妮沒有出聲，緩緩吸了一口氣，她知道，木蘭花那樣說，是對她的智力和推理能力的一種考驗，而且，木蘭花既然這樣說，那麼，她心中對那兩個人，自然已經有了一定程度的了解了！

安妮咬了咬下唇，她一直以木蘭花作為自己的榜樣，木蘭花可以想得到的，她也應該可以想得到！

她一面向前走著，一面急速將零零碎碎的事組織了起來，這兩個人的身形十分矮小，比平常人為矮。只有四呎上下，而他們的動作十分敏捷，敏捷得超乎尋常，而且他們的體力十分驚人，不像是少年人，他們可以持續奔跑兩小時之久！

他們的服裝十分古怪，他們的臉上，看來也是一片灰白，那自然是因為他們的衣服連著頭套住的緣故，如果他們的的確確是人，而不是什麼怪物的話，那麼，他們應該是某一個地方的土人！

安妮的臉上，開始現出了一絲微笑，她將她所想到的講了出來。

木蘭花嘉許地點著頭，道：「不錯，可是你還沒有最終的結論！」

安妮道：「我不能作最終的結論。」

木蘭花道：「你的推理能力十分高，可是對任何事情，要作出最終的結論，還要依靠豐富的知識，如果你能知道什麼地方的土著是身材矮小、體力極強、行走如飛，而又喜歡穿連頭套住的衣服的話，那麼，你就可以作出最終結論了！」

安妮望著木蘭花，道：「蘭花姐，他們是什麼地方的土人？」

木蘭花的聲音很平靜，道：「他們是緬甸北部，在叢林區和山區生活的撣邦族人！」

安妮吁了一口氣，道：「蘭花姐，妳好像什麼事全知道！」

木蘭花轉過頭來，望著安妮，神情十分嚴肅，道：「世界上還沒有一個人可以知道一切，但是有的人知道得多，有的人知道得少，知道得多的人，也沒有什麼秘訣，就是不斷地在書本上或實際生活中接受知識，你看一本書，當時可能只不過為了興趣，也可能覺得沒有什麼用，但是你卻在書本中得到了知識，知識累積起來，就變成智慧了！」

安妮抿著嘴，點著頭，在寒風和黑暗之中，她的神情看來也極其嚴肅。

她們繼續向前走著，那時，穆秀珍早已回來，在家裡等著她們了，可是無論穆秀珍怎麼想，也想不到安妮和木蘭花會冒著寒風，在荒僻的公路上步行！

木蘭花大約每隔十分鐘，就揭開盒蓋，拉出那幅小螢光幕來，查看那輛車子的去向，出乎她的意料之外，車子竟然是向市區駛去的，不過在進入市區之後，又轉入了另一條公路，一直向前駛。

木蘭花像是在喃喃自語，道：「這是什麼地方？」

安妮道：「看情形，他們的目的地，是在新落成的大碼頭！」

木蘭花略點一點頭，沒有再說什麼。

新落成的大碼頭，是本市日新月異，許多項大建設中的一項，在一個衛星城市的附近，所興建的，是合乎世界第一流標準的貨櫃運輸碼頭。

當這個碼頭啟用之際，木蘭花曾和安妮一起出席過一項啟用儀式，那的確是宏偉壯觀的建築。可是，那兩個人為什麼要去這個碼頭呢？

又步行了大半里，她們才在路邊發現了一間小屋子，屋子門外，停了一輛汽車。木蘭花和安妮互望了一眼，安妮向著屋子低聲道：「對不起！」

她只花了十分鐘的時間，就弄開了車門，接著，發動了引擎，車子向前駛去。當然，她們的目的地，就是大碼頭。

那輛車子舊得可以，安妮在駕駛了它之後不久，就發現它最高的速度，不能超過四十哩，一過四十哩，整輛車子就會像肺結核第三期的病人一樣，劇烈地嗆咳起來。

但是有一輛車子，總比較好一點，二十分鐘後，她們又找到了第二輛。

第二輛車子正常得多了，可是，當她們來到大碼頭的時候，天也快亮了。

木蘭花一直注視著小螢光幕。

車子進入了大碼頭的範圍之後，安妮減慢速度，車子沿著碼頭向前駛著，在朦朧的晨曦之中，可以看到一艘艘巨大的遠洋輪船停泊在海邊，海面上還有很多艘船。

清晨的大碼頭，顯得很靜，繁忙的貨物吞吐工作還未曾開始，巨大的卡車一輛一輛地停著，二十幾呎長的貨櫃箱，排列在碼頭另一邊，倉庫之外。

木蘭花留意看著碼頭的四周，兩個護衛人員走了過來，對安妮駕駛的車子投以奇怪的一眼，但是卻並沒有過來干涉，安妮繼續駕車前駛。突然之間，小螢光幕旁邊，一盞小紅燈不斷地閃動起來。

木蘭花挺了挺身子，這表示，離她們追蹤的目標，已經只有五百公呎距離了！晨曦更明亮，天色很陰霾，視野不是很廣，可是當車子再向前駛之際，她們已經可以看到，在前面，一艘大輪船旁，停著一輛汽車。

那輛汽車停在輪船旁邊，看來十分礙眼。

當那輛車子在荒僻的公路上，載走了那兩個人之際，木蘭花和安妮對那輛車子只有一瞥間的印象，但是這時，她們一眼就可以看到，這輛停在大輪船旁的車子，就是她們要追尋的目標！

安妮又加快了速度，她們離那輛車子，已經不到兩百公呎了！

可是也就在此際，兩幢倉庫之間的巷子中，響起了一陣警號聲，一輛警方的車子疾駛了出來，攔住了安妮的去路。

4 疑雲

安妮緊急煞車，兩輛車子幾乎撞在一起，一個警員自警車中走了下來，道：「喂，在這裡，是要特別通行證才准許行車的！」

安妮坐著沒有動，她只是注意著前面的那輛車，那輛車子中，全無一人。

木蘭花則探出頭去，道：「對不起，我是木蘭花！」

另一個警員也從警車中走了下來，看來，他們對執行任務十分認真，他們一起道：「木蘭花？哦，是高太太，不過，對不起，沒有特別通行證，是不准駛進碼頭區來的！」

木蘭花點頭道：「既然有這樣的規定，我也不堅持，不過那輛車子——」

木蘭花伸手向停在大輪船旁的車子指了指。

一個警員立時道：「那輛車子，是奧特船長的！」

木蘭花微笑著，道：「奧特船長——」她一面說，一面向那艘大輪船看了一眼，繼續說道：「就是遠洋號的船長，是不是？」

兩個警員一起點頭，木蘭花向安妮使了一個眼色，兩人一起走了出來，安妮道：「在這裡步行，不要特別通行證吧！」

那兩個警員忙道：「當然不要！」

木蘭花和安妮立時一起向前走去，那兩個警員望著木蘭花留下來的車子，一時之間，像是不知道該如何處理才好，而木蘭花和安妮已經來到了那輛車子的旁邊，木蘭花一眼就看到，她射出的那枚袖珍無線電波發射儀附著在行李箱的蓋上。

木蘭花將之取了下來，又彎身向車廂內望了一眼，安妮走過去，伸手在車頭蓋上按了一按。

木蘭花道：「我們至少遲到了四小時，已經冷了！」

安妮點了點頭，木蘭花向輪船上望去，在近處看，船身更顯得高大，甲板上的情形，根本看不清楚，只看到兩架巨大的起重機，在緩緩移動著。

船就泊在碼頭旁邊，有梯子自碼頭通向船上，木蘭花看了片刻，說道：「安妮，你——」

木蘭花講到這裡，略停了一停，她本來是想叫安妮去通知警方的。

但是一轉念間，她想到這件事直到現在，似乎還和警方扯不上關係，還是等弄清楚了事情的真相之後再說的好，所以她就改變了主意。

自然，木蘭花並不知道戴維斯少校已經出了事，不然她絕不會改變主意的。

安妮在等著木蘭花說下去，木蘭花道：「我們一起到船上去看看，小心點。」

安妮點著頭，她們一起來到梯旁，木蘭花在前，安妮在後，一起向上走去。

她們才走了一半，就聽得上面有人大聲叫道：「噢，你們幹什麼？」

木蘭花抬頭看去，只見一個水手正俯首望著她們，充滿了疑惑的神色。

木蘭花並不理會那水手，仍然向上走著，直到她來到可以踏上甲板時，又有幾個水手走了過來，攔住了她的去路，她才道：「我要見奧特船長！」

幾個水手的神情更疑惑，兩個女子，一清早要來見船長，這事情無論如何，是十分不尋常的，他們讓開了些，木蘭花和安妮一起上了船。

這時，一個穿著制服的高級船員走了過來，道：「什麼事？」

木蘭花又將要見奧特船長的話講了一遍，那高級船員皺著眉，道：「兩位是什麼身分？船長沒有隨便接見人的習慣，即使是新聞記者。」

木蘭花笑了一笑，道：「請你去對船長說一聲，這件事十分重要，如果你去對他說，那兩個撣邦人奔得還不夠快，他一定會見我們的！」

高級船員睜大了眼睛，驚異莫名，道：「我不明白，這句話是什麼意思？」

安妮道：「你不明白，船長明白的，你只管去說，別耽誤了事！」

高級船員的神色仍然充滿了疑惑，但是他還是轉身走了開去。

木蘭花在甲板上踱著步，那船真是大，只怕有兩百公呎長，站在甲板，幾乎望不到船尾，木蘭花一面踱著，一面在不斷思索著，將一切發生的事，從頭至尾想了一遍。

整件事的起源，自然是環繞著那座在緬甸北部森林中，那座古怪的寺院而發生的，對木蘭花而言，事情的開始，是自她收到了戴維斯少校的來信，和安東尼教授的手稿之後開始的。

少校的來信，並沒有說什麼，只不過說有一件怪事，而他深受著這件怪事的困擾，他在英國的一個國際警方的朋友，建議他來找木蘭花求助，他就來拜託木蘭花，先寄上一封安東尼教授的手稿，請她參考。

少校果然來了，以後發生的事，木蘭花全經歷過，只要約略回想一遍就可以了，使木蘭花不明白的是，何以少校會顯得如此之驚惶，又何以會有兩個撣邦族人跟蹤前來，那兩個撣邦族人，和這艘大輪船的船長，又有什麼關係？

木蘭花吸了一口氣，海風很勁，她覺得有點冷，而事實上，她就算將一切都想了一遍，還是什麼結論也得不到，她一點頭緒也沒有。

在甲板上工作的水手，不時向木蘭花和安妮投以好奇的眼光，那高級的船員在十分鐘之後，就走了回來，木蘭花微笑著，她意料到她可以見到奧特船長了！

可是，她卻料錯了！

那高級船員來到了她們的身前，臉色很難看，道：「兩位，如果再不離開船，我們要採取行動了！」

木蘭花怔了一怔，道：「你沒有轉述我的話？」

高級船員憤然道：「自然轉述了，但是奧特船長說，他從來也未曾聽過那麼無聊而沒有意義的話！」

從那位高級船員那種悻然的神色看來，顯然他在向木蘭花轉述這句話的時候，一定受了船長的申斥！

木蘭花陡地呆了一呆，安妮在她耳際低聲道：「蘭花姐，我們鬧起來，不怕船長不出來！」

木蘭花搖了搖頭，她已經注意到，碼頭上工作的人開始多起來了，這並不是一艘小船，而是一艘超過兩百公呎長的大船，真要鬧起來，船長也可以躲著不出來的。

在她猶豫間，那高級船員又道：「請你們立即離船！」

木蘭花微笑著，道：「好，我再問你一句話！」

高級船員一副不耐煩的神態，木蘭花不等他有機會拒絕，就道：「這輛車子，是不是奧特船長的？」

高級船員循著木蘭花所指，向下看了一眼，道：「是的，那又怎麼樣？」

木蘭花的聲音很平靜，道：「沒有什麼，你要是再見到他，不妨對他說，他那輛車子——」

木蘭花講到這裡，像是突然想起了什麼事情一樣，倏地停了下來。

在木蘭花身邊的安妮，也不禁呆了一呆，因為木蘭花是很少話講到一半就停下來的人，而接著，木蘭花所說的話，更令安妮為之愕然，她用一種十分抱歉的聲音道：「真對不起，我想我是弄錯了，真對不起，請原諒我對你們的騷擾！」

安妮驚訝地說不出話來，那高級船員卻還是餘怒未息，他揮著手，道：「算了！算了，你們快下去吧，我們要開始卸貨了！」

木蘭花又再道歉，安妮想說什麼，但是木蘭花卻向她做了一個手勢，已轉身向船舷走去。

安妮跟在木蘭花的後面，道：「蘭花姐——」

木蘭花嘆了一聲，道：「我們要追的車子，並不是船長的那一輛！」

安妮忙道：「可是——」

木蘭花望了安妮一眼，安妮還是接著說下去，道：「可是的確是這輛車子！」

木蘭花道：「外型、顏色，都很相似，安妮，別忘記那輛車子，我們根本沒有看清楚！」

她們一面說，一面已攀下了梯子，安妮仍然不明白，問道：「是的，可是那無線電波發射儀，不是在船長的車子上面麼？」

木蘭花並沒有立即回答這個問題，只是一直來到了船長的車旁，指著剛才取下無線電波發射儀附著的行李箱蓋，道：「你看！」

安妮看了一眼，說道：「我看不到什麼！」

木蘭花笑了一下，神情雖然未見沮喪，但多少有點苦澀，道：「就是因為看不到什麼，所以我才肯定，要追的，不是這一輛車子。安妮，那輛車子在公路上馳過，速度極快，我射出這枚無線電波發射儀時，距離車子大約是十呎，而那柄發射儀的射程是一百五十呎，所以，當發射儀射中車子的時候——」

木蘭花才講到這裡，安妮已明白木蘭花在說些什麼了，她忙道：「車身上，附著發射儀的地方，應該出現一個凹痕！」

木蘭花點頭道：「就算不是凹痕，也應該有一點痕跡，可是這上面——」

安妮又伸手在行李箱蓋上撫摸了一下，然後接下去道：「一點痕跡也沒有！」

木蘭花抬了抬眉，向前走去。

安妮又跟在後面道：「蘭花姐，我們再去追？」

木蘭花搖著頭道：「遲了，我們根本不知道那輛車子駛向何處，如何追法？」

她吸了一口氣，略停了一停，才又道：「還好我見機得早，不然，我們在船上要是鬧起來，那可要出笑話了！」

安妮苦笑了一下，點了點頭，她心中在想，還好自己是和木蘭花一起來的，要是和穆秀珍一起來的話，現在只怕已經在船上鬧得天翻地覆了！

木蘭花走向她們駛來的車子，一面眉心打著結，來到了車邊，才道：「安妮，我們要對付的人，心思十分縝密，他將發射儀放在一輛和他的車子外型、顏色相同的車子上，那是存心要我們出醜！」

安妮咬著下唇，點了點頭。

木蘭花拉開車門，正準備進入車子，只見兩個警官向她們疾奔了過來。

木蘭花知道有什麼事發生了，是以停了一停，那兩個警官也奔到了近前，喘著氣，其中一個道：「蘭花小姐，方局長正通知全市警員，在留意你的下落！」

木蘭花「哦」地一聲，道：「方局長？他有什麼事情找我？」

另一個警官立時接口道：「不是方局長有事，是穆秀珍小姐——」

安妮吃了一驚，忙道：「秀珍姐怎麼了？」

那兩個警官互望了一眼，神情很尷尬，像是有說不出口的難言之隱一樣。的確，在熟知木蘭花或是穆秀珍兩人的警務人員而言，叫他們說出穆秀珍因為有謀殺的嫌疑而被捕，那真是十分難以啟齒的事情！

木蘭花和安妮兩人還沒有走進方局長的辦公室，就聽到了穆秀珍的嚷叫聲，木蘭花皺了皺眉，安妮踏前一步，推開了門。

方局長坐在桌後，神情顯得很無可奈何。

穆秀珍就站在桌前，一面大聲嚷叫著，一面還在用力拍著桌子，她在叫道：「我的律師來了，你們只管去搜集證據，我不怕上法庭，小心法庭判下來，我沒有罪，我就一定要控告你辦案不力，騷擾——」

穆秀珍講到這裡，陡地轉過身來，伸出手指，直指著站在一邊的楊科長鼻子。楊科長站著，臉上的神情依然是那麼冷漠平板，彷彿穆秀珍根本不是在對他發脾氣一樣。

穆秀珍一轉過身來，看到了木蘭花和安妮，所以她連珠炮似的話，也立時住了口。

木蘭花道：「秀珍，不要衝動！」

穆秀珍的聲音更大，手指依然指著楊科長的鼻子，道：「不要衝動？好笑，這殭屍無緣無故說我是殺人凶手！」

方局長的神情十分尷尬，不知說什麼才好，楊科長卻仍然十分鎮定，道：「我沒有說你是凶手，我認為你有最大的嫌疑，警方就有權拘捕你查詢！」

穆秀珍怪叫了一望，伸出的手指縮了回來，可是她的手立時握成了拳頭，看樣子，她立即就要一拳擊向楊科長的鼻子了！

木蘭花也在這時一步踏了進來，揮手重重地拍開了穆秀珍的拳頭，沉聲道：「秀珍，他說得對，這是他應負的責任！」

穆秀珍仍然氣得滿面通紅，方局長站了起來，道：「蘭花，你來了可好了！」他一面說，一面望了穆秀珍一眼，神情無可奈何地搖著頭。

安妮在一旁，看到了這種情形，忍不住笑了出來，因為她可以想像得到，穆秀珍不知鬧到什麼田地，難怪方局長的神情要這樣尷尬了！

穆秀珍瞪了安妮一眼，道：「沒良心，有什麼好笑的，我犯了謀殺罪！」

安妮連忙柔聲道：「秀珍姐，你不會謀殺人的，事情一定會水落石出，你急什麼？」

穆秀珍被安妮一說，氣平了許多，這時候，一個律師也匆匆走了進來，道：「行了，保釋的手續全辦妥了！」

方局長瞪了楊科長一眼，道：「不必辦什麼保釋的手續，警方弄錯了，穆小姐沒有嫌疑！」

木蘭花立時道：「方局長，我們並不要求享受任何特權，還是照手續辦事的好！」她又轉身向楊科長道：「楊科長，如果你需要秀珍的口供，我擔保她一定合作，隨傳隨到！」

楊科長仍然沒再說什麼，神情也很冷漠。只是發出了一聲冷笑，向方局長行了一禮，轉身就向外，大踏步走了出去！

等到楊科長出去後，方局長才嘆了一聲，道：「他辦事也太古板了一些！」

木蘭花並沒有表示什麼意見，只是道：「局長，如果沒有什麼事，我們想先回去了！」

方局長忙道：「可以，可以！」

木蘭花向外走去，穆秀珍還在嘀嘀咕咕，拉著安妮，大聲道：「我們走！」

她們離開警局，回到了家中。一路上，穆秀珍和安妮兩人沒有停過講話，互相將分手之後所發生的事，詳細地說了一遍。

而木蘭花自始至終只說了一句話，那是在穆秀珍講到當她回到屋子，上了樓，再下來的時候，看到安東尼教授的那份手稿已經不見了的時候，她問道：「你肯定那份手稿失蹤了？」

穆秀珍的答覆，自然是肯定的，木蘭花也就沒有再說什麼，只是用心聽穆秀珍講述著。

回到了家，穆秀珍坐倒在沙發上，安妮也覺得十分疲倦，可是木蘭花卻只是喝了一杯牛奶，披了一件外衣，又走了出去。

穆秀珍叫道：「你到哪裡去？」

木蘭花道：「我到戴維斯少校墜崖的地方去看一看。」

穆秀珍道：「我帶你去！」

她一面說，一面已經跳了起來，木蘭花搖頭道：「不必了，我自己可以找得到，你和安妮還是休息一下的好，我們要做的事情多著啦！」

穆秀珍聽到「我們要做的事情多著啦」，又高興了起來，她是一個靜不下來的人，各種各樣的麻煩事，在她來說，是越多越好！

木蘭花出了屋子，穿過花園，走出了後門，照著穆秀珍所說的，過了公路。她幾乎不必花什麼工夫，就立即看到了那一大堆被踏得東倒西歪的灌木，她踏著灌木枝向前走去，一直來到懸崖邊上。

向前望去，陰沉沉的天空之下，是一望無際的海洋，浪頭捲起來，拍在崖腳下的石塊上，濺起甚高的水花來，寒風仍然很勁，將她的頭髮吹得散亂。

木蘭花緩緩地轉著身子，察看四周圍的情形，由於大量的警務人員曾經到過，灌木叢和原來的樣子，已經完全不一樣了，但是還可以看出在濃密的灌木叢之中，要藏一個人，冷不防給戴維斯少校一刀，應該是一件十分容易的事。

在這件事上，楊科長認定穆秀珍是疑凶，自然是判斷得草率了一些。

可是，在木蘭花的心裡，同時又升起了一團疑雲：戴維斯少校為什麼突然要逃走？而且，為什麼他逃出了屋子之後，就直穿過公路，來到了懸崖邊？

照說，凶手是沒有理由事先知道少校會逃到懸崖邊上來，而在這裡等著殺他的，可是事實上，凶手卻在這裡等到了戴維斯少校！

這是為什麼？是不是少校早已知道這裡的灌木叢中躲著一個人，以為那個躲著的人，可以幫他擺脫穆秀珍的追逐，卻未曾料到那個人竟然下手殺了他！

這種推斷，是相當合邏輯的，而且，木蘭花也想起，戴維斯少校才一進來的時候，就顯得很不安和有點恐懼，他在講話之中，也一直吞吞吐吐，那更可以肯定，當他決定來找自己之後曾經遇到了一些不平常的事，他所遇到的事，一定使他感到了極度的困擾！

木蘭花轉過身，又慢慢地走了回去，當她又回到屋子時，立時遇上了穆秀珍焦切地想知道答案的眼光，木蘭花來到鋼琴前，坐了下來，揭開了鋼琴蓋，專心一致地彈起鋼琴來。

穆秀珍嘆了一口氣，坐立不安，木蘭花卻專心彈著琴，每當她的腦中充滿了種種難題，而想不出任何頭緒來之際，她的辦法是索性將所有難題一切拋開，專心一致地去做另一件事，讓紊亂的思緒暫時停頓，等到再開始思索時，就比較有條理了。

穆秀珍自然知道木蘭花有這個習慣，所以她等了一會，就進廚房去，和安妮一起去做飯了。

等到客廳裡的琴音結束，她們也端出了飯菜來，在飯桌上，木蘭花又是一向不討論什麼問題的，在穆秀珍而言，那頓飯簡直悶氣之極。

等到吃完了飯，木蘭花總算才開口了，她一開口，就問了一個問題，道：

「昨天晚上，和我們作對的，共有多少人？」

穆秀珍立時道：「四個！」

安妮卻想了一想，道：「五個！」

穆秀珍瞪了安妮一眼，道：「四個！兩個矮子進屋來，一個駕車人接應他們，還有一個凶手，殺了戴維斯。」

安妮道：「進屋子來的，可能是三個，因為那兩個人沒有機會偷走那兩本手稿！」

穆秀珍眨著眼，木蘭花點頭道：「不錯，應該是五個，那個偷手稿的人，我猜想就是熄了總掣的那個，因為撣邦族人對現代化的東西，不見得會如此熟悉！」

穆秀珍道：「那個凶手，我想是土人，只有土人才能行動像貓一樣，一點聲音也不發出來。」

安妮道：「那個駕車來接應的人，當然不是土人了！」

木蘭花微微一笑，道：「好了，我們已經有了結論！共是五個人，三個撣邦族的土人，兩個不是！他們的目的，是什麼？」

穆秀珍又接著道：「對付戴維斯少校，搶安東尼教授的手稿！」

木蘭花點著頭，穆秀珍十分高興，又道：「他們的目的已經達到了！」

穆秀珍在說出了這一點之際，她不禁有點沮喪，因為對方的目的既然達到，那麼換句話說，就是她們的失敗！

木蘭花徐徐地道：「是的，他們的目的完全達到了，要是我估計得不錯的話，那麼，這五個人不會再出現，我們也可以沒有事了！」

穆秀珍像是被彈簧彈了起來一樣，直跳了起來，道：「蘭花姐，你這樣說是什麼意思？我還背著殺人的嫌疑，這件事，絕不能就這樣算了！」

安妮拉了拉穆秀珍的衣袖，穆秀珍卻憤然甩脫了安妮的手！

木蘭花笑道：「秀珍，你太心急了，我的話還沒有說完，我的意思是那幾個人不會再來找我們，所以下一步，該由我們採取主動，去找他們！」

穆秀珍立時高興起來，道：「對，去找他們，到緬甸北部的森林去！」

木蘭花搖了搖頭，道：「如果沒有指定的地點，在緬北的山區和原始森林地區找五個人，那比大海撈針還難得多！」

安妮道：「安東尼教授的手稿不見了，戴維斯少校也死了，還有誰知道那座寺院的所在地？」

木蘭花的聲音很平靜，道：「有，當時有戴維斯少校領導下的英軍，還有平瀨大佐，和他領導下的日軍，只要費點工夫，可以查出來的。安妮，你到英國去，查查當時和戴維斯少校在一起的人——」

木蘭花還沒有講完，穆秀珍就道：「對，我到日本去找平瀨大佐！」

木蘭花搖頭，笑道：「秀珍，你忘了，你是疑凶，不能離開本市的！」

穆秀珍揮著手，道：「管他的！」

木蘭花的表情變得很嚴肅，道：「一定要管，秀珍，這是法律程序，是不能破壞的！」

穆秀珍漲紅了臉。

木蘭花又道：「你在家裡，作為我和安妮的聯絡中心，我們每天都要聯絡，打電話回來，報告各人的發現，你的責任很重！」

穆秀珍哀求地道：「讓安妮在家裡擔任聯絡，我到英國去，好不好？」

木蘭花堅決地搖著頭，穆秀珍長長地吁了一口氣，癱在沙發上，整個人像是洩了氣的皮球一樣，安妮雖然有心想幫穆秀珍，可是也想不出什麼辦法來，只好無助地搖著頭。

5 平瀨大佐

第二天，木蘭花和安妮就走了，家裡只剩下了穆秀珍一個人。

穆秀珍在心中，將楊科長又罵了一千六百多遍，頹然倒在床上，拿起一本小說來，又放了下去，心中安慰著自己，木蘭花和安妮到日本和英國去，也不見得什麼有趣，要等她們回來，有了資料之後，一起再到緬北的原始森林裡去，那才有味道。

原始森林本來就充滿著神秘，一座古怪的寺院，一口會無風自動的大鐘。一口大鐘，怎麼會無風自動，發出聲響來的？這可能是整件事情的關鍵，穆秀珍雙手交叉，嵌在腦後作枕，想想出其中的究竟來，可是卻一點也沒有結果。

她吸了一口氣，閉上了眼睛，既然沒有什麼事情可做，還是睡上一覺吧，可是，她才閉上眼睛，電話忽然響了起來。

穆秀珍在床上一個轉身，從床頭櫃上拿起了電話來，她聽到電話裡有一個急促的聲音，道：「喂，喂！」

穆秀珍一肚子好沒氣，大聲道：「喂什麼，你找什麼人，別光是喂！」

電話那邊靜了片刻，聲音聽來已不是那麼慌張，對方講的是英語，可是卻十分生硬，一聽就可以聽得出那是一個日本人在講話，道：「木蘭花小姐，我要和木蘭花小姐講話！」

穆秀珍吸了一口氣，正準備大聲回答「木蘭花不在家」而將電話放下，可是在那一剎間，她卻改變了主意。

她一個人在家裡，悶得無聊，聽那日本人的口氣，像是有什麼著急的事情，聽聽他究竟有什麼事來找木蘭花，也是好的。

所以，她的回答在一轉念之後，就改變了，她用純熟的日語回答道：「我就是，閣下是——」

電話裡可以聽得出那個日本人，像是心頭放下了一塊大石一樣，吁了一口氣，道：「蘭花小姐，請原諒我的冒失，我是平瀨，你當然不認識我——」

穆秀珍一聽得「平瀨」立時坐了起來，平瀨，那可能就是平瀨大佐！

木蘭花到日本去找他，他卻來到了本市！

穆秀珍感到莫名的興奮，忙道：「如果你是以前的平瀨大佐，我知道你！」

電話那邊略停了片刻，穆秀珍一連「噢」了兩聲，心中在後悔，要是自己的話將對方嚇走了的話，再要去找他，就十分麻煩了。

幸而，在停了半分鐘之後，電話中又傳來了聲音，道：「是的，我以前的軍階是大佐。木蘭花小姐，我可以來看你麼？我有一件十分難以解決的事，請原諒我的冒昧，我是在戴維斯少校那裡知道你的大名，我想，你已經見過了戴維斯少校！」

穆秀珍高興得直跳了起來，道：「快來，你要盡快來，我等你！」

電話中傳來了一下答應聲，就掛上了。

穆秀珍放下了電話，握著手，忍不住「哈哈」大笑了起來，自己對自己道：「這叫作人算不如天算，哈哈！」

她下了樓，在客廳裡等著，她預料平瀨二十分鐘之後可來到，可是這要命的二十分鐘，卻慢得不可思議，每次當她抬起頭來看鐘的時候，分針只不過移動了一點點，就是秒針的移動也慢得很！

好不容易，過去了十五分鐘，穆秀珍聽到門外有汽車停下來的聲音，她就衝出屋子去，看到一輛街車停在門口，一個日本人正自車中走了出來。

穆秀珍已經來到了鐵門口，打開了鐵門，那人轉過身來，望了穆秀珍一眼道：「木小姐？」

穆秀珍點著頭，道：「請進來，平瀨先生！」

那日本人的身材很高，也很壯實，不過看起來相當蒼老，而且，他臉上那驚惶的神情，是無法掩飾得過去的，他那種驚惶的神情，令穆秀珍想起戴維斯少校來時的情形。

穆秀珍和他一起進了屋子，平瀨取出煙來，可是他的手在不住地發抖，穆秀珍道：「你要不要一杯酒？」

平瀨道：「要！要！」

在穆秀珍去斟酒之際，平瀨有點神經質地在踱來踱去，道：「蘭花小姐，我無法和戴維斯少校聯絡，你見過他，他在那裡？」

穆秀珍將酒遞給了平瀨，平瀨接了過來，穆秀珍攤了攤手，道：「你見不到戴維斯少校了，他死了！」

這句話才說出口，穆秀珍就知道自己說錯話了，一時之間，她真恨不得重重打上自己兩個耳光，罵上自己一萬句蠢蛋！

她的話才一出口，就聽得平瀨發出了一下充滿了恐怖的呼聲，手一顫，手中的酒杯也跌了下來，在玻璃咖啡几上，跌了個粉碎，同時，他不住後退，臉上的肌肉抽動著，雙眼之中佈滿了恐懼的神色。

穆秀珍看到了這種情形，實在不知說什麼才好，她忙又道：「你不必怕，少校他不過是死了，他——」

穆秀珍忍不住大叫起來，因為她本來是想安慰平瀨幾句，可是她說出來的話，竟是如此之蠢！

隨著穆秀珍的一下大叫聲，平瀨又發出了一下更恐懼的叫聲來，轉身便向外衝了出去！

穆秀珍自然不肯放他離去，叫道：「別走！」

她一面叫，一面追了過去，平瀨走得十分快，完全是一個人在生命受到威脅之間逃命一樣。

穆秀珍緊跟在他身後，轉眼之間，便衝出了花園的鐵門。

平瀨奔上了公路，他卻不是沿著公路向前奔，而是直穿過公路，奔進了公路對面的灌木叢中。

穆秀珍在後面追著，一面大叫道：「不！不！快停止，快停止！」

可是平瀨卻還是向前直衝了出去，穆秀珍也緊隨在後。

穆秀珍拚命向前奔著，去勢比平瀨快得多，眼看平瀨來到了懸崖上，穆秀珍已經可以伸手抓到他了，穆秀珍毫不猶豫伸手向他的肩頭抓去，那時，平瀨已經一隻腳踏出懸崖了！

穆秀珍抓住了平瀨，正想罵他幾句，平瀨突然用力一撞，那一撞的力道極大，將穆秀珍撞退了半步，而平瀨的身子，已經向著懸崖之下，直跌了下去！

穆秀珍在那剎間，實在是啼笑皆非，攤著手，張大了口，簡直就像是泥塑木雕一樣，直到她的身後，響起了一個冷冰冰的聲音，她才陡然轉過身來。

她看到楊科長就站在她身後，神情冷漠平板，道：「這次我全看見了！」

穆秀珍用盡全身氣力，叫了起來道：「你看到了什麼？」

楊科長道：「我看到妳將一個人推下懸崖去！」

穆秀珍陡然用手掩住了臉，身子搖晃著，氣得幾乎昏了過去！

穆秀珍雙手掩住了臉，只覺得天旋地轉，她並不是害怕，而是氣得快瘋了！同時，她不由自主地叫了起來。

她忽然發出了大叫聲，這是人在極度生氣的情形下，一種自然而然的反應，不過她叫得如此突然，倒使得楊科長嚇了一大跳。

穆秀珍叫了足有半分鐘之久，才放下手來，喘著氣，瞪定了楊科長，仍然是滿面怒容，毫不客氣地罵道：「你這殭屍，一直陰魂不散地跟著我？」

楊科長冷笑一聲，道：「這是我的責任，要不是我一直在監視著你，我也不會看到妳——」

穆秀珍又陡地尖叫了起來，伸手直指著楊科長，道：「你看到了什麼？」

楊科長的神態，鎮定而冷漠，道：「我看到的一切，或許無關重要，但是憑它記錄下來的一切——」

楊科長說到這裡，揚了揚手，在他的手中，有一隻扁平的黑色盒子，看來不會比一包二十支裝的香煙更大。

穆秀珍仍然氣得眼前金星直迸，她也沒有心思去弄清楊科長給她看的是什麼東西，只是立即大喝一聲，道：「那是什麼鬼東西？」

楊科長的嘴角抽動了一下，在尋常人來說，這一下輕微的動作，可能並不表示什麼，但是面目平板，幾乎一絲不變的楊科長的臉上，突然有了這樣的神情，那很明顯地可以看出來，是一種勝利的微笑！

他接著道：「這是一具袖珍錄影機的攝像管，穆小姐，我相信，這記錄下來的一切，足以使我有足夠的證據拘留妳！」

穆秀珍伸手在額上重重地拍了一下！她知道，楊科長和自己，事實上並沒有什麼過不去，他之所以監視自己，完全是因為他對工作負責，可是穆秀珍更知道，自己並沒有殺人，沒有殺戴維斯少校，也沒有殺平瀨大佐！

可是在如今這樣的情形下，穆秀珍也知道，不論自己怎樣說，都是說不明的了！

本來，穆秀珍確信自己沒有殺人，楊科長要拘留她，她大可以像上一次一樣，再跟楊科長到警局去的，但是這時，她心中亂到了極點，因為發生的事，實在太詭異了！

戴維斯少校之死，已經是疑雲陣陣的怪事，而如今平瀨大佐忽然又重蹈戴維斯少校的覆轍，自屋子裡飛奔出來，奔到這裡，跌下了懸崖，這樣的怪事連續發生了兩次，如果說其中沒有極其隱秘的內情，穆秀珍說什麼也不服氣！

在這樣的情形下，穆秀珍覺得自己要做的事，是迅速地去查明這件事的真相，而不應該作為謀殺疑犯，接受警方的拘留，去浪費時間。

穆秀珍本來就是一個性子衝動的人，這時，如果有木蘭花或者有安妮在場，事情可能不一樣，但是偏偏她們兩人不在，只有穆秀珍一個人！

穆秀珍迅速地轉著念，心中已經有了決定，而當她有了決定之後，她反倒鎮定了下來，居然向楊科長笑了一笑，道：「你又要拘留我了，嗯？」

楊科長顯然還不知道穆秀珍有了什麼樣的決定，所以他的態度仍然十分認真，道：「是的，我要拘留妳！」

穆秀珍忍不住大聲叫了起來，道：「你有沒有想到，結果仍然和上次一樣，只不過在白費你和我的時間？」

在穆秀珍而言，又這樣大聲問了一句，可以說是她忍耐的最大限度了！

不過楊科長仍然堅持道：「這一次不同，我已經記錄到了一切經過，我一定要拘留妳！」

穆秀珍大叫一聲，道：「好！」

穆秀珍叫著，向前跨出了一步，楊科長也在這時伸手出來抓她的手腕，可是穆秀珍的動作極快，楊科長的手才伸出來，她手腕陡然一翻，已經反扣住了楊科長的手腕，接著一扭身，已經將楊科長的手臂反扭了過來。

楊科長的身子也轉成背對著穆秀珍，他陡然怒吼了起來，叫道：「你想拒——」

可是他下面的那一個「捕」字，還沒有機會說出口，穆秀珍已然用力一推，同時鬆手，將楊科長的身子，推得向前直跌了出去！

她在楊科長的身子向前跌出之際，立時揚起手來，一掌斜斜地擊下。

她究竟還不是太任意胡來的人，雖然她這時在那樣做的時候，已經完全不考慮後果會怎麼樣，但是她的一掌還是留了力，只用了三成力。

那一掌，砍在楊科長的頸上，楊科長發出了一下悶哼聲，身子半個旋轉，直仆進了灌木叢中，穆秀珍「哈哈」一笑，向灌木叢外奔了出去。

不過，她才奔出了一步，就陡地一呆，因為她看到公路對面，就在木蘭花屋子的轉角處，站著一個探員。那探員的身邊，放著一座小型的錄影機。

穆秀珍和那探員離得雖然遠，可是卻清楚地可以看到，那探員張大了口，神情驚駭莫名，分明是他看到了穆秀珍怎樣推倒了楊科長的一切經過！

穆秀珍只是略怔了一怔，立時又大踏步向前走去，當她穿過公路的時候，還向那探員招了招手，那探員顯然不知所措。

穆秀珍哈哈笑著，奔進了花園的鐵門，讓鐵門開著，不到一分鐘，她已經駕著車，以極高的速度衝了出來。

這時，那探員仍然呆若木雞地站著，直到穆秀珍的車子絕塵而去，那探員才陡然地叫了一聲，向著楊科長跌倒的灌木叢奔了過去。

這一切，就是穆秀珍的決定，穆秀珍決定不和楊科長去花費無聊的時間，而她要利用這些時間，去偵查戴維斯少校和平瀨大佐的死因！

可是，當她擺脫了楊科長，駕著車，在公路上疾馳之際，她不禁有點後悔，她倒並不是後悔砍了楊科長一掌，而是她想到，她根本一點線索也沒有！

在茫無頭緒的情形下，她該如何著手呢？

不過穆秀珍是行事不考慮後果的人，雖然她一點頭緒也沒有，甚至不知如何開始，但是她心中仍然很樂觀，覺得在木蘭花和安妮回來之前，她可能已將整件事查得水落石出了！

一想到這裡，穆秀珍又高興了起來，吹著口哨，趕過了前面的七八輛車子，風馳電掣，直向市區駛去。

她無論如何也想不到，就在她心情輕鬆、駕車飛馳之際，警局裡已經像是翻天覆地一樣了！

警局裡發生的事，得一件一件來說。

方局長在警局的會議室中，正在召開一個會議，參與會議的，全是一批高級警官，那是警方例行的業務會議。

往常，這種會議大多數是由高翔主持的，但高翔正在巴黎的國際刑警總部參與國際性的反毒工作，所以會議由方局長主持。

會議正在進行中，會議室的門，「砰」地一聲被打了開來，一個警官神情倉皇，面色煞白地闖了進來，令得所有參加會議的人都怔了一怔。

方局長正想出言斥責，可是看到那警官的神情，他也可以知道，一定有什麼大事發生了！

他忙站了起來，而那警官也來到了他的身前，喘著氣，道：「局長，方才接到報告，謀殺調查科的楊科長——」

那警官講到這裡，可能是因為太緊張了，所以竟窒住了，難以再說下去。

方局長皺著眉，道：「楊科長到哪裡去了？他應該來參加會議的！」

那警官直到這時，才能接下去說話，他的話，是在極其驚懼之下叫出來的：

「楊科長死了！」

這「楊科長死了」五個字，等於五顆突然爆發的定時炸彈一樣，會議室中所有的人都站了起來，方局長也一時之間張大了口，說不出話來。

另外有幾個高級警官，異口同聲地問道：「誰發現的，詳細情形怎麼樣？」

那警官喘著氣，道：「楊科長的助手，范探員剛才打電話來報告，詳細情形，他也沒說，他只說他還在現場，而且，他是親眼看到凶手行凶的！」

方局長已定過神來，道：「凶手是什麼樣的人？」

那警官的口張開了又合攏了好幾次，一點聲音也發不出來，方局長自是不耐煩，喝道：「說，什麼人？」

那警官的聲音顯得很嘶啞，道：「穆……穆秀珍！」

穆秀珍的名字，和謀殺楊科長的凶手聯在一起，在會議室中所引起各人心頭上的震動，簡直比「楊科長死了」這個消息更甚！

在會議室中的各高級警官，全是資歷極深的警務人員，他們自然也深知木蘭花、穆秀珍的為人，而忽然之間聽到了穆秀珍竟然殺了一個警方的高級人員，心中所受的震動，自然不問可知了。

一時之間，會議室中竟亂了起來，方局長忙高舉雙手，道：「各位靜一靜，這件事請知道的人，暫時保守秘密，不要對任何人說！」

會議室中靜了下來，方局長也不由自主喘著氣，道：「我要到現場去看看！」

他又向兩個高級警官指了指，道：「你們和我一起去，再調謀殺調查科的有關工作人員、法醫，盡快趕到現場！」

方局長一面說著，一面大踏步向外走去。

到了會議室的門口，他又轉過身來，再叮囑了一句，道：「在事實的真相未曾徹底澄清之前，請大家保守秘密，相互之間也不要交談！」

會議室中的各人都點頭答應，方局長走了出去，他指定的那兩個警官也跟了出去。

二十分鐘之後，方局長和兩位警官，以及大批調查科的人員、法醫，都已經趕到了現場。

現場的所在地，就在木蘭花住所的門口，方局長對這裡自然很熟悉，楊科長俯伏在公路邊的灌木叢中，法醫正在作小心的檢查。

方局長不由自主地用力按著自己的手指，令得手指的指節骨發出「格格」的聲響。

他一直望著那位范探員，范探員的身子一直在發著抖，簡直什麼話也講不出來，直到醫院替他注射了鎮定劑之後，他才能講出連貫的語句來，由此可知他心中的驚駭是如何之甚！

范探員喘著氣，道：「局長，楊科長叫我一起來監視穆秀珍，我和他，都帶著錄影機的電視攝像管，一切經過的情形，包括穆秀珍殺那個日本人和楊科長的情形，全錄下來了！」

方局長的心中亂到了極點，道：「哪裡又冒出一個日本人來了？」

范探員道：「我也不知道，那日本人好像有事去找穆秀珍，後來又奔了出來，穆秀珍追出——」

范探員說到這裡，法醫已站了起來，道：「死因幾乎可以肯定了！」

幾個人同時問：「怎麼死的？」

法醫現出很難過的神情，他和楊科長一起工作有許多年了，再也想不到會有今天這樣的情形發生，楊科長慘死，而由他來檢驗屍體，所以他的聲音有點哽塞，道：「頸骨斷折致死，我可以肯定，引致頸骨斷折的原因，是因為受了重擊，並不是任何凶器的重擊，而是空手道重擊手法的結果！」

范探員的聲音之中充滿了恐怖，他陡地叫了出來，道：「是穆秀珍打的，我親眼看到穆秀珍一掌打下去，楊科長就倒下地去了！」

方局長深深吸一口氣，道：「一切照尋常的案子處理。范探員，錄影機呢？」

范探員道：「在，回到警局，就可以將錄到的一切全播放出來！」

方局長向跟著自己來的兩個高級警官望了一眼，道：「我們先回去看看經過的情形——」

他略停了一停，向木蘭花的屋子望了一眼，道：「屋子裡沒有人？」

一個高級警官搖頭道：「沒有人，我已經去看過了！」

方局長道：「留兩個人在屋子裡，木蘭花一回來，就請她和我聯絡！」

另一個高級警官道：「方局長，穆秀珍駕車逃走了，是不是要下令通緝？」

方局長的心中一陣難過，沉聲道：「好，通知所有的巡邏車，注意穆秀珍的下落！」

警方人員會注意她的下落，這一點，穆秀珍也是早料到的了，所以，她在駕車進入市區之後，立時停好了車，在車子的行李箱中，提著一隻小小的手提箱，離開了車子，走進了一家高貴的餐室。

在餐室的洗手間中，穆秀珍打開了那隻小手提箱，箱中全是極具實用價值的化裝用品，穆秀珍只花了五分鐘的時間，就使她自己變成了一個中年婦人，然後，她又離開了那間餐室！

在警局，方局長和幾個高級警官以及范探員，一起在電視機前，心情沉重地在看著，錄影機接駁了電視機之後，錄影帶轉動著，電視螢光幕上就出現了當時的情形。

首先在螢光幕上看到的，是平瀨的到達，穆秀珍開門，帶他進去，接著，就是平瀨衝了出來，穆秀珍在後面追出，一先一後，橫過了公路。

范探員道：「那日本人在屋子裡，只逗留了五分鐘左右的時間。」

方局長「噓」了一聲，仍然注視著螢光幕，他可以清楚地看到，穆秀珍追著那日本人，進了灌木叢，直奔向懸崖。

在那時候，由於灌木叢的掩遮，是以日本人和穆秀珍之間的動作，不是看得很清楚，但是也還可以看得出，穆秀珍和那日本人之間在拉扯推撞，接著看到那日本人直跌了下去，穆秀珍木然地站著。

接著，螢光幕上的畫面一變，看到楊科長已到了穆秀珍的面前，穆秀珍雙手掩著臉，像是在大聲叫著。

范探員又道：「從這裡開始，是我執行錄影工作的！」

方局長雙手握著拳，他的心情十分緊張，因為如果范探員所說的是事實的話，那麼，他就可以看到穆秀珍行凶的經過了！

方局長當然不相信，也不希望穆秀珍真的會下手殺死一個警方的高級人員，可是他也知道，范探員既然那麼說，一定是有根據的，他絕不會在快要可以看到事實的真相之前來撒謊的！

方局長緊緊握著拳，他看到穆秀珍和楊科長在說話，好像是在爭執，接著，就看到穆秀珍突然出手，捉住了楊科長的手臂。

這時，所有在電視機前的人，都緊張得屏住了氣息，然後，他們一起看到穆秀珍推出了楊科長，而以極漂亮的空手道「手刀」，在楊科長的後頸砍了一下，而楊科長整個人仆進了灌木叢之中。

看到了這裡，方局長不禁發出了一下呻吟聲，同時，也立時想起法醫的話來，法醫在檢查了楊科長的屍體之後，曾不斷地說楊科長是頸骨被斬斷致死的，而那是空手道重手法打擊的結果！

方局長覺得口乾舌燥，木蘭花姐妹在技擊上的造詣，他是知道的，他絕不會對穆秀珍的一下重擊可以致人於死而感到懷疑！

房間中靜到了極點，螢光幕上繼續出現的，是穆秀珍一面笑著，一面走了過來，可是接下來，在螢光幕出現的情形，卻多少有點古怪，只看到穆秀珍奔過了公路，不過，只看到了兩隻腳，而看不見她的人！

方局長問道：「這是怎麼一回事？」

范探員苦笑道：「我……看到她打倒了楊科長，又向我走了過來，我……我不知道怎麼才好，我……手中的電視攝像管，掉到了地上！」

方局長吸了一口氣，點了點頭，他明白了，因為電視攝像管落在地上，所以角度低了，就只能錄到人的雙腳，而看不到整個人。

再接著，就看到一輛車子駛出來，然後，又看到一雙腳向前走去，那是范探員的雙腳，來到灌木叢中，又看到范探員俯下身來，當他俯下身來的時候，鏡頭的角度，剛好可以錄到他的臉，有幾根灌木枝遮著他的臉，不過還是可以看出，他的臉上現出了駭異莫名的神色來！

事情再也沒有疑問了，的確是穆秀珍下手，打死了楊科長！

方局長的心中，亂到了極點，在那一剎間，他不知想起了多少事，他甚至想起了在穆秀珍初作新娘時那次失蹤的事件，結果是一個女匪徒整容改裝，來假扮穆秀珍，要不是木蘭花機警，誰也發現不出來（此事見《木蘭花傳奇20黑洞》一書），那麼，現在這個下手打死楊科長的穆秀珍，是不是也是女匪徒扮的？而木蘭花和安妮，又去了何處？

方局長嘆了一口氣，幾個高級警官都望著他。方局長道：「這件事，我的意見，還是暫時保守秘密，有穆秀珍的下落沒有？」

一個警官道：「才接到的報告，發現了木蘭花的車子，不過車上沒有人，那日本人的屍體還沒有撈到！」

方局長又嘆了一口氣，伸手按在電話上，然後，拿起電話來，撥了一個字，道：「請接巴黎長途電話——」

6 關係人物

在國際刑警總部的檔案室中，高翔和來自世界各地的高級警務人員在共同工作，他們正在詳細研究幾個大毒犯的資料。

高翔全神貫注地在審閱著各種文件，所以，當一個女警官來到他身邊的時候，他完全不知道，直到那女警官開口，他才抬起頭來。

那女警官道：「高先生，有你的長途電話，方局長打來的。」

高翔「哦」地一聲，站了起來，他立即知道有什麼不尋常的事發生了，因為要不是有極不尋常的事，方局長知道他現在的工作很重要，是絕不會來打擾他的。

高翔跟著女警官來到辦公室，拿起了電話來。只見他的臉色越來越蒼白，使得辦公室中的另外幾個警官都以極奇異的目光望著他。

高翔聽到了一半，就突然叫了起來，道：「不會，那是不可能的！」

接著，他的神色更蒼白，他的手已有一點發抖，當他取出一支煙來的時候，甚至因為夾不住那支煙，而跌到了地上，一個義大利警官替他將煙拾了起來，點著火，放進了他的口中，同時輕拍著他的肩。

高翔深深地吸了一口煙，道：「蘭花呢？好，我立刻就回來，馬上回來，對了，我向他們借飛機，自己駕駛，立刻就回來！」

高翔放下了電話，幾個警官立時極關切地圍了上來，高翔和他們一起工作的時間雖然不多，但是他的工作能力，早已贏得了所有人的敬佩，是以大家都很關切他。

高翔面對著這許多關切的眼光，他實在不知道說些什麼才好。過了片刻，他才道：「哪一位請替我準備一架小型噴射機，我有極要緊的事，馬上要回去！」

一個白頭髮的法國警官，立時拿起了電話來。

半小時之後，軍用噴射機發出尖銳的呼嘯聲，高翔已經駕著機破空而起，趕回本市來了。

穆秀珍化裝成了中年婦人之後，一直在想著，自己該怎麼著手。

她想到，自己應該先查一查，平瀨大佐是什麼時候到本市的，到了本市後，又是住在什麼地方！

這是一件相當簡單的工作，交由警方來處理的話，自然更容易，但是穆秀珍自己要做起來，倒並不容易，幸而她還記得平瀨大佐的名字：平瀨榮作。

她來到了一個電話亭中，在走進電話亭中之前，先換了一大堆硬幣，然後，翻著電話簿，一間一間酒店打電話去問，是不是有一個平瀨榮作的日本人，住在酒店中。

穆秀珍本來是最不耐煩做這種事情的，可是這時，她一心要在木蘭花和安妮未到之前，將事情查出一個水落石出，所以耐著性子，打了一個電話又一個，重複著同樣的問話。

她的運氣居然不錯，在問到了第十七家酒店的時候，就得到了肯定的答覆。

那家酒店是綠野酒店，酒店方面的回答是：是的，平瀨榮作先生住在九六〇號房間，他是兩天前到的！

穆秀珍在聽到了酒店的回答之後，略呆了一呆，她立時想到，平瀨榮作是兩天之前到的，那樣說來，他是和戴維斯少校同一天到達本市的了，可是，為什麼他到了兩天才來找木蘭花呢？

穆秀珍想到了這個疑點，可是她粗心大意慣了，她隨即揮了揮手，沒再去想深一層，她走出了電話亭，心中很高興，因為她已經有了行動的步驟，她準備先到平瀨的房間中去查一查，看看是不是可以獲得什麼資料。

穆秀珍來到綠野酒店的門口，她可以肯定沒有人注意她，她來到電梯門口，和一雙一望而知是新婚夫婦的男女，一起進了電梯。

電梯到九樓，她走了出來，避開了一個侍者的注意，來到了九六〇號房門前。要弄開那樣的一扇門，在穆秀珍而言，是再容易不過的事情，當她推開房間的門時，她略呆了一呆，平瀨來看她的時候，好像很是潦倒，穆秀珍倒未曾料到，九六〇號房，原來是一間美麗的套房。

穆秀珍反手關上門，向前走去，她才走了兩步，就聽到臥房的門，發出了一下聲響，穆秀珍的心中陡地一凜，平瀨是住在這裡的，而平瀨已經從懸崖上跌下去，這裡是不應該有人的了！

可是，房門上發出的那一下聲響，卻分明是有人要從臥房中走出來了！

穆秀珍的反應極快，立時身子一閃，閃到了一張沙發之後，當她閃到了沙發之後的那一剎間，她實在驚訝得張大了口，發出了聲來！

沙發後面，早就躲了一個人！

那個人穿著白色的衣服，蹲在沙發後面，身材相當矮小，蹲在那裡，看來就像是一個孩子一樣，不過，那顯然是一個短小精悍的成年人！

穆秀珍從來也沒有遇到過這樣尷尬的事，那個早就躲在沙發後的人，看來也是偷進來的，穆秀珍和他對望著，一時之間，實在不知道該怎麼辦才好。

而這時候，房門打開，一個人走了出來，穆秀珍定了定神，向那矮小的人做了一下手勢，轉過頭去看自房間中走出來的那個人。

她一眼看到了房間中走出來的那個人之後，整個人都怔住了。

接著，她也忘記自己是偷進來的了，陡地站了起來，指著那人，道：「你——」

然後，她才說了一個字，腰際突然麻了一麻。

穆秀珍由於在剎那之間所看到的事，實在太意外了，所以全神貫注，完全沒有去注意身邊的那個蹲著的矮小的人。

直到這時，腰際陡地一麻，她知道自己中了暗算，才陡地轉過頭去，只見那矮個子，手中拿著注射器，在注射器中，是一種暗綠色的針液，正好注射器自她的腰際拿開！

穆秀珍不知道那暗綠色的注射劑是什麼東西，可是她卻知道自己遭了暗算，她登時怒不可遏，大喝一聲，一腳就向那個矮個子踢了出去。

那矮個子就在她的身邊，手中拿著注射器，目光灼灼地望定了她，穆秀珍的那一腳，實在是沒有踢不中他的道理的。

可是，那矮個子的動作卻快得出奇，穆秀珍一腳踢出，他就倏地一個筋斗，翻了出去。

而穆秀珍一腳踢空，身子自然不能保持平衡，向後一仰，幾乎跌倒。

當她忙用手扶住沙發背時，屋子中的一切卻旋轉過來。在她面前的一切，全在轉動著，越轉越模糊，而不到一秒鐘之間，就變得什麼也看不清楚了。

她想要叫，可是連她自己也不知道是不是叫了出來。

她勉力想讓自己不要昏過去，但是她知道自己做不到了，她仍能做到的，只是用戒指在沙發背上用力刺著，塞進手指去，再拉出來，將那枚戒指留在沙發背內，緊接著，眼前一黑，人就倒了下去。

穆秀珍在不到三秒鐘的時間內，就倒了下去，倒下去之後，自然什麼都不知道了！

安妮到了英國，一切的經歷，十分平凡，她查到了戴維斯少校的記錄，完全沒有什麼可疑之處，她曾打電話給穆秀珍，可是聽電話的卻是一個警員，安妮追問發生了什麼事，那警員又不肯說，安妮心中一急，立時趕了回來。

木蘭花的遭遇，卻多少有點不同。

木蘭花在日本並沒有逗留多久，可是她的收穫卻著實不少！

在旅程中，木蘭花已經想好了自己到達日本之後，應該採取的步驟。

她是要去調查一個日本在作戰時的軍官，她知道這並不是一件容易的事，因為日本全國，從政府到人民，對於第二次世界大戰這件事，都有一種難以言喻的矛盾心情。

日本在第二次世界大戰中是侵略國，而又遭到了失敗的命運，日本人對發動侵略，未始不後悔，但對於失敗，卻也覺得慘痛，他們默默地接受失敗，而心理上變得十分敏感，敏感到了不願意再讓人提起當年戰爭這回事，可是卻又不免緬懷當年日軍幾乎橫掃亞洲的那種勝利滋味。

這就是為什麼一發現有當年的日軍在菲律賓或是什麼地方的叢林之中，藏匿了二三十年，一旦回國，就受到舉國上下熱烈歡迎的原因了。

在這樣的情形下，木蘭花知道，自己如果循正常的途徑，去調查平瀨大佐的過去和現在，可能到處碰釘子，一無所獲！

她需要的是一個有特殊地位的人的幫助！

所以，她在東京的羽田機場，一下飛機，就打了一個電話，給一個能幫助她的人，那個人，是日本一個秘密情報機構的負責人，曾和木蘭花在「人形飛彈」一一案中合作過的大庭龍男（詳見《木蘭花傳奇16闇夜》）。

要找到像大庭龍男這樣身分神秘的人物，也不是一件容易的事，木蘭花的電話，只不過打給一個聯絡員，木蘭花報出了自己的姓名，和告訴聽電話的那個人，自己將會住在什麼酒店，就放下了電話。她知道大庭龍男一定會來找她的！

可是木蘭花卻未曾料到，大庭龍男竟來得如此之快，她才走進酒店大門，就看到大庭龍男向她迎面走了過來，木蘭花心中很高興，和他熱烈地握著手。

大庭龍男笑道：「蘭花，很對不起，我沒有來參加你的婚禮！」

木蘭花微笑著，道：「事實上，根本沒有什麼人參加我的婚禮，我的意思是，我的婚禮，完全沒有鋪張！」

大庭龍男陪著木蘭花上電梯，木蘭花已經將戴維斯上校、平瀨榮作的事，和她來日本的目的，向大庭龍男說了一遍。

大庭用心地聽著，皺著眉，道：「這件事很容易辦，戰時軍人的檔案，雖然在戰事中散失了一部分，但是大部分還在，而且你又有足夠的資料，我看這件事，不必你親自出馬了，交給我來辦，你先休息一下！」

木蘭花揚了揚眉，她是知道大庭龍男的工作能力的，是以她並不推辭，只是道：「好的，我還想知道他是不是還在人世，我要和他見面！」

大庭很快地答應著，他送木蘭花進酒店的房間，又逗留了一會，就告辭離去。

木蘭花也趁機休息了一下，她睡了一覺，在酒店的餐廳中進了豐富的一餐，再回到房間時，已經接到了大庭的電話了。

大庭在電話中沒有說什麼，但是他的聲音很急促，只是說他馬上要來。從他的語氣聽來，毫無疑問。他是發現了什麼。

此後，當大庭進來時，木蘭花第一句話就問：「平瀨現在在什麼地方？」

大庭略怔了一怔，道：「這個人，在戰後回到日本，不過，出現了很短的時間就神秘失蹤了，而他在戰時——」

大庭打開了公文箱，取出了一隻牛皮紙袋來，放在几上，繼續道：「他在戰時的身分也十分特殊，他的官銜是大佐，可是他的真實職位，卻是陸軍情報部的參謀！」

木蘭花皺了皺眉，道：「奇怪，情報部的參謀，沒有理由帶兵到緬甸北部的叢林區和盟軍作戰的！」

大庭一面點著頭，一面自紙袋中抽出檔案來，道：「是的，而事實上，你看這裡，這裡寫得很明白，一九四三年時，他奉派到緬甸去，並不是去作戰，而是去和一個德國和義大利兩國組成的考察團，擔任聯絡工作的！」

木蘭花呆了一呆，道：「在我的知識範圍之中，記不起德國和義大利曾聯合組織過考察緬甸北部的團體！」

大庭攤著手，道：「不但你的知識範圍中沒有，我的電腦系統中，也沒有這回事！」

木蘭花來回行了幾步，拿起幾張檔案看，看著平瀨大佐的照片，她極力想記憶起，自己是不是在什麼地方曾經見過這個人，可是卻沒有結果。

木蘭花的聲音很平緩，她道：「看來，這件事，在當時就有著極秘密的內情，那個所謂考察團，多半是一種掩飾。從表面的情形來看，像是三大軸心國在緬甸的北部有極秘密而重要的行動！」

大庭神情佩服地點著頭，道：「可是，當時的行動是什麼？是建造一座古怪的廟？」

木蘭花並沒有立即回答，只是來回走著，足足過了三分鐘之久，她才停了下來，大庭的視線，一直停留在她的身上。

木蘭花停了下來之後，吸了一口氣，道：「你的電腦系統，資料很完全？」

大庭龍男現出驕傲的神色來，道：「在亞洲歷史方面，如果在我這裡找不到的話，全世界就都找不出來了！」

木蘭花坐了下來，道：「好，那麼你替我查一查，從一九四三年九月起，到戰事結束，在緬甸的日本軍隊，曾有過什麼不尋常的舉動，我的意思是指大規模的軍事調動，或其他類似的行動！」

大庭的神情有點疑惑，道：「為什麼只查大規模的行動？」

木蘭花笑了笑，道：「你想，一九四三年九月，正是歐洲戰場上戰事吃緊的時候，德、義兩國居然有興趣注意到偏僻的緬北叢林地區，我想，如果有事，一定不會是小規模的行動吧！」

大庭也笑了起來，搖著頭，道：「可是很難想像有什麼大規模的行動！目的是什麼？」

木蘭花道：「不知道，一定要到那裡，才能知道！」

大庭有點疑惑地望了木蘭花一眼，來到了電話旁邊，拿起電話，撥著號碼，照著木蘭花的吩咐說了一遍，木蘭花又就整件事徵求了大庭的一點意見，大庭也說不出所以然來。

二十分鐘後，電話響了，大庭聽著電話。他越是聽，就越是望著木蘭花，現出十分佩服的神色來。

他放下電話，第一句話就道：「蘭花，真給你料到了！一九四三年底到一九四四年初，駐緬甸的日軍，有一個團，在參謀總部的命令下開赴緬北！」

木蘭花卻一點也不高興，道：「一個團？我想像中，應該有更多人！」

大庭幾乎叫了起來，道：「是有更多人，這個團赴緬北的目的，是負責一條長警戒線，而在警戒線之內，據說有超過五萬以上的民伕在工作！」

木蘭花陡地站了起來，一直盤據在她心中的疑團，到這時，開始現出了一點頭緒來了！

她立時道：「據說？」

大庭龍男點頭道：「是的，據說——」

他的聲音變得很低沉，繼續道：「因為不斷有民伕被驅往緬北，但是從來也沒有一個回來過，據估計，繼續被押往緬北的民伕，約有五萬人，可能他們全都死在緬北叢林之中了，所以沒有人知道他們在哪裡，幹過些什麼！」

大庭龍男講至這裡，停了一停，然後用更低沉的聲音道：「戰爭真殘酷！」

木蘭花嘆了一聲，戰爭真殘酷，這句話，是不用爭辯的了，她只是和大庭握著手，道：「很謝謝你的幫助，我想我已經找到我要找的資料了！」

她略停了一停，才又道：「我看你還要繼續查平瀨的下落，他才是知道整件事情真相的人，我看他一定還活著，而且，他也必定是一個危險的人物！」

大庭用心地聽著，又追問了一句，道：「蘭花，你以為他們在緬北，做了一些什麼？」

木蘭花搖頭道：「真的，我不知道，我要實地去查，才會有結果！」

大庭笑了起來，道：「有結果，通知我！」

木蘭花做了一個手勢，道：「一定！」

她拿起電話來，通了長途電話。

可是當電話有人接聽時，和安妮打回去的時候一樣，聽電話的不是穆秀珍，而是警員，警員又支吾著，不肯講清楚穆秀珍去了何處。

木蘭花沒有再問下去，她放下了電話，立時又打電話給方局長。

木蘭花的思緒當然比安妮縝密，她立刻肯定家裡出了事，而接聽電話的人又自稱是警方人員，那麼，不論家中發生了什麼事，方局長是沒有不知道的道理的。

十五分鐘之後，木蘭花已從方局長的口中，知道了整件事的經過，她的臉色也不禁變得十分蒼白，她只說了一句：我立刻回來！

夜晚，木蘭花住所的客廳裡，聚集了不少人。

安妮緊靠在木蘭花的身邊，緊緊握著拳，才從北歐趕回來的雲四風，神情極其煩躁不安地在走來走去，高翔和雲五風無助地望著他。

方局長坐著，輕咳了一下，他覺得應該有人開口說話，可是他又不知道該說什麼才好。

所有的人，全都已經看過了錄影機記錄下來當時的情形，他們心情的沉重，自然是不言可喻。

難堪的沉默，是安妮首先打破的，她大聲而激動地道：「秀珍姐不會殺人！」

安妮一面叫著，一面用求助的目光，望著木蘭花。

她心中怦怦跳著，只盼聽木蘭花的意見。其餘的人，顯然也是和安妮同樣的心思，是以一時之間，目光全集中在木蘭花的身上。

木蘭花在各人之中，神情是最安詳的，雖然，她的心中一樣很亂，而且也為穆秀珍的音訊全無而憂心，但是她卻不會在臉上顯出來。

她並沒有立即出聲，然後，才以十分肯定的聲音道：「是的，秀珍沒有殺人！」

安妮陡地吁了一口氣，緊握著木蘭花的手。

方局長道：「可是錄影機——」

木蘭花很少隨便打斷他人的話頭，可是這時，方局長才一開口，她就揮手打斷了方局長的話頭，道：「是的，錄影機記錄了一切經過，但是有幾點不可不注意，其一，那個日本人，我已經可以肯定他就是平瀨榮作，是整件事情中的關係人物！」

方局長道：「他死了！」

木蘭花望了方局長一眼，沉聲道：「應該說，他失蹤了，因為警方並沒有像戴維斯少校那樣，發現他的屍體！」

方局長苦笑著道：「難道你認為一個人從那樣的懸崖上跌下去，還能生存？」

木蘭花的聲音更鎮定了，她道：「我不知道，因為錄影機未曾記錄到他跌下去的情形，而且事實上，我們在放出錄影帶來的時候，都曾細心地反覆地看到秀珍和平瀨爭執的情形，我的結論是，在懸崖邊上，秀珍是想拉住平瀨，而不是推他下去！所以，楊科長的判斷是錯誤的，他顯然是認為秀珍殺了平瀨！」

方局長嘆了一聲，道：「或許楊科長是判斷錯誤，秀珍的脾氣又不好，所以才失手殺了人！」

木蘭花望著方局長，道：「局長，你的意思是，秀珍至少是犯了誤殺罪？」

方局長道：「事實是——」

木蘭花再一次打斷了他的話頭，站了起來，道：「秀珍曾在楊科長的後頸上砍出了一掌，我反覆看了她這一掌打下去的情形十次以上，秀珍的空手道造詣，自然可以一掌砍死一個人的。」

木蘭花講到這裡，頓了一頓，神情又變得嚴肅起來，繼續道：「但是，以我對空手道的認識，或者是任何對空手道有深切認識的人，都應該可以看得出，秀珍的那一下『手刀』，只不過發了三成力道，並不足以打死人，只不過能令楊科長昏迷過去而已！」

雲四風望著木蘭花，欲語又止。

方局長沉吟了一下，木蘭花不等他開口，又道：「我完全是根據客觀情形而下的判斷，絕不是因為秀珍和我的關係，所以才飾辭為她開脫。如果認定秀珍殺了楊科長，那只是將事情簡單化，是一種不負責任、偷懶的看法！」

方局長苦笑了起來，木蘭花的詞鋒銳利，令得他無法辯駁，而且他也素知木蘭花的人格高尚，絕不會顛倒事實來維護穆秀珍。

高翔道：「蘭花，你的意思是，另外有人趁楊科長昏過去的時候打死了他？」

木蘭花沉聲道：「秀珍沒有打死他，一個人的頸骨，不會自行斷折，所以，除了你剛才所說的可能之外，沒有第二個可能！」

高翔皺著眉道：「可是錄影機——」

木蘭花道：「第一，楊科長身子在仆下去之後，就倒在灌木叢中，看不到他了。第二，范探員手中的錄影機攝像管，跌到了地上，也不能繼續再錄到什麼，如果灌木叢中事先伏著人——」

木蘭花講到這裡，停了下來。

方局長苦笑著，道：「我相信你的判斷和分析，不過，秀珍為什麼要逃走？」

木蘭花也嘆了一聲，道：「她根本不以為自己殺了人，她只是氣楊科長冤枉她殺了平瀨，而且，我相信她一定也在平瀨的口中，探聽到了什麼秘密，她是一個心急而且好勝的人，不想在拘留所中浪費無謂的時間，急著想要查明事實真相！」

木蘭花講到這裡，又搖了搖頭，道：「方局長，在事情發生之後，你採取了錯誤的步驟，你不應該將這件事保守秘密，而應該將之公開，如果秀珍知道楊科長死了，她一定會立即到警局來的！」

高翔立時道：「一定先要她露面才行，方局長，你的意思是——」

方局長撫了一下臉，道：「好的，將這件事公開！」

高翔道：「公佈楊科長的死因，說他是因為受了空手道的重擊，頸骨折斷致死的！」

方局長望著木蘭花，道：「希望你的估計正確，秀珍知道了楊科長的死訊，就會到警局來——」

他本來想說「到警局來自首」的，可是將「自首」兩個字忍住了，沒再說出來。

在這件事情上，方局長和木蘭花的看法，還是多少有些不同的！

木蘭花道：「她一定會來的！」

方局長站了起來，道：「我去安排這件事！」

他和各人握了手，走了出去。方局長離開之後，屋中又是一陣靜默。

這一次，打破靜默的是木蘭花，她道：「我在離開日本的時候，曾經警告大庭龍男，平瀨可能是一個危險人物，我的看法仍然沒有改變。高翔，你去查這幾天來，所有日本人進入本市的情形！」

高翔答應了一聲，木蘭花接著又說道：「再替我們辦理進入緬甸國境的手續，四風——」

雲四風抬起頭來，木蘭花的神情仍然很平靜，看她的樣子，像是在分配最普通的任務一樣，她道：「要一架性能極好，不受任何高空、低空飛行影響的直升機，直升機之中，要有最完善的探測設備，包括高空攝影，和紅外線攝影設備！」

雲四風一面點頭，一面向雲五風望去。

雲五風立時道：「沒問題。」

木蘭花坐了下來，道：「我們要到緬北的叢林地區，去找那座奇怪的廟，安妮，我想你至少已取得了戴維斯少校當年帶著部隊的行軍路線的資料！」

安妮道：「是的，不過，那也有將近三百公里長的迂迴路線！」

木蘭花拍了安妮的肩頭一下，道：「你當然不能希望一下子就找到那座廟的，有了這個範圍，總比較容易找得多！」

木蘭花的鎮定和充滿了信心的吩咐，使各人的心中都安定了不少。

不過，木蘭花對方局長所作出的預言，卻並沒有兌現。

7 穿珠子的線

當楊科長死亡的消息公佈後，街頭巷尾，市民都以此作為談話的資料之際，穆秀珍卻並沒有出現。

安妮一直留在高翔的辦公室中，她和穆秀珍的感情極深切，她要在穆秀珍一露面後就看到她，可是一直等到第二天晚上，穆秀珍還是沒有出現。

而高翔展開的調查工作，已經有了結果，他在一查到了平瀨榮作曾經在綠野酒店之後，一面趕到酒店，一面就通知了木蘭花，他們在酒店的大堂中會合，然後，一起進入了平瀨榮作住過的那間華麗套房。

經過詢問了酒店的侍者，毫無疑問，肯定了住在這間豪華套房中的人，就是平瀨大佐，不過酒店的侍者，沒有人知道他是什麼時候離去的，他並沒有結帳，是不辭而別的。

木蘭花又要了酒店的登記簿來看。在登記簿上，木蘭花發現了一個重要的線索，平瀨榮作所使用的旅行證件，是緬甸的護照！

支退了酒店人員，木蘭花坐了下來，道：「高翔。你不覺得事情很奇怪麼？一個日本人，在二次大戰之後回到日本去轉了一轉，又回到緬甸，住了那麼多年！」

高翔皺著眉，道：「你何以肯定他在緬甸住了那麼多年！」

木蘭花望了高翔一眼，道：「那太簡單了，緬甸是一個很傳奇的國家，外來的居民，如果不住得超過二十年，只怕不能夠取到它發出的護照吧！」

高翔搓了搓手，承認了自己的粗心。

木蘭花又道：「更奇怪的是，這些日子來，他好像過得很不錯，你看這間套房，不是普通人所能負擔得起的——」

木蘭花一面說著，一面在四面走著，留意著每一樣東西，她突然在一張沙發後面停了下來，伸手在沙發背上撫摸了一下，道：「這裡有一條短短的裂痕，像是被人用利器割破的！」

高翔不知道木蘭花想證明什麼，他也知道，如果在房間中曾經發生什麼事的話，那麼，他們是來遲了，因為房間經過侍者的整理，就算原來有什麼線索留下來，也已經不存在了。

可是木蘭花卻還在看沙發背上的裂痕，她並且用手指伸進了裂縫之中，接著，木蘭花發出了一下低呼聲。

而當她的手指，自沙發背上的裂縫中伸出來之際，高翔也發出了一下呼叫聲！在木蘭花的手中，拈著一枚不鏽鋼的戒指，戒指上有著一個尖銳鋒利的圖案，這是穆秀珍的戒指！

高翔立時道：「秀珍到過這裡！她……到哪裡去了？她……」

木蘭花搖頭道：「不知道，不但我們不知道，只怕連秀珍自己也不知道！」

高翔臉上變了色，道：「你的意思是——」

木蘭花道：「毫無疑問的，秀珍到過這裡，而她也在這裡遇到了意外，為了要使別人知道她曾到過這裡。所以她在倉猝的情形下，留下了這枚戒指。」

高翔有點發急，搓著手，道：「那麼她現在——」

木蘭花也顯得有點紊亂，她揮著手，道：「不知道，我還未能將整件事連貫起來，我所有的，只是許多散亂的珠子，而沒有將珠子聯結起來的線！」

木蘭花雙手捧著頭，坐了下來。

過了半晌，她才抬起頭來，高翔以為她已經找到那條「穿珠子的線」了，可是木蘭花卻只是淡然道：「我們該走了！」

高翔苦笑了一下，和木蘭花一起走了出去，當他們走出酒店大堂之際，木蘭花才道：「你去查一下，平瀨是不是到過英國，然後你和安妮一起回來，我會在家裡等你們，再通知四風他們也來。」

高翔心情沉重地答應著，和木蘭花分了手。

木蘭花回到家中，她也不點燈，只是一個人坐在黑暗中，雲四風、五風兄弟先來，他們是自己進來的，看到木蘭花坐在黑暗之中，一動也不動，他們也不去打擾她。

不一會，高翔和安妮也到了，木蘭花才抬起頭來，道：「安妮，亮著燈！」

安妮忙亮了燈，在柔和的燈光下，木蘭花的雙眼之中，透出了充滿智慧的光芒，她道：「整件事情，我已經有了一個假設，高翔，就等你調查的結果來支持我的假設了！」

高翔道：「是，平瀨到過英國，但是英國方面，卻無法知道他是不是和戴維斯少校見過面！」

木蘭花道：「一定見過的，那是什麼時候的事情？」

高翔道：「十天之前，而在三天後出境！」

木蘭花點點頭道：「這樣看來，我的設想，更可以成立了！」

她向各人望了一眼，才又道：「整件事，我根據我的設想，先對你們說說！」

各人的目光集中在木蘭花的身上，木蘭花又停了片刻，像是在考慮該從那裡開始！

木蘭花想了並沒有多久，就道：「平瀨帶著日軍，駐在那座小廟之中，我先肯定他們是負有某種特殊任務的，什麼任務，我還不知道，但這件特殊任務，一定和已被犧牲了的五萬多名民伕有關！」

雲四風道：「一個大建設工程？」

木蘭花道：「大概是這一類東西，平瀨的任務是保護、看守，或者是負責保密，我想，除了他一個人之外，別的日軍，甚至是軍官，只怕也什麼都不知道！」

安妮皺著眉，雲五風坐在她的身邊。

木蘭花又道：「而戰事失利，英國為了打通滇緬公路，而向緬北進軍，平瀨在措手不及之下，成了俘虜。不過，他並沒有將他擔負的秘密任務講出來！」

高翔道：「蘭花，那口能無風自動的鐘——」

木蘭花皺著眉，道：「對，這是另一個關鍵，在未曾去到那座廟，看到那口鐘之前，無法作出任何假設來，只好暫時將之跳過去。」

高翔點了點頭，木蘭花又道：「接著，戰事結束了，平瀨曾回過日本，但立時又離開，我猜想他仍然回到那座廟中去了，而戴維斯少校也幾乎將這件事忘記了，直到少校遇到了安東尼教授，將那口鐘的事講了出來，引起了安東尼教授好奇，而動身到緬北去，就此失蹤——」

木蘭花講到這裡，安妮就道：「蘭花姐，安東尼教授的失蹤，並不是最近的事，已經過了十多年了！」

木蘭花道：「對，安東尼教授在緬北山林區的探險，一定進行得不順利，他可能因為種種原因而耽擱了那麼多年，但是到最近，他一定找到了平瀨，找到了那寺廟，看到了那口鐘，也發現了一些秘密。所以，才引起了平瀨的恐慌，平瀨在安東尼的口中，知道戴維斯少校沒有忘記這件事，所以就到英國去找他！」

各人都聽得很入神，雖然他們知道，木蘭花這時所說的只不過是她的假設，但是他們都相信木蘭花的推理能力，假設不會離事實太遠。

木蘭花繼續道：「在英國，平瀨究竟採取了什麼手段對付戴維斯少校，我們不知道，但是他一定曾恐嚇過少校，使少校覺得十分害怕，所以，才通過我在英國的朋友，想到了我，將教授的原稿寄來給我，而他也趕來和我會面，可見他心中一直在害怕著，所以他見到我們的時候，表現得如此不安！」

木蘭花向安妮望了一眼，安妮想起了當時戴維斯少校的行動，點了點頭。

木蘭花嘆了一聲，道：「平瀨其實是跟蹤而來的，少校可能也知道這一點，或許他在和我們見面之後，覺得不應該對我們太過信任，覺得我們不能幫助他，所以他才急急離去。這其中，可能另有隱情，總之，少校是死在埋伏在屋外的撣邦族人之手！」

木蘭花站了起來，來回踱著，夜已相當深，天氣也很冷，那情形，和少校來訪的那一晚差不多。

木蘭花在窗口站了片刻，望著黑暗，繼續道：「接著，就是撣邦族人闖進了我們的家中，搶走了安東尼教授的原稿，還想殺我們滅口，而當未能辦到之後，倉皇離去，平瀨之所以來見穆秀珍，我看最大的目的，是陷害穆秀珍，他明明是自己跳下崖去的，但是卻造成好像是被秀珍推下去一樣，而楊科長——」

木蘭花講到這裡，神情有點難過，望了高翔一眼，道：「我和你都認識他，他工作很認真，但是我認為他監視穆秀珍，帶著錄影設備，卻是有預謀的！」

高翔陡地一怔，道：「你是說，他和平瀨串通？」

木蘭花神情嚴肅地點著頭。

高翔對木蘭花的話，是很少有異議的，但這時，他略微沉默了片刻之後，才用十分委婉的語氣道：「蘭花，或許你對楊科長的為人不是十分了解，他並不是一個討人喜歡的人，但是——」

木蘭花望著高翔，說道：「對的，我的猜想還沒有事實的支持，但是，我卻堅持我的說法，你想，楊科長就像是預知平瀨要來我們這裡一樣，這不是很奇怪的事麼？」

高翔道：「或許他一直在監視我們這裡！」

木蘭花搖頭說道：「不可能，要是我和安妮還沒有離開，他就進行監視，我們絕不會不知道，他是在我們離開之後才來的。其次，在第一次他以為穆秀珍是凶手之後，我心中就有點起疑，從這些年來，我們和警方的關係，楊科長的『認真』，實在是有點過分了，所以，我曾花了一點工夫調查他。我發現在許多年之前，他曾在某地當過日本憲兵的翻譯，我想他和平瀨榮作可能是早已認識的，這件事，只要再深入地去查一查，就可以明白了！」

高翔沒有再說什麼，只是道：「當然，我會好好去查一下。」

木蘭花又道：「據我估計，平瀨的目的，是不想那個古怪的寺廟這件事被人知道，戴維斯少校來找我們，途中可能已受了他的威脅，及至他帶著撣邦族人襲擊我們，又盜走了安東尼教授的原稿，他深怕我們知道了整件事情的經過，所以還要對付我們，他第一個對付的目標，就是秀珍，對付秀珍的辦法，是利用楊科長！」

雲四風忍不住嘆了一口氣。

安妮咬著指甲，道：「蘭花姐，可是平瀨卻也從懸崖跌了下去！」

木蘭花道：「平瀨的確是跌了下去，可是他一定沒有死，甚至沒有損傷！」

安妮驚道：「這……怎麼可能？」

木蘭花哼了一聲，道：「安妮，你怎麼啦？一個人，如果是在猝不及防的情形下跌下去，當然非死即傷，但如果是早有準備的話，要不受損傷，那太容易了，別忘記，在灌木叢中，還伏著他的同黨——我想，那就是殺死楊科長的撣邦族人，平瀨在向下跳去的時候，擅於在叢林間捕捉野獸的撣邦族人，可以拋出繩圈，將他的身子套住，或者可以用別的辦法！」

安妮的臉上略紅了紅，點著頭。

木蘭花道：「好了，我的推理到這裡為止，我們分頭去準備，在最後的時期內，我們就出發到緬甸北部的原始叢林去，到那時候，整件事情的真相，就可以知道了，我們沒有正確的目標，還要經過一段——」

木蘭花講到這裡，高翔突然向木蘭花雙手亂搖，並且指著一盞壁燈，現出極憤怒的神色來。

眾人全順著高翔所指的壁燈看去，一看之下，也不禁陡地吃了一驚，紛紛站起來，只有木蘭花還是若無其事地坐著。

高翔所指的那盞壁燈，附著一個金屬的裝飾，有很多圓形的突起點，高翔在一指之間，人人都看出，其中的一個突出的圓點，比裝飾品原來所有的要大得多。

本來，那東西附在上面，並不是十分惹人注意，高翔也是偶然發現的，但這時經他一指，每個人都可以看出來，那是一具超小型的竊聽器。

安妮的動作最快，早已一伸手，將那具小型的竊聽器摘了下來，她想對著這具竊聽器大聲呼喝，可是才一張口，木蘭花已經在她的手中，將那具竊聽器搶了過來，順手塞到了沙發的墊子之下。

安妮呆了一呆，但是，她隨即明白了，道：「蘭花姐，你早已發現了這具竊聽器？」

木蘭花微笑著，道：「是的，不然，我為什麼在事實的真相大部分還沒有揭露之前，就將我的推論詳細的告訴你們聽？」

安妮的神情很疑惑，道：「蘭花姐，你是故意叫敵人聽到你的分析？那有什麼好處？」

木蘭花吸了一口氣，道：「好讓他知道，他的安排雖然巧妙，但還是被我猜到了一大半，那可以使他知道我們並不是容易對付的，也可以使他們不敢對秀珍下進一步的毒手！」

雲四風和安妮同時叫了起來，道：「秀珍已經落入了敵人的手中？」

木蘭花的神情有點無可奈何，道：「我想是這樣！」

各人神情焦急地望著，只有木蘭花的聲音還是十分安詳，在這樣的情形下，木蘭花安詳的聲音，的確可以給心亂如麻的人鼓勵。

木蘭花又說道：「我們也一定要到緬北的叢林去，我剛才故意講了出來，好讓敵人聽了去，對我們也是很有利的一件事。」

高翔道：「叫他們先有了準備，怎會對我們有利？」

木蘭花立時道：「你別忘了，我們要去找那座寺廟，就像是大海撈針一樣，雖然有完善的探測設備，也不一定找得到。但如果讓對方知道了我們行動的計畫，我們一開始行動，對方就一定要設法阻攔，在阻攔的過程中，我們雖然會遭到一定的危險，但是對方也無法不顯露他們的目標，使我們易於尋找──」

木蘭花講到這裡，略頓了一頓，才又道：「世界上的任何事情，都有正反兩面，有利，一定有弊，但我們的目的，是要找到那座寺院，其他就顧不得了！」

安妮深深吸了一口氣，才道：「蘭花姐，你的意思是，秀珍姐已經被敵人擄到那寺院去了？」

木蘭花又哼了一聲，一想起音訊全無的穆秀珍，她也不免有點心情撩亂，她道：「我不能確定，不過，我看很有這個可能，因為我肯定那座寺院，是我們敵人活動的基地！」

木蘭花最後那兩句話，只說對了三分之一，首先，那座寺院，並不是他們敵人的基地；其次，穆秀珍這時還沒有被帶走，還在本市，可是卻連她自己也不知道在什麼地方！

穆秀珍絕不是一個隨便會遭到人家暗算的人，而是當她進入酒店，發現房門內有聲響，立時躲閃到了沙發背後之際，看到了一個身形矮小的人也躲在沙發之後，實在令她感到太驚異了，是以才在一個發怔間遭了暗算！

當時，她去看那個自臥室中走出來的人，當她看清那是什麼人之際，她幾乎無法相信自己的眼睛！

她本來是躲著的，可是在一看到那人之際，她就不由自主地站了起來，這實在是自然而然的反應，別說穆秀珍本來就是很衝動的人，換了別人，也會一樣！

穆秀珍看到的，是平瀨榮作！

穆秀珍是親眼看到他跌下懸崖去的，為了平瀨，穆秀珍還立即被楊科長當作是謀殺的嫌疑犯，可是這時，平瀨卻自房間中走了出來！

穆秀珍想叫，可是她還沒有發出聲來，在她身邊的那個身形矮小的人已經下了手，穆秀珍只來得及看清楚自己被人注射了一種暗綠色的液體，她一腳踢出，那身形矮小的人，已以靈敏的身手避了開去。穆秀珍還想再掙扎時，已經天旋地轉，昏了過去。

當穆秀珍漸漸恢復知覺之際，她只覺得身子在不住地震動，她想動一動身子，可是全身軟得一點氣力也使不出來。

她只是恢復了知覺，全身一動也不能動，甚至連眼皮也抬不起來，所以她根本不知道自己在什麼地方。

她勉力鎮定了心神，她聽到了機器發動的聲音，同時，她也感覺出來，她的身子在不斷地震動。那是因為她是在一個不斷顛簸行動的東西之內，好像是一輛卡車，在崎嶇不平的路上行駛著。

穆秀珍心中又怒又急，可是她軟弱得連眼也睜不開來，光發急也沒有用，又過了大約半小時，震動停止了，她又聽到了一點聲響，像是身子被人抬了起來，穆秀珍用盡氣力，總算睜開了眼來。

可是，當她睜開了眼來之後，發現和閉著眼睛一點分別也沒有，眼前仍然是一片黑暗。

但她至少弄清楚了一點，她是在一隻箱子裡，那隻箱子正由人抬著在走。

穆秀珍不知道自己會被抬到什麼地方去，她已經開始覺得自己的手指漸漸可以移動少許，氣力在逐漸恢復。

她當然知道，她之所以全身乏力，是那種暗綠色注射液藥性發作的結果，那一定是一種極其厲害的麻醉劑，而現在，藥性漸漸過去了。

穆秀珍雖然心急，但是在這樣的情形下，除了耐心等待藥性過去，氣力完全恢復之外，也沒有別的辦法。

她用心留意著，覺出自己大約被抬出了幾十步，又停了下來，這時，她聽到有人聲講話，可是她卻完全聽不懂那種發音急促的語言，接著，她又聽到箱子的蓋上，傳來了一陣旋轉的聲響，接著，她陡地看到了兩點光亮。

那兩點光亮，是從兩個小孔中透進來的，像是剛才有人在箱蓋上，旋去了兩支螺絲，所以才有亮光透了進來，雖然只有兩點亮光，但足以令得她精神一振。

不過，緊接著，亮光又不見了，箱蓋上，又是一陣旋轉聲，還帶著一陣「絲絲」一聲，好像是有什麼氣體，自那個小孔之中噴了進來！

在那一剎間，穆秀珍真正大吃了一驚，她身在一個密封的鐵箱之中，全身乏力，那實在是有死無生的了！

她一面竭力想掙扎，一面不由自主，出了一身冷汗！

穆秀珍這時受這一場虛驚，自然是因為她遇事不肯想深一層，粗心大意的結果。她未曾好好地想一想，如果對方有意要取她的性命，在她昏迷不醒之際，用什麼方法不好下手，何必那麼麻煩，將她放在鐵箱之中，再用毒氣來毒她？

穆秀珍一面冒著冷汗，一面在掙扎著，可是不到半分鐘，她已經呼吸到，自那小孔中發出「滋滋」聲噴進來的，不是毒氣，而是新鮮的空氣！

那令得她精神又為之一振，但是她心中隨即咒罵起來，因為照這情形看來，對方怕她在箱中窒息，還特地輸送了新鮮空氣進來，那是準備將她當作貨物一樣，作長途旅程的運輸了！

這對穆秀珍來說，實在是不可忍受的事！

她深深地吸了口氣，手已經可以抬起來了，她正準備伸手去敲箱蓋，忽然覺得箱子又被人抬了起來。

這一次，箱子被抬起來之後，只向前走出了幾步，就突然向下一沉。

穆秀珍在還未弄清楚發生了什麼事之際，「啪」地一聲響，又是一下震動，而那「啪」的一下聲響，分明是箱子碰到水面所發出的聲音！

穆秀珍的心中陡地叫了起來：「他們要將我沉到海裡去！」

穆秀珍料得不錯，從那種搖搖晃晃、慢慢向下落去的感覺看來，她的確是在向海洋中沉去。

穆秀珍不禁苦笑起來，她想，自己的這種遭遇，要是對人家講了，一定沒有人會相信，她竟像是童話中遭了魔法暗算的人一樣，被人禁閉起來，沉到海底！

她不知道對方作什麼打算，從輸進新鮮空氣來這一點看，好像並不準備弄死她，但是在箱子中，食物怎麼辦呢？她豈不是要餓死？

她在胡思亂想間，箱子看來已沉到了海底，因為不動了，四周圍也很靜，一點聲響也沒有！

當全市的警方人員都在尋找穆秀珍的下落之際，誰也想不到，穆秀珍竟然會被人擱在一隻箱子之中，而箱子還沉在海底！

在箱子沉下了海底之後不多久，穆秀珍的手臂漸漸可以活動了，穆秀珍看了看手錶，不禁吃了一驚，原來她昏迷過去，到現在，已接近二十四小時了。

在她的身子更能活動之際，她雙手摸索著，將自己的鞋跟拉了出來，取出了一隻小電筒來。這種工具，穆秀珍她們是隨時帶在身邊的。

那小電筒所發出的光芒，大約只有十分之一的火柴光芒，可是也已經夠照明那隻箱子了，箱子是鋼的，比她人稍微長一點，可是卻窄得她沒有法子坐起來，就像是一口鋼製的棺材。

穆秀珍看著那個小孔，新鮮空氣還在不斷冒進來，另一個小孔，並沒有聲音發出來，顯然是有管子接著，負責抽氣的。

穆秀珍看清楚了這情形，知道就算沒有食物，自己至少也可以支持四五天，可是，當她想到，要這樣不死不活地在鋼箱中躺上四五天，那實在是無法忍受的事！

她勉力轉動著身子，將兩隻鞋跟全取了下來，用小電筒照著，看看可有什麼東西可以助她脫困。

雖然那些應用的小工具，是她一直帶著的，但是她畢竟不是有準備而來，連她自己也不知道鞋跟裡有些什麼。

在小電筒微弱的光芒下，她立即發出了一下極其高興的呼叫聲來！

她看到了一具小型的火燄噴射器！

那具小型的火燄噴射器，不過一吋見方，但是穆秀珍卻知道它的威力，可以燒斷一根直徑一吋的鐵柱！

穆秀珍深深吸了一口氣，再用小電筒四面觀察著，她看到箱蓋的一邊，是兩個鉸鍊，一邊卻沒有，可能是上著鎖。

要憑這具噴火器燒掉在外面的鎖，自然困難得多，因為必須先燒穿箱墊，還要一絲不差，認準了鎖的所在，才能達到目的。

可是如果只是燒掉鉸鍊，自然容易得多了，只要將鉸鍊燒斷，她一樣可以頂開箱蓋，脫困而出的！

穆秀珍想到這裡，心中實在高興。

而這時候，她覺得箱子又震動起來，當箱子重新又開始震動之際，她以為自己又要給人從海中吊上去了，可是箱子只是上升了一些。隨即，就不住搖晃著，看來，像是懸在水中，被一艘船拖著在前進。

穆秀珍等了片刻，不見有什麼別的動靜，才按下了噴射器的一個掣，一股青白色的火燄，發出「嗤嗤」的聲響，射向鋼箱子的絞鍊，箱中的溫度也陡地升高，穆秀珍盡量令火燄的噴口接近她要燒的鉸鍊，而且身子向後擠。

就算是這樣，箱子中可供躲閃的空間畢竟太少，火星飛濺開來，濺到了頭髮上，頭髮就發出「滋滋」的聲響來，不過，看著在火燄的噴射下，鉸鍊漸漸變紅，穆秀珍的心中，又是一陣高興。

這時，穆秀珍幸而在海水中，所以她才能用這個辦法，如果是在陸地上，就一定不能，因為鋼是良好的導熱體，當她將鉸鍊燒到可以熔化的地步時，整個鋼箱的熱度，一定會令她完全無法生存了！

不過，這時是在海水中，情形就大不相同了，熱力被在鋼箱四周的海水迅速吸收，所以穆秀珍除了要避開飛濺的火星之外，倒並不怕什麼。

有一個簡單的物理實驗。是證明水能吸收熱力的。這個實驗是，用普通的紙紮起來，使水不會漏出來，盛上水，放在酒精燈上燒著，可以達到水沸，而紙並不受火燄的燒毀，就是因為火燄發出的熱度，全被水吸去了之故，穆秀珍這時的情形，也是一樣。

只花了三分鐘，一支鉸鍊已經斷了！

穆秀珍喘著氣，先熄了噴火器，用小電筒去照射了一下，一照之下，她不禁陡地吃了一驚！

在海底用噴火器，好處是高熱可以迅速被海水吸收，壞處是一有了隙縫，海水就迅速滲了進來！

這時，穆秀珍看到在被燒斷的鉸鍊處，海水像是瀑布一樣，貼著箱壁滲了進來，就在她一個錯愕之間，箱中已經有了半吋的積水！

穆秀珍在吃了一驚之後，定了定神，勉力縮起了身子，再去燒另一個鉸鍊，海水滲進來的速度越來越快，不到一分鐘，已經半箱子是水了！

穆秀珍心中不斷在叫著：快點！快點！

她眼看鉸鍊發紅，在漸漸熔去，可是水湧進來的速度更快，已經快到了箱蓋的鉸鍊部分了！

穆秀珍將口對準了那有新鮮空氣透進來的小孔，勉力爭取最後十幾秒鐘的時間，直到箱子中完全是海水，噴火器的火燄也完全熄滅為止。

穆秀珍不知道兩個鉸鍊是不是全被燒斷了，她用盡氣力向上頂了一頂，第二個鉸鍊其實還有一點沒有燒斷，可是在穆秀珍用力一頂之下，箱蓋的另一端已被她頂了開來，她可以出去了！

木蘭花曾說，凡事有利一定有弊，真一點也不錯，海水滲進來，自然叫穆秀珍吃了不少苦頭，而且增加了不少困難。

但如果不是海水滲進來，使箱中充滿了水，抵消了箱外海水壓力的話，穆秀珍就算兩個蛟鍊全燒斷了，也一定無法頂開箱蓋來的。

8 第六感

這時，箱蓋一開，穆秀珍雙腳在箱蓋上一蹬，整個人就像是一條魚一樣，竄了出去。

一出了禁錮她的箱子，穆秀珍立即看到有兩根管子自一隻船底上連接下來，箱子則被一條鐵鍊吊著。

船正在向前駛著，推進器攪起的水花，在海底看來，極其美麗。

穆秀珍並不立時向上升去，她先拉斷了那根輸送新鮮空氣的管子，含在口裡。她才脫困而出，心中自然極其高興，略想了一想，伸手抓住了吊住鐵箱的鐵鍊，慢慢向上揉升上去，到了船舷之旁，將頭冒出了水面。

當她呼吸到真正大自然的空氣之際，她心中更是高興，她也看清了那船，在外表看來，完全是一艘大型的漁船，她還未能看清楚船上有什麼人，她雙手抓住了船身旁凸出的一道邊緣，向前移動著。

船的速度相當快，迎面而來的浪花衝擊著她，但是那對穆秀珍來說，全然不算什麼，穆秀珍的水性極好，連木蘭花也比不上她！

穆秀珍漸漸來到了船頭，她的身子也離開了海水，順著船首的昂起部分，向上攀著。

不一會，她只要一個翻身，就可以翻過船舷，落在甲板上了。

但是，她卻並沒有立即那樣做，因為這時，她看到兩個身形矮小、穿著灰白色衣服的人，正在急匆匆走了過來，臉上帶著十分奇怪的神情。

那兩個人來到船首，轉身正待走進船艙去，穆秀珍也就在這時，雙臂陡地用力，整個人直越過了船舷，直翻了起來。

她身子還在半空，雙足已然蹬出，蹬向那兩個人的背心！

那兩個身形矮小的人，反應也十分之快，穆秀珍的雙足才一蹬出，他們就轉過來，不過穆秀珍的動作實在太快，他們雖然疾轉過了身來，可是在那一剎間，卻根本沒有機會作任何的反抗。

穆秀珍的雙足，本來是蹬向他們背後的，由於他們疾轉過了身來，所以變得蹬中了他們的胸口。

穆秀珍雙足蹬出的力道，是如此之快，以致令得那兩個人各自發出了一下怪叫聲。

在他們的怪叫聲中，還夾雜著他們肋骨斷折的聲音，身子向後疾撞了出來，撞在艙門之上，「砰」地一聲響，將艙門撞了開來。

不但將艙門撞開，而且他們兩人的身子還直跌了進去，一面發出怪叫聲，一面傳來他們兩人滾下樓梯時發出的聲響來。

穆秀珍站定了身子，心中一陣快意，忍不住「哈哈」笑了起來。

就在她大聲縱笑之際，只聽得船艙裡傳來了幾下怒吼，三個同樣穿著灰白色衣服，身形矮小，滿臉精悍之色的人，已一起自船艙中撲了出來，他們的來勢極快，簡直就像是三條豹子撲出來一樣！

穆秀珍大叫道：「來得好！」

她一眼就看出，其中的一個，正是酒店房間中，在沙發後面暗算她的那一個，那一個偏又撲在最前面，手中握著一柄鋒利的短刀，向著穆秀珍疾撲而來，舉刀就刺。

穆秀珍當時身子一側，避開了他的那一刺，一反手，就抓住了那個人的手腕。

那些身形矮小的人，正是緬北叢林地區的撣邦族人，他們雖然縱躍如飛，氣力也大，可是在格鬥搏擊而言，如何是受過嚴格的訓練，在東方的武術上，有極高造詣的穆秀珍的敵手？

穆秀珍反手那一抓，看來一點也不出奇，只是身手迅疾而已，但實際上，那是少林七十二擒拿法中，十八招大擒拿手中的一式「星移斗換」，任何身手再敏捷的人，也逃不過去！

穆秀珍一出手抓中了對方的手腕，緊接著，身子半旋，一聲斷喝，又已用上了柔道中的「大摔法」，手背一抖間，借著那人掙扎之力，將那人的身子直揮得向半空之中飛了出去！

那人被揮得越過了船舷，在半空中，發出了幾下怪叫聲，水花濺起，已經跌進了海中！

別看那人在船上動作十分快，可是他顯然不會游泳，一到了水中，雙手一陣亂抓，立時沒頂了！

穆秀珍一出手，就解決了一個，心中更是高興，另外兩個本來也各自手握利刀，向前攻了過來的，可是一看到最前面的同伴，只在自己眼神一剎間就叫人拋進了海中，不禁嚇得目定口呆，僵在那裡，一動也不能動。

穆秀珍立時踏前一步，正待出手，叫這兩人也吃點苦頭，以洩心中悶氣之際，只聽得上面有人道：「不可思議，真不可思議！」

穆秀珍抬頭一看，立時站定了身子。

只見在船艙上面的指揮室中，平瀨已經出現，穆秀珍本來不會怕平瀨，可是平瀨的手中，卻提著一柄手提機槍，就在穆秀珍向上一望間，平瀨已拿著槍，掃出了一排子彈。

那一排子彈是掃向海中的，在海面上，濺起了一陣水花，接著，槍口就對準了穆秀珍！

穆秀珍直到這時候，心中才不禁一陣懊喪！

她神不知鬼不覺地逃了出來，本來是可以佔絕對的上風的，可是她卻只圖痛快，雖然將兩個人打傷，又將一個拋進了海裡，可是平瀨一出現，情形就改變了。

穆秀珍伸手掠了掠濕髮，平瀨立時喝道：「別動，一動也別動！」

穆秀珍「哼」地一聲，道：「你手裡有武器，難道你還怕我？」

平瀨的臉色很難看，道：「很難說，穆小姐，我很佩服你，你能夠在那樣的情形下逃出來，那簡直不可思議，簡直是超人！」

穆秀珍瞪著眼，道：「我當然不是超人，只不過你是一頭蠢豬！」

平瀨也不生氣，槍口對著穆秀珍，走了下來，來到了甲板上，在離穆秀珍還有七八呎處就站定了身子。

穆秀珍正在想，自己可有什麼辦法再佔上風之際，只聽到平瀨又用她聽不懂的那種話，叫了一句。

那兩個呆立著的撣邦族人，立時取出了一支小弓來，穆秀珍陡地一震間，「啪」一地輕響一聲，一枚尖刺已經射中了她的手臂。

穆秀珍連忙拔去那枚尖刺，可是一陣麻痺之感，已經迅速傳了開來。那種麻痺的感覺，是來得如此之快，以致在剎那之間，穆秀珍不但無法施展拳腳，而且，就算她想破口大罵，舌頭也已麻木不靈，緊接著，她跌倒在甲板上。

穆秀珍才一跌倒，那兩個撣邦族人已各自怪叫一聲，向穆秀珍撲了過來。而平瀨也在這時趕了過來，揮著手提機槍，隔開了他們。

那兩個撣邦族人十分惱怒，用尖銳和急促的聲調不斷地叫著，平瀨也用同樣的話呼喝著他們，終於將那兩個人喝退了。

穆秀珍那時候只是不能動，知覺並未喪失，她看到平瀨望著自己，神情像是十分為難，好像不知道如何處理自己才好。

過了片刻，平瀨才道：「穆小姐，暫時，我不想你死，不過，要是你不識趣，我就不客氣了！」

穆秀珍這時最難過的，是不能破口大罵。

平瀨抓住了她的手，將她拉進了船艙之中，到了船艙，將穆秀珍放在一張板床上，又走了出去。

穆秀珍並沒有昏過去，可是全身痲木，不論如何用氣力，都不能移動分毫。在經過了幾小時的努力之後，仍然一點用處也沒有，只好嘆上一聲，閉上眼睛，聽天由命了。

直升機在叢林的上空盤旋，那是一架大型的直升機，另外有三架單人駕駛的小型直升機，在大直升機艙腹中落下來，立時盤旋飛向前，飛得更低。

安妮在直升機的母機之中，她不但要負責操縱直升機，而且，還要留意注視座位前一列只有手掌大小的電視螢光幕，那些小螢光幕上顯露的一切，全是三架直升機子機的雷射光束探射儀探尋到的結果，是一系列彎曲、閃動的光波。

安妮更要擔任三架直升機子機的聯絡和通訊工作，子母型的直升機，是雲五風的設計，原始森林，浩瀚如海，普通的直升機在搜尋工作上不夠靈活，一定要利用這小型單人駕駛的小直升機，才能一發現目標就低飛搜尋，但是小型直升機的體積太小，不可能裝置太多的儀器，所以又需要一架母機來聯絡視察。

在三架子機上，全裝有雷射光束的搜尋設備，雷射光束可以透過濃密的，看來毫無隙縫的森林，直射地面，只要在森林中有大量的金屬，螢光幕上的光波形狀就會改變，安妮就可以立即通知子機，再作進一步的低飛搜尋，以求發現目標。

這一切的裝備，可以說是現代科學頂點的設施了，可是，木蘭花、高翔、雲四風和安妮四個人，在進入了緬北森林區之後，已經每天十二小時，連續進行了四天的搜索，還是一點結果都沒有。

在半空中向下望去，森林像是一片汪洋大海一樣，濃密的樹葉遮掩了一切，當三架子機飛得接近樹林之際，機翼鼓起的強風，令得樹林上掀起一陣陣的波動，就像是綠色的巨浪一樣。

安妮眼看著三架子機飛了開去，像過去四天一樣，她一面注視著螢光幕，一面道：「沒有變化，沒有異常的反應，繼續前飛——」

大直升機也在向前飛著，安妮看到三架小直升機迅速地向三個不同的方向飛開去，漸漸看不到了。

安妮望著下面一望無際的森林，由於樹木生長得如此之濃密，根本分不出高山和平地，只不過可以看到有的地方，樹木突然高了起來，知道那地方是一座山崗而已。

在這四天來，每一個人的心中都很焦急，可是他們每一個人，也都將自己心中的焦急隱忍在心中，不表示出來。

因為他們知道，就算將心中的焦急表示出來，也是沒有用的，只有更使人心煩而已。

安妮緊抿著嘴，大直升機在向前飛，她看到前面，原始森林像是被刀劃過一樣，分成了兩半，再飛過去一點，才看清那是一條水流相當湍急的河流，自一座高地處奔流而下，一直伸展向前。

安妮對著通訊儀，道：「我看到了一條河，位置是在——」

她校正了位置的測量儀，向駕駛子機的木蘭花、高翔和雲四風報告了那條河的位置，她隨即聽到木蘭花的聲音，道：「我向河的上流飛去。」

安妮向河的上流看去，依稀可以看到木蘭花駕駛的子機，但因為相隔得十分遠，在安妮看來，那只不過是一個在陽光下閃動的亮點而已。

整條河流，在安妮看來，像是一條穿過森林的帶子，河水的湍急，在安妮看來，也只不過是河水泛起的許多白花而已。

可是，在木蘭花看來，情形卻不相同了！

木蘭花駕駛的子機，體積不會比一輛小型的汽車更大，當她飛到河流的上空之際，離河面的高度只有一百二十呎左右。

在她看來，那道河約有兩百呎寬，說它是一條河，其實不是十分恰當，應該說，那是一條十分寬闊的山溪，因為木蘭花可以看到水底的嶙峋怪石，當水流沖過那些怪石之際，激起老高的水花，和發出轟隆不絕的聲音，看來形勢實在猛惡之極。

而當木蘭花駕著直升機，越是向源頭飛去的時候，水流就更加湍急，所發出的聲響，幾乎將直升機的聲音直蓋了過去。

木蘭花在才一聽到安妮報告說，發現了一條河之際，心中就動了一動。

他們在開始行動之前，曾經得到緬甸警方的協助，將可以找得到緬北原始森林區的地圖，全部找來給他們作參考。

不過那地區，根本沒有什麼完整的地圖，他們所得到的資料，也僅僅是聊勝於無而已。

而安妮的報告之所以引起木蘭花的注意，是因為在那些地圖上，並沒有記載著有這樣的一條河，那使木蘭花知道經過四天來的努力，雖然還沒有什麼發現，可是他們至少已深入原始森林的腹地了！

而一到了那條河水如此湍急的河流上空，木蘭花心中更隱隱感到，這條隱密在原始森林中的河流，一定有著重大的關係。

木蘭花之所以有這樣的感覺，簡單地說，可以說是一種「第六感」。

但是任何人會有這種「第六感」的產生，絕對不是憑空而來的，而是根據已知的資料或知識，所彙集起來而產生的。

木蘭花這時感到這條河水湍急的河流十分重要，最先是想到，這樣的一條河流，源頭處的水流一定更急，那是水力發電的最理想的動力。

接著，她就想到了她已經獲知的事實，曾經有幾萬個民伕參加過一項巨大的工程，這種工程，如果需要應用到電力的話，那就必定會選擇這條河來作為水力發電的場所！

這些事實一結合起來，木蘭花就自然而然想到，窮溯這條河流的上源，對於事實可能有幫助了！

她一直逆著河水向前飛著，不一會，看到了河面陡地變闊，像是一個極大的水潭，水也深得很，在那一段的河面看來，水面平靜，像是一個大水潭。

木蘭花本來沒有加以特別的留意，因為河面變闊，水流減速，那是一定的道理，可是當她已經飛過了那一段河面之際，在陽光之下，她突然看到在平靜的河面之上，有一團異樣的光彩！

那團異樣的光彩，形成長形，正浮在水面上，向下流而去，木蘭花心頭不禁一陣緊張。她立時掉轉機頭，跟著那一團光彩向前飛去。

那一團光彩流到了河水湍急的所在，立時散了開來，看不見了。

木蘭花再掉轉機頭，又飛過了那片平靜的河面，這一次，卻沒有什麼新的發現。

那一團浮在水面的異樣的光彩，落在別人的眼中，可能以為那只不過是陽光照射在水面所引起的反光而已，但是木蘭花卻在第一眼看到時，就可以肯定那是一種機油浮在水面上所引起的光彩！

這裡是人跡不到的原始森林，就算有人的話，也只是未開化的撣邦族土人，而機油卻是現代文明社會中的東西，怎會在原始森林的河流上出現？

這一個發現，更堅定了木蘭花的信心，她一面將自己的發現通知了高翔、雲四風和安妮，要他們三人也到河流的源頭來，她自己仍然朝著河水向前飛去。

約莫又飛出了將近二十哩，木蘭花已看到了一座懸崖，巨幅的瀑布自懸崖上流瀉下來，這便是那條水流湍急的河流的源頭。

木蘭花在懸崖上盤旋了一周，沒有什麼發現，她又來到了瀑布的上面，看到河旁有一小片空地，可供直升機降落，是以就飛了下去，停在那片空地上。

直升機才一停下，瀑布飛濺起來的水珠，就將機身完全打濕了，木蘭花推開艙門，跳下了直升機，不到一分鐘，她的身上和頭髮上也佈滿了水珠。

那片空地很小，一邊是湍急的水流，另一邊，仍然是連綿不絕的森林。

木蘭花下機之後沒有多久，就看到安妮駕駛的直升機母機也到了上空，接著，高翔和雲四風也已來到，高翔和雲四風也將小直升機降落在那片空地之上，一起出了直升機。

高翔才一下直升機，就奔到了木蘭花的身邊，道：「有什麼發現？」

木蘭花搖搖頭道：「還沒有，不過，我可以肯定，這裡附近一定有古怪——」

木蘭花的話剛一出口，陡地聽得雲四風大叫了起來，伸手指著前面。

木蘭花和高翔兩人一起循著雲四風所指的向前看去，一時之間，幾乎不能相信自己的眼睛！

他們都看到，就在那巨幅的瀑布之下，轟隆巨響，水珠達數十呎高的水潭之中，在水花之中，正有兩個人掙扎著，想冒出水面來！

穆秀珍在船艙中，一動也不能動，大約躺了二十四小時，正當她覺得身上那種麻痺之感在漸漸減輕之時，艙門打開，平瀨走了進來。

穆秀珍喘著氣，她一發覺自己的舌頭已可以轉動，雖然還不是十分靈活，就大罵了起來。

平瀨只是神情陰森地望著她，等到穆秀珍可以坐起身子來時，平瀨立時用一柄槍指住了她。

穆秀珍仍然在罵著，道：「你的末日到了！」

平瀨只是發出了幾下冷笑聲，道：「或許是，穆小姐，不過我不會服輸，他們會來找你，對不對？我要引他們來了，一起下手——」

說到這裡，他的臉上，突然現出了十分狠毒的神情來，道：「我要殺死一切知道我秘密的人！」

穆秀珍怔了一怔，道：「包括戴維斯少校？」

平瀨現出極其憤恨的神情來，幾乎像是在吼叫，道：「他是罪魁，沒有他，我的秘密，絕不會被任何人發現！」

他略頓了一頓，陡地喝道：「起來，出去！」

在他手槍的指嚇下，穆秀珍雖然不願意聽他的命令，可是也無可奈何，她站了起來，仍然有點行動不便，扶著艙壁，向外走了出去。

來到甲板上，她才發現，船已經停了，遠遠地，可以看到陸地的水平線，而一架水上直升機已經停在水面。

平瀨逼著穆秀珍下了橡皮艇，進入那架直升機，直升機立時起飛，平瀨坐在穆秀珍的後面。

穆秀珍注意到，平瀨的手下全是那些身形矮小的撣邦族人。

直升機在沿海岸處，一直向北飛，然後飛進了內陸，飛得十分高。

幾小時之後，穆秀珍向下望去，下面已經全是茂密的叢林了。

在天色將黑時，直升機的高度減低，終於在叢林的一片自上空看來幾乎不容易發現的空地上，停了下來。

平瀨呼喝著，趕穆秀珍下機。

穆秀珍一下機，就陡地吸了一口氣，她看到了那一座奇怪的寺院！

那真是一座奇怪的寺院，四四方方的，在石牆上，浮刻著許多奇奇怪怪的神像，穆秀珍一面在平瀨的威逼下向前走著，一面冷笑地道：「你信奉的是什麼宗教？」

平瀨冷冷地道：「什麼宗教我都不信，我只相信武力，武力能征服一切。」

穆秀珍的聲音之中，充滿了諷刺，道：「對，說得不錯，武運長久！」

平瀨的臉色變得十分難看。

當他們走進了寺院之後，穆秀珍就看到了那口大鐘，她聳了聳肩，道：「這口鐘，就是會無風自動的那一口了，是不是？」

穆秀珍一面說著，一面伸手去撫摸那口大鐘。

那口大銅鐘，和其他寺院中的大鐘，看來並沒有什麼不同，可是，穆秀珍的手才一碰上去，就覺得它在微微震動，同時，有一陣「嗡嗡」的聲音傳了出來，穆秀珍吃了一驚，連忙向後退了一步。

就在那一剎間，只見那口大鐘的震動已越來越劇烈，迅速變成搖擺起來，同時，也發出了巨大的「噹噹」聲。那種聲音是如此之洪亮，令得穆秀珍也不禁臉上為之變色，忙轉頭向平瀨看去。

平瀨的神情十分陰森，揚了揚手中的槍，要穆秀珍繼續向前走去。

穆秀珍一面向前走，一面仍回頭看著那口鐘，直到轉過牆角，平瀨才陡地笑了起來，道：「穆小姐，你也受驚了，是不是？看來你的智力，和撣邦族土人差不多！」

穆秀珍心中十分憤怒，悶哼了一聲。

平瀨仍然陰笑著，說道：「就憑這口鐘，我使得上百個撣邦族人，將我當神一樣的崇拜！」

穆秀珍陡地明白了，這口鐘並沒有什麼神秘，只不過有著無線電控制的機械裝置，所以才會自己搖動，發出巨大的聲響。

穆秀珍一想到這一點，不禁苦笑了起來，因為她想到，要是當年戴維斯少校能明白這個道理的話，他自己不會送命，安東尼教授也不會送命，更不會鬧出那麼多事來！

只可惜由於原始森林的神秘，戴維斯少校做夢也想不到，在這樣的蠻荒之地，會有當時最先進的科學裝置！

轉過了牆角之後不久，前面是一條走廊，走廊的盡頭，是一座巨大的神像，看來已經沒有了去路，穆秀珍略微為遲疑了一下，平瀨就喝道：「向前走！」

隨著平瀨那一喝，只見那座神像向後慢慢縮了進去，現出了一個門戶來，穆秀珍轉頭看了一下，這時，她的身子已經完全靈活了，可是平瀨也十分機靈，絕不離得她太近，使得穆秀珍沒有反抗的機會！

穆秀珍沒有反抗的機會，在手槍的指嚇下，只好向內走了進去。

她才走進去，眼前一黑，就覺得雙腳踏在一個在向前移動的物體之上，她陡地一驚，前面已有了亮光，她低頭一看，身子在向前移，她是踏在一條傳送帶之上，傳送帶在開始斜向下，接著，便一直伸展向前。

穆秀珍幾乎不能相信自己的眼睛，又回頭向平瀨看了一眼。

平瀨的神情像是很興奮，道：「這是全世界最長的傳送道路，一共有十八哩長，是當年軸心國幾十位科學家的心血結晶。」

穆秀珍雖然魯莽衝動，可是畢竟不是沒有頭腦的人，她已經漸漸知道，那是怎麼一回事了，她冷冷地道：「不過，還是一樣挽救不了軸心國失敗的命運。」

平瀨悶哼了一聲，傳送帶繼續向前移動，穆秀珍知道自己一定可以到達一個極為隱密的所在。那所在，一定是第二次世界大戰末期，德國、義大利和日本的獨裁者，為了躲逃他們失敗的命運而建造的！

在這樣的原始森林之中，建造這樣大規模的工程，當時不知道有多少人就葬送在原始森林之中了。

穆秀珍緊握著雙拳，傳送帶向前移動了約有一小時，就聽到了一陣陣轟隆轟隆的聲響。

穆秀珍只覺得眼前一亮，前面是兩扇極大的金屬門，門前有四個撣邦族人在守著，一看到有人來，四個撣邦人就合力轉動門上的圓環，門打了開來，穆秀珍簡直呆了！

她看到門內，是一個巨大的山洞。那山洞絕不可能是人工鑿出來的，一定是天然生成的一個大山洞。

在山洞的一邊，是許多正在運行的機器，穆秀珍認不出這些機器的名堂，只認出在轉動的那個大渦輪，是水力發電之用的。

山洞的裡面，似乎還有許多築成的房間，而另一面，則是一個極深的水潭，那水潭中的水在翻騰著，發起極高的水花來。

山洞的當中，是一間相當大，四面全是玻璃的房間，可以看出房間中，有一座控制台，而在山洞中來回奔走、工作的，則全是撣邦族人。

穆秀珍吸了一口氣道：「規模倒是夠大的了，可是我看不出有什麼用處！」

平瀨冷笑了一聲，道：「你知道什麼，要不是戰事失利來得太快，這裡就是軸心國的指揮本部！」

穆秀珍站定了身子，轉過身來，望著平瀨，她顯得很冷靜，道：「戰爭早就結束了，侵略者也注定要失敗，你躲在這裡還有什麼用？雖然你有這些，可是我看不出你和像野人一樣躲在菲律賓森林中的那些日軍有什麼不同，你們全是生活在夢想中的可憐蟲！」

平瀨的神色變得極其難看，道：「住口！」

穆秀珍向後退去，她退向那個水潭，她已經看出，自己是在山腹之中。而那個水潭的水，分明是活水，可能連接著外面的什麼河流，要是她能跳進那水潭去，或者有機會逃走！

穆秀珍一面向後退著，一面道：「你唯一可走的路，就是向緬甸政府自首！」

平瀨向她逼了過來，連聲冷笑，道：「廢話，這裡是我的王國，我沒有失敗，這裡有巨量的金錢，只要一有機會，我就可以發展，我仍然可以征服全世界！」

穆秀珍大笑了起來，冷聲道：「征服世界，你？哈哈，我沒有聽到更滑稽的笑話！」

平瀨顯然被激怒了，揮著槍，向穆秀珍直衝了過來，那正是穆秀珍所希望的，因為在這樣的情形下，她可以自然而然退到水潭邊，而不使平瀨起疑。

穆秀珍的確是順利地退到了水潭邊，不過，以後發生的事情，卻是她未曾料到的。

她才來到了潭邊，平瀨怒吼著，揮手向她的臉上摑來，穆秀珍疾伸手，拉住了平瀨的手腕，向後一縮手，她和平瀨兩個人一起跌進了那個水潭之中。

在穆秀珍跌進水潭中去的那一剎間，她只聽到山洞中近百個撣邦族人，一起發出了一下充滿恐怖的呼叫聲來，接著，她沉進了水中，就什麼也聽不到了。

一到了水中，穆秀珍就推開了平瀨。

她起先打這主意時，以為憑著自己的水性，如果有通道的話，她是一定可以游出去的。

誰知道一跌進了水潭之中，才知道完全不對。水潭中的水，有著極大的漩渦，穆秀珍一進了水中，身子就被漩渦牽動著，不由自主地翻滾起來。

她在翻滾之中，曾好幾次碰到平瀨的身子，同時，漩渦有一股極大的力道，吸得她向下沉去。

穆秀珍心中一慌，不免喝了幾口水，等到勉力鎮定心神時，一股極大的力道，又將她推向上疾托了起來，陡然之間，已經看到了天光，冒出了水面。

她才一冒出水面，還未曾看清身子所在的情形，只看到平瀨就在她身子的不遠處，也冒了出來。

可是，他們兩人立時又被湍急的漩渦，拉得向下沉去，穆秀珍用力向上掙扎著，好不容易又浮了起來，可是已經鬧了個筋疲力盡，眼看要是再被漩渦扯下去的話，只怕再也難以浮得上來了！

而也就在這時，雲四風看到了她和平瀨！

當然，在事後，穆秀珍知道了山洞的那個水潭，和外面瀑布下的那個水潭是相連的，厚約五十呎的懸崖，將之隔成兩半，瀑布沖進水中，造成漩渦，造成了極大的吸力，如果不是木蘭花見機，追尋到了河流的源頭，發現了她的話，唯一的結果，就是被漩渦吸下去幾次之後，體力用完，死在水潭之中！

當時，雲四風、木蘭花和高翔一看到有人在水潭中掙扎，事實上，也未曾看清是什麼人，高翔立時大叫一聲，奔向小直升機，立時飛了起來，來到了水潭上面，將繩梯放了下來。

那時，平瀨已經無力再掙扎，眼看就要被漩渦捲到潭底去了，穆秀珍一看來了救星，精神一振，一手抓住垂下來的繩梯，一手提起平瀨，放在繩梯之下。

直到這時，雲四風才看清在水中掙扎的兩個人中，有一個是穆秀珍，他衝到了河邊，想高聲大叫，可是，由於他實在太激動了，以致張大了口，竟然一點聲音也沒有發出來！

嚴寒已經過去，早春已經來臨，細雨霏霏，在木蘭花住所的客廳裡，大家又聚在一起，只有高翔不在。

穆秀珍用手指著報紙，唸道：「你們聽著：緬甸政府決定發展北部叢林地區。哼，要不是我們找到了那個秘密基地，發現了那個大發電站，也沒有什麼可發展的！」

雲四風望著穆秀珍微微笑，穆秀珍的樣子很神氣。

安妮抿著嘴笑，說道：「秀珍姐，這次事情，自然是你的遭遇最精彩了！」

穆秀珍道：「可不是麼？」

木蘭花望了她一眼，笑道：「就是才從直升機帶上來，伏在石頭上嘔水的時候，不怎麼神氣！」

穆秀珍忽然叫了起來，說道：「蘭花姐！」

安妮望著穆秀珍，道：「秀珍姐，你被人關在鐵箱子，拖在海中，居然還能逃了出來，我就做不到！」

穆秀珍心中高興，大點其頭，用挑戰的目光，向木蘭花望去。

木蘭花卻只是微笑著，緩緩搖著頭，道：「我認為根本不應該有機會叫人關進鐵箱子去！」

雲四風笑了起來，穆秀珍狠狠瞪了雲四風一眼。

雲五風本來也想笑的，一見到這樣的情形，連忙伸手按住了口，轉過了頭去。

就在這時候，高翔走了進來，將雨衣放在門口，神色很沉重。

客廳中靜了下來，高翔坐下，燃著了一支煙，才道：「緬甸警方轉來了平瀨的口供。這傢伙野心真不小，他想利用土人的無知，用那口自動搖動的鐘，已經令得很多土人部落對他死心塌地，準備時機成熟，鼓勵土人部落脫離緬甸中央政府獨立！」

木蘭花望著高翔，道：「楊科長的事呢？」

高翔嘆了一聲，神情很難過。停了半晌，才道：「蘭花，你的一切估計都很對，平瀨在情報部工作時，就認得楊科長，那山洞中，有著數目極巨的金塊，平瀨可以說是一流的富豪，他用巨額的金錢收買了楊科長，他在口供中已承認了！」

穆秀珍道：「這殭屍，我早就知道他不是好人，哼，當時我應該一掌將他打死！」

木蘭花道：「秀珍，人總是人，人性是有弱點的——」

她略頓了一頓，道：「平瀨跌下懸崖去，是怎麼可以不死的，你想到沒有？」

穆秀珍搖了搖頭。

木蘭花道：「要是你當時就發覺，楊科長或者可以不死！」

穆秀珍咕噥道：「這種人——」

高翔望向木蘭花，道：「你知道平瀨用的是什麼法子？」

木蘭花道：「你一定已在平瀨的口供中知道了經過，考我來了？」

高翔微笑著點了點頭，各人一起向木蘭花望去。

木蘭花微笑著道：「太簡單了，平瀨既然是有備而來的，我想他早準備了一個假人，放在懸崖上藏著，他人向下跌去，抓住了準備好的繩索，躲在突出的岩石之下，假人就跌下了！」

高翔現出極佩服的神色來，木蘭花又道：「要不是秀珍那麼粗心，當時就可以發現了！」

穆秀珍充滿了委屈地叫了起來，道：「蘭花姐！」

這一次，連雲五風也忍不住，大家全笑了起來，連穆秀珍自己，也帶著點不好意思，一起笑著。

秘辛

1 無名怪屍

初夏的晚風撲面而來，令人心曠神怡，所以當七八個年輕人，由一幢小洋房中走出來的時候，都自然而然深深地吸了一口氣。

那七八個年輕人，一望而知是大學生，每個人的脅下，都夾著厚厚的書本，腳步輕鬆，嘻笑著，不斷地爭著講話，似乎只有一個高瘦的少女是例外，她充滿著沉思的神情，和其他人走在一起，顯得很穩重。

這個少女，就是安妮，而其他的年輕人是她的同學。

這時，在安妮身邊的兩個青年，一面跳著，轉著身子，一面指著他們才離開的那幢小洋房，道：「教授真是怪人，你看，他住的地方，附近五百公尺內，根本沒有別的屋子！」

另一個笑了起來，道：「所以獨身教授都是怪人，這是小說或電影經常見的情節，他們都有怪癖，而且，有野心控制全人類！」

他講到這裡，向安妮做了一個怪臉，道：「是不是，安妮？」

安妮最討厭年輕人的輕佻，所以她對這個問題不置可否。

那年輕人卻還不識趣，又湊過身來，道：「或許該請女黑俠木蘭花來查一查，看看黃教授的生活，為什麼這樣古怪！」

安妮冷冷地道：「如果你稍稍有頭腦的話，就不應該講出這種幼稚的話來！」

那年輕人碰了一個釘子，吐了吐舌頭不再說下去。

安妮和她的同學一樣，目的地是距離他們剛才出來的那幢房子，約有八百公尺的一個公共汽車站；每逢星期三，這七八個大學生，都到黃教授的住所來上課，而且算定了時間，可以趕上尾班公共汽車回市區去。

黃義和教授是著名的學者，他研究的課題，幾乎和每一個人都有著直接的關係，他是腦部神經活動研究的權威，安妮在大學中選的科目很雜，她幾乎對什麼都有興趣，所以她也選了黃義和教授的課。

從黃教授的住所到車站，要轉過一個小山崗。就在那群年輕人轉過山崗之際，最後一班公共汽車已經駛了過來，大家叫著，向前奔去，上了車。

車中本來只有寥寥幾個搭客，這七八個人一上車，登時熱鬧了起來。

公共汽車司機向他們微笑地打著招呼，車子繼續向前駛去，但是駛出不到一百碼，車中陡然有人叫了起來，道：「看，那邊失火了！」

車中所有的人全向火光冒出來的方向看去，雖然火光是從那個小山崗後面冒出來的，可是看起來，火勢十分熾烈，火焰亂竄。

而火焰直冒的那地方，根本沒有旁的房子，只有黃義和教授的屋子在！

安妮陡地站了起來，叫道：「停車！」

公共汽車立即停下，安妮打開車門，向下跳去，有幾個年輕人跟在她的後面，安妮一下車，就向前奔去，一面奔，一面轉頭叫道：「快去報警！」

司機答應了一聲，駕著車，向前疾駛而出。

安妮向前奔出，和她在一起的，是她的三個男同學。

當安妮在向前奔出的時候，她心中希望起火的是屋子旁的樹林，然而當她轉過了那個小山崗，看到了眼前的情形時，她和三個同學都呆住了！

黃義和教授的那幢房子，幾乎已全被火焰包圍了！

在柔和的晚風中，火焰像是萬千條猛獸的舌頭，肆意地舐著，凡是火舌舐過之處，所有的一切，迅即化為灰燼。

安妮在一呆之後，首先想到的一個問題是：他們離開了五分鐘都不到，而火勢已經如此之猛烈，究竟是什麼原因能在那麼短的時間內，形成這樣一場大火？

但是安妮卻沒有時間去進一步思索這個問題，屋子在烈火包圍之中，在屋子的周圍並沒有別的人，安妮和她的同學立時想到了黃教授的安危問題，他們一起叫了起來：「教授！」

一面叫，他們四個人用極高的速度向前奔去，來到離著火的屋子還有六十公尺時，火焰的熱浪已逼人而來。

安妮不顧一切地向前衝去，可是她才衝前一步，就被兩個男同學硬生生拉了回來。一個同學又驚又急，叫道：「你想幹什麼？」

安妮急道：「教授！教授一定還在屋子裡！」

那同學神情苦澀，道：「是又有什麼辦法，火勢這樣猛烈，沒有人可以進入火場！」

安妮著急道：「我們總應該想想辦法，不能眼看著教授燒死在屋子裡！」

她一面叫，一面掙脫了那兩個同學，不過她並沒有再向前奔去，因為這時她也看清楚了，火勢這樣凶猛，就算她不顧一切衝進屋子去，也不會有任何機會將人救出來，唯一的結果，就是連她也葬身在火場之中！

安妮繞著屋子奔了一圈，她想尋找一處火勢比較弱的地方，看看是不是有機會可以進屋子去救人，可是當她回到原來的地方之際，她完全失望了！

整幢屋子全在烈火的包圍之下，火勢越來越猛，當她奔回來之後，火光映得她滿臉通紅，汗珠滲出，那三個男同學目瞪口呆地望著失火的屋子，火焰的熱浪逼人而來，令得人幾乎喘不過氣來。

接著，在他們的呆立中，一下轟然巨響，屋子的頂已經坍了下來，揚起一朵一朵的火焰和帶著火星的灰燼，直冒向半空之中。再接著，消防車的警號聲，已自遠而近，迅速地傳了過來。

安妮回到家中，已經是凌晨三時了。

她一直停留在火場附近，消防車和警車一到，她就利用警車上的通話設備和木蘭花聯絡，告訴木蘭花她要晚一點回來。

當消防車來到，在最近的水源中接駁好消防喉的時候，幾乎已經沒有什麼工作可做的了，因為整幢屋子已經全被燒燬，火勢自然而然地弱了下來。

一個高級消防官向安妮和她的三個同學，問明了他們看到的起火情形之後，皺起了雙眉。

安妮問道：「我們離開這屋子不過五分鐘，為什麼火勢會如此迅速地變得這樣猛烈？」

消防官仍然皺著眉，道：「只有縱火，才會這樣！」

他講了這一句話之後，略停了一停，又重複地道：「只有縱火，而且一定是縱火專家的傑作！」

安妮吸了一口氣，沒有再出聲，心中疑惑更甚。

火勢在半小時之後，完全被控制，濃煙陸續冒起，大量的水射上去，漸漸連濃煙也熄滅了，消防人員開始進入火場發掘。

安妮還有著萬一的希望，希望黃義和教授不在屋子之內。雖然黃教授不是一個平易近人或和藹可親的人，但安妮對他卻十分尊敬。

又一小時之後，安妮的希望幻滅了！

她聽到火場中的消隊人員在叫道：「找到屍體了！只有一具！」

接著，便是幾個消防員抬著擔架進火場，安妮想跟進去，立即被消防官勸阻了。

她看到擔架抬著屍體出來，屍體上覆著白布，安妮在擔架經過她身前的時候，揭開白布來看了一看，屍體簡直已不成其為屍體，而只是一團焦黑，看來更像是一段燒焦了的木頭！

安妮實在難以想像，這樣難看的、焦臭的屍體，就是在兩小時前，正用低沉的語調向他們講解大腦皮膚細胞活動和記憶之間的關係的黃教授！

安妮的心情很沉重，慢慢地向外踱開了幾步，站著一動也不動，直到一位警官問她是不是準備離開，她才點了點頭。

警方人員也收隊了，安妮乘搭著警車回到家中。當她走進客廳的時候，出乎意料之外，木蘭花還沒有睡，正坐在安樂椅上看書。

木蘭花一見安妮，就放下手中的書，安妮向書的封面看了一眼，那是一本「記憶系統內分泌探討」，正是黃義和教授的作品。

木蘭花不等安妮開口，就道：「對不起，我未曾得到你的同意，就在你的書架上找了這本書來看。」

安妮揮了揮手，她和木蘭花、穆秀珍之間的關係，就像是親姐妹一樣，這些小事，她當然不會介懷，她只覺得心中有許多話要對木蘭花講，可是又不知如何開口才好。

也就在這時，木蘭花又道：「這是一場怪火！」

這正是安妮想說的話，由木蘭花開了頭，安妮忙將經過的情形，向木蘭花講述了一遍。

木蘭花用心聽著，然後道：「你沒有發覺黃教授在上課的時候，有什麼異樣麼？」

安妮道：「我早已想過這一點了，沒有，黃教授一直是那樣，除了和課程有關的話之外，什麼也不多說。」

木蘭花又問道：「他一直只是一個人獨居？」

安妮道：「我想是的，我到過他的住所十多次，除了他之外，沒有見過第二個人，他為人十分孤僻，好像在本市根本沒有人配和他交談似的！」

木蘭花揚了揚眉，做出了一個詢問的神情。

安妮補充道：「我的意思是，黃教授和世界各地的科學家，都有密切的聯絡，他經常收到各地的來信。」

木蘭花嘆了一聲，道：「多可惜，這樣一個科學界巨人，就在一場不明不白的火中喪了生！」她說著，站了起來，伸了一個懶腰，又道：「不早了，睡吧！」

安妮心情沉重，慢慢向樓梯走去。

她才走到一半，電話鈴就響了起來，木蘭花拿起電話，道：「高主任當然睡了，現在是什麼時候？噢，是王醫生，什麼？好，我叫醒他，叫他立刻來！」

木蘭花放下電話，安妮轉過頭來，神情極疑惑地望著她。

木蘭花動作迅速地向樓梯走來，道：「是法醫打來的電話，他說，黃教授的屍體，他認為十分可疑，要請高翔去一次。」

安妮怔了一怔，道：「可疑，是什麼意思？」

當她在這樣說的時候，立時想起那焦黑、可怖的屍體來。

木蘭花攤了攤手，表示法醫並沒有說出什麼可疑之處來，繼續向樓梯口走去。安妮就在樓梯上坐了下來，咬著指甲。

三分鐘後，高翔匆匆自樓上走了下來。

安妮一看到高翔，忙站了起來，道：「我也去！」

木蘭花顯然已對高翔講了事情的簡單經過，所以高翔道：「燒死的人，有什麼好看。」

安妮跟著高翔走下樓梯，道：「燒死的是黃教授，他臨死之前，我是最後見到他的人之一！」

高翔一直向外走著，安妮也一直跟著，直來到車旁，高翔打開了車門，道：「安妮，屍體可怕而又令人噁心，真沒有可看的！」

安妮固執地道：「我已經看到過了！」

高翔搖著頭，道：「你看到的時候，屍體才從火場中抬起來，只是一團焦黑，可是如今已到了殮房的解剖室中，一定經過一定程度的處理，燒傷的皮肉脫落，可能會見到白骨——」

高翔講到這裡，安妮不禁感到一陣寒意，但是她仍然堅持著，道：「我要去！這場火很怪，我已決定要找出起火的原因來！」

高翔知道無法再扭得過安妮，只好攤了攤手，讓安妮上車，然後駕車直駛殮房。等到高翔和安妮下了車，已看到法醫搓著手，在來回走著，神態十分焦急。他一看到高翔，立時迎上來，道：「高主任，如果不是事情太離奇，我不會吵醒你的！」

高翔做了一個「不要緊」的手勢，法醫帶著高翔向前走去，安妮跟在後面，一直到了解剖室的門口，法醫才轉過身來，道：「屍體被火燒得殘缺不全，安妮小姐是不是門外等一等？」

安妮堅決地道：「不！」

法醫也沒有再說什麼，推開了門，一股甲醛的氣味撲鼻而來，三人來到解剖桌前，法醫又向安妮望了一眼，才掀開了覆在解剖桌上的白布。

法醫只將白布掀開少許，可以看到屍體的頭部，安妮一看之下，心頭便突突亂跳起來，的確情形和高翔所講的一樣，屍體已經經過初步的處理，不再是焦黑的一團，而顯得更恐怖。

被燒壞的肌肉已經全部被移去，還剩下來的，實在已經沒有多少，可是還附在頭骨之上，整個頭蓋骨幾乎都在眼前，那種情景，實在使人看了一眼之後，再也不想多看一眼！

可是，安妮卻只是身子微微震動一下，並沒有轉過頭去。她竭力控制著自己的震撼，而她已作得極其成功。因為在外表看來，她全然是一副若無其事的神態。

而且，安妮也立即看出了法醫請高翔前來的原因。

法醫正指著屍體的頭蓋骨道：「高主任，你看！」

高翔自然也看到了，屍體的頭蓋骨上，有著明顯的裂痕，而且還有著一個孔洞。那個孔洞，憑高翔的經驗而論，立刻可以肯定，那是一顆子彈所造成的結果！

安妮也叫起來，道：「黃教授是被槍殺的！」

法醫卻搖著頭，道：「不是，他是燒死的，這個子彈卻已經很久了，從頭蓋骨生長的痕跡來看，那至少是三年以前的事！而且——」

他說到這裡，將白布再掀開，屍體的手臂已只剩下了半截，內臟已被移去，胸口有一個大洞，可以看到脊椎骨，在脊椎骨上，有一個明顯的，約有高爾夫球大小的結締組織。

高翔「哦」地一聲道：「他脊椎骨也受過傷！」

法醫道：「是的，而且十分嚴重，我敢打賭，割開這個軟骨結締，裡面一定包著一顆子彈！」

高翔的心中充滿疑惑，向安妮望來。安妮已經知道高翔想向她問什麼，不等高翔開口，就道：「不會是黃教授，黃教授的身體很健康，我不以為一個人在腦部和脊椎上受過槍擊，仍然會是個健康的人！」

法醫大聲道：「當然不會是一個健康的人，甚至可以說，他能夠在槍擊之後保持不死，已經是一個奇蹟，一個人脊椎受傷，他就不能行動，腦部受傷，甚至不能思想，不能說話，只是一個活死人！」

高翔呆了半晌，將白布覆上，道：「他不是黃義和教授，是另一個？」

法醫道：「如果黃教授是一個健康的人，那我可以肯定他不是！」

安妮道：「可是卻埋在火場中，奇怪的是，那屋子中只有黃教授一個人，我和我的同學幾乎可以確定這一點！從來也沒有聽到過他提起有人和他同住！」

高翔搖著頭，在一幢屋子中，即使是一間小屋子要藏匿一個人，而不被一星期去上一次課的學生知道，也是一件十分容易的事，安妮說黃教授一直只是一個人獨居，顯然是靠不住的。

而在那一剎間，他已經有了決定，他問道：「可有什麼方法，鑑定死者的身分？」

法醫道：「指紋是絕對沒有了，牙齒還全在，我們也可以根據他骨骼的構造，大致將他原來的面貌復原，畫成繪像，我現在已可以斷定，這具屍體是屬於一個白種人的，年齡大約是四十歲至四十五歲！」

安妮喃喃地道：「白種人！」她臉上現出一種怪異莫名的神情來，因為事情越來越叫人不可思議了！

高翔道：「好！我會派人來協助你，我們盡快將這具屍體的身分查出來！」

他轉向安妮：「現在已經晚了，明天一早，我就下令，再到災場去發掘，黃教授的屍體一定還在火場，沒有掘出來！」

安妮咬著下唇，點了點頭。

高翔和她一起回家，在途中，高翔笑道：「安妮，別將事情想得太複雜。有很多原因可導致莫名其妙的大火，而黃教授可能不是一個人獨住，等到找到了黃教授的屍體，又找到了那具屍體的身分，事情就再簡單不過了！」

安妮呆了半晌，才突然問一個高翔聽來充滿了孩子氣的問題，道：「如果現在這具屍體的身分一直找不出來呢？」

高翔呵呵地笑了起來，道：「那怎麼會？死人在沒有死之前是活人，活人生活在這個社會中，一定有著各種各樣的記錄，而且這個人受過嚴重的槍傷，是白種人，範圍不廣，一定很快就可以查出來呢。」

安妮卻仍然堅持著她那孩子氣的問題，道：「如果，我說如果查不出來呢？」

高翔打了一個哈欠，道：「那麼，警方的檔案之中，他就是一具無名屍體。」

2 先入之見

高翔以為安妮的問題是孩子氣的，是不可能的。可是在一個星期之後，有關那具屍體的文件夾上，仍然標著「無名屍體」這樣的字樣之際，他就不再覺得安妮的問題是沒有意義的了。

在這一星期中，為了找尋這具無名屍體的身分，高翔已責成三個富有經驗的警官，用盡了一切方法。警方人員將屍體的齒印交給全市的牙醫去查證，翻查一切失蹤記錄，翻查一切醫院中曾受槍擊者病人的治療記錄，都沒有結果。

而法醫和繪畫師，也根據屍體的骨骼構造，繪出了一張圖。繪出來的圖形顯示，死者在生前，是一個有六呎高，樣子相當神氣的中年白種男子。繪像被分發到每一個有關警員的手中，通過公共媒介，出現在報章上、電視上。

考慮到屍體在生前不一定是本市的長期居民，又翻查了入境記錄，可是所有的努力全白費了。

這具屍體，始終是「無名屍體」，就像是世界上根本沒有這個人一樣，這真是不可想像的，沒有這樣的一個人，又何來這樣的一具屍體？

和找不到這具無名屍體來歷同樣不可思議的是：連續三次徹底的發掘，火場中沒有發現任何別的屍體，即使是骨灰都沒有。

黃義和教授如果葬身火海，一定有殘剩的肢體會被找到，可是沒有。黃義和教授如果沒有被燒死，那麼他在什麼地方呢？

儘管警方一再呼籲和警方聯絡，一點消息也沒有，就像是他突然在空氣中消失了一樣！

事情真是怪得可以，一具不知從何而來的無名屍體，一個應該死在火場被人發現的消失了的人！

一星期後的一個下午。

在這一星期中，尤其是最後幾天，安妮不知多少次想聽聽木蘭花的意見，可是木蘭花卻顯得十分忙碌，經常外出，也沒有人知道她在忙什麼，安妮連想問的機會都沒有。

有幾次，安妮有了機會，可是木蘭花像是對這件事全然沒有興趣一樣，安妮一提起，她就用旁的話岔了開去，使安妮不得要領。

那天上午，穆秀珍來了。

穆秀珍人還沒有進客廳，她的嚷叫聲已傳了進來，道：「蘭花姐，無名怪屍有了頭緒沒有？」

木蘭花正在替鋼琴校音，頭也不抬，道：「無名屍體就是無名屍體，為什麼要加一個怪字？」

穆秀珍已經走了進來，安妮聽到穆秀珍的聲音，也從樓上直奔了下來。

穆秀珍對木蘭花的話覺得老大不服氣，道：「怎麼不怪？死者是什麼人？為什麼看來很容易查明他的身分，卻查不出來？」

安妮望向木蘭花，等著她的回答。

木蘭花直了直身子，手指在琴鍵敲了幾下，像是對發出的琴音表示了滿意，才淡然道：「一時查不出來，終究會查出來的。」

穆秀珍道：「已經一個星期了，還查不出來，那就夠怪的了！」

木蘭花笑了起來。

安妮道：「還有，黃教授呢？是生是死，在他身上，發生了什麼事？」

木蘭花坐了下來，望了望安妮，又望了望穆秀珍，道：「你們想問我對這件事的意見，一定已經很久了，是不是？」

安妮和穆秀珍都點著頭。

木蘭花挪了挪身子，示意安妮坐在她的身邊，道：「好，我會表示我的意見。不過我要先知道，安妮你在這一星期之內。做了些什麼工作？」

安妮道：「我花了很多時間，調查黃教授生前——不，調查他的生活。」

木蘭花道：「結論怎麼樣？」

安妮道：「結論是黃教授根本不和任何人來往，除了他職務上的需要外，他連多說一句話也不為，而且，他是獨居的，他的屋子離開其他人所住的地方雖然遠，但是他出入必須經過一條大路，大路旁有很多人住，從來也沒有人見過他和另外的人一起出入！」

木蘭花「哦」地一聲道：「你有沒有見過一個名叫王阿巧的人？」

安妮呆了一呆，道：「王阿巧，那是什麼人？為什麼我要去見他？」

木蘭花道：「王阿巧是一個木匠，你應該去見他的，因為在那場大火前六個月，王阿巧曾經在教授的屋子中做了一些改動，在他的臥室之中，隔出了一間小房間來，我相信那時候起，教授就不是獨住的了。」

安妮驚訝地張大了口，木蘭花安慰地撫著她的頭髮，道：「不要責怪自己粗心，事實上，你因為曾到過他的住所十幾次，所以才有先入之見，以為他一定是一個人獨住的，我卻不這樣想，大火一起就那麼猛烈，不會有人在起火後奔進火場去送死，那具屍體可以肯定是本就在屋中的。我根據這一點去查，就查到了王阿巧曾經改裝過教授屋子這件事。」

安妮苦笑了一下，喃喃地道：「先入為主的主觀，是推理的最大敵人！」

穆秀珍雙手撐著臉頰，睜大著眼，十分有興趣地聽著，道：「那麼，這個人是什麼人呢？」

木蘭花道：「我不知道，但是黃教授是一定知道的，我們與其在屍體的身分上捉迷藏，實在不如尋找黃教授的下落好得多。」

安妮道：「你肯定黃教授沒有燒死？」

木蘭花道：「當然，相信你也研究過消防局的報告，火災因為驟然的洩電而引起，有人曾在屋中淋上汽油，幫助火勢燃燒的痕跡。安妮，當晚你們離開之後五分鐘，火勢就已變得十分猛烈，可知黃教授是早有準備的，你們一走，他就開始行動——」

木蘭花講到這裡，安妮已陡地叫了起來，道：「等一等，蘭花姐。你說是黃教授放火？」

木蘭花的聲音很平靜，道：「屋子中只有兩個人，一個燒死了，一個不見了，你認為是誰放的火？」

安妮道：「放火的人，也可能是燒死的人！」

木蘭花吸了一口氣，道：「屍體顯示這個人至少在三年前曾受過嚴重的槍傷，他根本不能行動，在他未被燒死之前，不錯，他還活著，但是實際上一具屍體，也差不了多少。」

安妮不再出聲，緊抿著嘴。

穆秀珍揮著手，道：「一個國際知名的科學權威，為什麼要放火去殺死一個活死人？」

木蘭花搖著道：「當然那要問他本人！」

安妮直跳了起來，道：「你不是對黃教授的下落，已經有了眉目吧？」

木蘭花笑了起來，道：「說對了一半，因為只有半點線索，我肯定黃教授還在本市的話，一定會在一處地方出現。」

安妮和穆秀珍兩人都睜大眼，木蘭花道：「那是我一星期來努力的結果，安妮，你一定知道黃教授對一家義大利食物館中的食物有偏好的了？」

安妮道：「是，他最喜歡吃那裡的乳酪烤義大利粉，幾乎每星期去一次。」

木蘭花道：「不是幾乎每星期去一次，而是一定一星期一次，昨天晚上，我就去那家餐館等他出現。人的習慣是很難改變的，尤其是科學家，生活都有一定的規律。」

安妮伸手在自己的頭上打了一下，道：「我怎麼想不到……你……見到了他？」

木蘭花道：「我不該自己一個人去，昨天晚上，從七點半到九點半，這家餐廳中，有十一個人點了乳酪烤義大利粉，可是我卻無法辨認出哪一個是黃教授來，只是對其中一個行動閃縮的中年人起疑，等他離開時，我跟蹤他，可是很快就不見了他的蹤跡。」

安妮疑惑地道：「他經過整容手術？」

木蘭花道：「如果這個中年人是他，那就不是整容，只是精巧的化裝，我們可以再等一個星期，只要黃教授還在本市，他一定會再去。」

又過了一星期，情形和上星期沒有什麼不同，警方檔案上仍然寫著「無名屍體」，黃義和教授也依然沒有露面和警方聯絡。

那一天晚上七點，木蘭花就到了那家義大利餐廳，她化裝成了一個中年婦人，而安妮，則扮成了一個男孩子，在餐廳外面的街角上，靠牆站著，手中拿著一枚硬幣拋上拋下，看來十足是一個無所事事的小流氓。

穆秀珍在一輛汽車中，車子停在街角的轉彎處。

當她們三人出發之際，穆秀珍自豪地說：「我們三個人出馬跟蹤一個人，除非這個人會隱身法，不然一定可以跟他到天空……」

穆秀珍的話不算是誇口，以她們三人的能力而論，要跟蹤一個人，那實在是輕而易舉之事。

到八點鐘，安妮首先發現了木蘭花形容過的那個中年人向餐館走來，那中年人到餐館門口不遠處，略停了一停，就推門走了進去。

安妮已在那不到一分鐘的時間內，以她敏銳的目光仔細打量了那中年人，想在那中年人的身上，找出她熟悉的黃義和教授的樣子來，但是當那中年人走進餐館之後，她還是不能肯定那中年人的身分。

那中年人看來全然不是像是黃教授，一點也不像。那是不是極度精巧的化裝術的結果呢？如果那中年人不是黃教授，他為什麼也每星期來這家餐館一次，而且點的也是黃教授最喜愛叫的乳酪烤義大利粉？

當安妮的心中充滿疑惑之際，在餐館中的木蘭花也看到了那中年人，他走進來，在上星期同一個座位上坐了下來。

木蘭花甚至連望都不向那中年人多望一眼，但是實際上，她全副注意力都集中在那中年人身上。

她看到那中年人坐了下來之後，伸了一個懶腰，大聲對一個侍者要了他點的食物，又是乳酪烤義大利粉，然後，他突然轉過頭來，向木蘭花笑了一下。

那中年人的這個行動，使得木蘭花心中陡然一怔。

從那中年人笑容中所顯示出來的詭異成分看來，木蘭花知道事情有點不對頭，至少她可以肯定，自己的身分，對方已經知道了。

然而以木蘭花的精明，她也無法在剎那間想得出，何以自己的身分會暴露，她心中儘管吃驚，但是表面上卻不動聲色，漠然而無表情，像是根本沒有看到那中年人對她發出了詭異的一笑。

然而以接下來發生的事，卻令木蘭花更加尷尬，那中年人在一笑之後，竟然站起身，直向木蘭花走了過來，來到木蘭花的桌前，俯下身來。

木蘭花雖然善於應變，可是在這樣的情形之下，她也不知應該如何才好，只好裝出一副莫名其妙的神情，瞪著那中年人。

那中年人又向木蘭花笑了笑，神情更加詭異。

木蘭花深深吸了一口氣，對方已認出了她，這一點是毫無疑問的了，對方是什麼人？是黃義和教授的化裝？還是另一個人？

當木蘭花迅速在轉著念之際，那中年人突然挺直了身子，陡地笑了起來，他發出的笑聲是如此之響亮，簡直是轟然大笑！

那中年人的轟然大笑聲，在餐廳門外的安妮自然聽不到。

安妮只聽到一下又一下的汽車喇叭聲傳了過來。安妮知道那是穆秀珍發出來的，穆秀珍性急，一定是等得有點不耐煩了。

安妮略想了一想，就急步向街角走去，穆秀珍在車子中，一看到安妮向她走來，也打開車門走了出來，一副不耐煩的神色。

安妮忙道：「蘭花姐所說的那個人，已經進了餐館！」

穆秀珍揮了揮手，做了一個手勢，道：「將他揪出來就是了，何必多費……」

她講到這裡，手指著離她們所站處大約有五十公呎的那間餐館的門口。

就在這時，穆秀珍手指竟像是魔術家的手指一樣，隨著她的一指，「轟」地一聲巨響，自那間餐室中傳了出來。

那是一下相當猛烈的爆炸，餐館門口的玻璃立時紛紛碎裂，有好幾個經過的路人，立時被碎玻璃所傷。而附近的路人陡地亂了起來，那情形，簡直就像是忽然之間掀起了一塊石板，驚動了蟄居石板下的一群螞蟻一樣。

路人叫著、奔著，向附近的路上奔開去，在遠處的路人則奔過來想看熱鬧，一切的混亂，全在不到五分鐘的時間內發生。

穆秀珍和安妮兩人的反應，比路人來得快，轟然巨響才一傳出來，穆秀珍甚至連伸出去的手都未及縮回來，就一聲大叫，向前狂衝了出去，安妮也忙跟在她的後面。她們並不知道發生了什麼事，只知道發生了爆炸，而木蘭花就在那間餐館中。

當她們向前奔去的時候，大批受驚的路人正向外奔來，穆秀珍推開了幾個路人，衝向前，安妮緊隨在她的身後，當她來到餐室門口之際，大蓬濃煙已自餐室之中湧了出來。

自餐館中湧出來的濃煙，不但令人發生劇烈的嗆咳，而且什麼也看不到。安妮已抽出了一塊手帕來，可是穆秀珍卻只是屏住了氣，一下了就竄進了濃煙之中，想看清四周圍的情形，可是什麼都看不到，不但看不到什麼，而且濃煙令得眼睛發生極度的刺痛，淚水不由自主地滾滾而下。

穆秀珍大叫了一聲：「蘭花姐！」

她一開口，濃煙又向她的喉際灌了進來，令得她劇烈地嗆咳起來。

也就在這時，她感到身邊有人撞了過來。雖然是處在濃煙之中，穆秀珍的反應還是十分靈敏，她身子一斜，一伸手，就抓住了向她撞過來的那人。

東方武術有一個特點，就是對人體的軟弱部分，有著極其深刻的研究，即使是在雙目不能視物的情形之下，只要對方的身材不是出奇的高，或是出奇的矮，一個對東方武術研習有素的人，都可以一出手就抓到敵人的要害。

穆秀珍這時隨便反手一抓，五指運動，已經抓住了一個人腰際的軟肉。

穆秀珍一縮手背，將被她抓住的那人抓近自己的身邊，勉力睜開眼，向那人看去，不禁陡地呆了一呆，一時之間，在濃煙迷漫之中，她甚至以為自己抓住的是一個來自太空的怪物。

但是那種奇異的感覺，只不過是極短時間內發生的，儘管當穆秀珍立即看清，她所抓住的並不是什麼太空怪物，而只是一個戴著防毒面具的人時，她心中更加吃驚。

但是她的動作卻絲毫不慢，她左手一探，已經又抓住了那人的防毒面具，右膝跟著抬起，在那人的小腹上重重一頂，那人發出一下慘叫聲，向後直跌了出去。

煙是如此濃密，那人才一向後仰倒，穆秀珍就已經看不到他了，而那人的防毒面具也已經到了穆秀珍的手中。

穆秀珍連一刻也不耽擱，立時將防毒面具戴上，同時深深吸進了一口氣，她的雙眼之中，淚水仍然在不斷湧出來，但至少她已經可以睜開眼來。

就在她才一戴上防毒面具之際，又有一個人迎面急奔過來，那人直到來到穆秀珍的身前，才陡地站定，向穆秀珍做了一個手勢。

穆秀珍不知道那人的手勢是什麼意思，她所知道的是，有人在這間餐館中，引發了一次爆炸，而且還放出了大量濃煙。

這些戴有防毒面具的人，當然是引起災禍的人，穆秀珍也就決定，不必對這些人客氣。所以那人才一向她打一個手勢，穆秀珍已一拳向著那人的胸前重重打了出去。

她看不到那人跌向後之後的情形，但是卻可以聽到那人的肋骨斷折聲，和他跌倒時撞倒一些桌椅的聲音。

從奪到了防毒面具之後，穆秀珍已不如才衝進來的時候那樣狼狽，雖然濃煙仍然瀰漫，她的視線仍然不出三呎，可是她的行動卻不受濃煙的限制，要不是她記掛著木蘭花的安危，接下來的幾分鐘，早已使她歡嘯不已了。

她發覺濃煙之中，至少有二三十個人全是戴著防毒面具的，而那些人，在離她十分接近的時候，也全將她當作了自己人，穆秀珍出拳、起腳，重重地將他們擊倒，那些人連一點抵抗的機會都沒有。

這時，穆秀珍已聽到了警車的嗚嗚聲迅速自遠而近傳了過來。她勉力叫了幾聲，想找到木蘭花，可是她的聲音卻十分低沉，那是由於她戴著防毒面具的原故。

她準備先退出餐館外再說，她知道濃煙正在向店外湧去，所以順著濃煙湧出的方向奔出了兩步，又踢倒了一個人，當她覺得身後又有人撞過來之際，陡地一縮肘，向背後的那人撞了過去。

在濃煙中動手，穆秀珍可以說無往而不利，所向無敵，她以為自己那一肘，一定又可以令得身後的人發出骨頭斷折之聲。可是出乎她的意料之外，她手肘才向後撞去，肘上陡地一麻，已被她身後的那人拿住了肘際的麻筋。

穆秀珍立時知道自己遇上了武學高手，可是當她知道這一點時，已經遲了，隨著肘部的一麻，整條右臂立時酥麻得難以再提起來，身子也震了一震，她的背後也在這時著了重重的一拳。

這一拳的力道是如此之大，令得穆秀珍眼前金星直冒，身子不由主向前直衝了出去，撞翻了一樣東西，她猜想那是一張桌子，人繼續向前滾去。

要不是她在滾向前之際，已經令得自己全身的肌肉盡量放鬆，她一定已被地上遍佈的碎玻璃割得遍體鱗傷了。

等到她止住了向前滾跌之勢時，穆秀珍全然不知身在何處，她聽到了一陣急驟的腳步聲迅速離去，接著，在另一個方向的警車嗚嗚聲中，她聽到了高翔的聲音，在叫道：「快調煙霧隊過來！」

然後便是安妮的聲音，聽來極其發急，道：「秀珍姐和蘭花姐全在裡面！」

穆秀珍猛地提一口氣，一躍而起，向著高翔和安妮話語傳來的方向直衝了出去，她感覺到安全衝出餐館，到了街上。

一到了街上，濃煙已不如在餐館中之甚，她繼續向前奔了幾步，看到幾個警員向她大聲叱喝著，穆秀珍一把拉下防毒面具來，叫道：「是我……高翔……你在哪裡？」

高翔的聲音立時傳了過來，道：「秀珍，快過來！」

穆秀珍一面雙手揮動，揮開面前的煙，一面又向前奔去。

當她來到一輛警車之前，看到高翔和安妮的時候，陡地叫了一聲，身子直仆向前，高翔伸手扶住了她。

穆秀珍在那一剎間，只看到高翔駭然已極的神情，失聲在問道：「秀珍，你怎麼了？」

穆秀珍在那一剎間，還不明白高翔何以如此吃驚，她想說話，可是一陣噁心，只覺得全身的血，似乎都在向上湧來，喉際一陣發甜，再也忍不住，「哇」地一聲，一口鮮血噴出來，眼前一黑，人就昏了過去。

3 內家高手

在餐館外的高翔，一看到穆秀珍自餐館中衝了出來，本來應該高興才是。可是當他一扶住穆秀珍，看到穆秀珍的臉色呈現著一種異樣的血紅色之際，他心中的吃驚，當真是難以形容。

他也是一個對東方武術有著深厚研究的人，自然一看就知道，穆秀珍如果不是受了極其深重的內傷，是決計不會有這樣可怕的臉色的，所以他立時問了一句。

但是接著，穆秀珍已口中一大口鮮血直噴了出來，高翔隔穆秀珍隔得很近，又是面對面，這一口鮮血噴了出來，立時噴得高翔一頭一臉。

高翔仍然緊扶著穆秀珍，雖然他知道穆秀珍已經昏了過去，但是一時之間，他也不知道該如何才好。

在多年的冒險生涯之中，不知道曾經遇過多少凶險，但是穆秀珍傷得如此之重，而且一看就可以知道，她是傷在另一個武學高手的手下，這樣的情形，卻是從來也未曾出現過的！

這時，在高翔身邊的安妮也嚇呆了，陡地叫了起來，道：「秀珍姐！」

高翔陡地一震，喘著氣，叫道：「救護車，快來人！救護車！」

幾個警員忙奔了開去，在街上，濃煙比較稀薄，警員才奔開去，一輛救護車就倒退著駛了過來，救護人員拉出擔架，高翔扶穆秀珍上了擔架，向安妮道：「你跟到醫院去，我隨後就來！」

安妮緊咬著下唇，點了點頭，隨著救護人員將擔架抬上車，她也上了車。救護車立即響起警號聲，向前疾馳而出。

安妮看著躺在擔架上的穆秀珍。當穆秀珍才一衝出來時，臉色比血還紅，可是這時，臉色卻比覆在她身上的白布還要白，她的口角還有血在滲出來，救護車上的醫生正在用聽診器聽她的心臟，同時指揮著助手，替穆秀珍在作緊急注射。

當穆秀珍衝進餐館之際，安妮是跟在她後面的，安妮一衝進餐館，立時用手帕紮住了口鼻，可是濃煙令得她的雙眼全然無法張開，她啞著聲叫了兩聲，實在無法在濃煙中待下去，才被逼退了出來。

安妮才退出來不久，第一輛駛來的警車已經到了，警員開始維持秩序，緊接著，趕到的警車越來越多，接著，高翔也來到了。

自餐館中冒出來的濃煙，令得整條街上都充滿了淡淡煙霧。高翔一到，和安妮急速地交談了幾句，他和幾個警官就試圖衝進餐館去，但是全被濃煙逼回來，接著，就是穆秀珍陡地從餐館之中衝出來。

等到救護車將穆秀珍載走，警方的煙霧隊也趕到了，高翔戴上了防煙霧面具，和煙霧隊員一起衝進了餐館之中，餐館中濃煙滾滾，仍是什麼也看不到。

這時消防車也趕到了，大量的水射進去，當水將四具冒出濃煙的煙霧器淋濕而失效之後，濃煙已停止了冒出，漸漸散去。

高翔站在餐館中心，四面看著，神情苦澀。

整個餐館已被破壞得不成樣子，幾乎沒有一件完整的東西了，好像在餐館中，曾經發生過一場小型的戰爭一樣。

高翔首先想到的一個問題是：何以意外一發生後，餐館中竟沒有一個人向外衝出來？而如今餐館中又沒有一個人，這些人全到哪裡去了？

高翔呆立著，一個煙霧隊的警官，提著一具煙霧箱，向著高翔走來，道：「高主任，是這個東西在作怪，煙中含有催淚氣體，一共有四具之多！」

高翔的心中亂到了極點，安妮曾說木蘭花在餐館之中，可是如今木蘭花在什麼地方？他揮了揮手，道：「拿去化驗，找出它的來源來。」

那警官答應了一聲，提著煙霧散發器走了開去，另外幾個高級警官又來到高翔的身前，一個道：「前後全都找過了，一個人也沒有！」

高翔有點惱怒，道：「事發時，估計至少有三十個人在餐館裡，怎會一個人都沒有？」

那警官道：「後門是被撞開的，餐館中的所有人，可能全是從後門走的！」

高翔又呆了呆，這幾乎是不可能的事。在爆炸發生，濃煙陡冒之際，所有人全從後門撤退，除非所有的人全是受過嚴格軍事訓練的人！

高翔來的時候，看到過街上路人混亂的情形，為什麼在餐館中的所有人，會這樣鎮定而有秩序？

高翔一面想著，一面到了後門口。

後門的確是被撞開的，後門外是一條巷子，並不很寬闊，一個警官在向幾個少年問話，一個少年揮著手，道：「很多人，每個人都戴著防毒面具，像打仗一樣，一出來就上了車，駛走了！」

另一個少年道：「這些人之中，有好多個好像受了傷，是叫人抬上車去的！」

還有一個道：「有幾個還在大聲叫著。」

高翔走過去，道：「有沒有看到一個女人？一個中年女人？」

木蘭花當晚的行動，高翔是知道的，他知道木蘭花化裝成了一個中年女人。

幾個少年互望著，搖著頭，道：「那倒沒有注意，這些人的行動極快，一下子就走了！」

高翔問道：「是什麼樣的車子？」

少年道：「一輛大卡車——」

高翔望著那幾個少年，那幾個少年現出慚愧的神情來，道：「我們沒有留意車牌。」

高翔回頭向身後的幾個警官道：「追查那輛大卡車！」

幾個警官答應著，高翔轉身走回餐館，出了餐館，來到警車旁，拿起了通話儀。他本來是想向方局長報告一下這裡的情形的，可是當他拿起了通話器之後，他竟不知道如何說才好！

這裡究竟發生了什麼事？他連一點頭緒都沒有！

他所知道的，只是木蘭花、穆秀珍和安妮三個人，到這裡來，希望能見到黃義和教授，可是如今，木蘭花不知所蹤，穆秀珍身受重傷，對手是些什麼人，一個也沒有露面，雖然有人看到有不少人受了傷，但是卻一個人也沒有留下！

在這樣的情形下，他該如何作報告才好？

高翔放下通話器，他對木蘭花倒並不擔心，他相信木蘭花有著應付任何惡劣環境的能力，穆秀珍的傷勢倒反而令人擔心。

他上了車，吩咐身邊的駕駛警員：「到醫院去！」

車子響起了警號聲，向前駛去。

高翔一手托著額，盡量想在混亂的思緒中找出一個頭緒來。

整個事情不可解的地方實在太多了，在那義大利餐館中，究竟發生了什麼事？突如其來的爆炸，大量含有催淚氣體的濃煙冒出來，目的是為什麼？為什麼餐館中的所有的人，行動都如此迅速，像是受過最專門的訓練一樣？

高翔想來想去，仍然是一片茫然。他只想到了一點：餐館中發生的事，和發生在黃義和教授住所中的那場大火，手法同樣乾淨俐落，是不是同一幫人所為？如果是的話，這一幫人又是什麼人？

當高翔想到這一點的時候，他不禁苦笑了起來！

因為從已經發生的事來看，顯然已經有一幫極具勢力、行動極有效率的不法分子進入了本市，正在從事不可告人的活動。而他，作為警方的特別工作室主任，竟然一無所知！由此也可以知道，這幫人絕不是普通的不法分子！

高翔在這時，真希望木蘭花就在自己的身邊，那麼他就可以聽木蘭花的意見，共同推測究竟發生的事是屬於什麼性質。

可是，木蘭花在哪裡呢？

在高翔苦澀的心境中，車子已在醫院的建築物前停了下來。高翔還沒有下車，就看到雲五風和雲四風的車子。

其中雲四風的那輛車子，前輪竟衝上了醫院建築物石階，而且車門也沒有關，由此可見，雲四風是在什麼樣的匆促情形下直衝到醫院來的。

高翔下了車，走向前，在經過雲四風車子之際，順手關上了車門。

他一進醫院，兩個高級警官就迎了上來，神色凝重，什麼話也不說，只是帶著高翔向前走去，一直來到了急救室的外面，高翔看到了雲五風、雲四風和安妮。

雲五風和安妮站在一起，手握著手，兩人神情焦切，面色蒼白。雲四風則面對著牆，將額抵在牆上，右手握著拳，不住一拳一拳地打著牆。

高翔先來到雲四風的身後，伸手在雲四風的肩頭上輕輕拍了兩下，嘆了一聲，雲四風全然沒有反應，高翔轉過身來，望著安妮。

安妮的聲音有點嘶啞，道：「醫生的初步檢查，是內臟大量出血，正在進行輸血急救。」

高翔的面肉抽搐了幾下，道：「內臟的傷勢怎麼樣？」

安妮又道：「X光照片還沒有——」

她才講到這裡，兩個醫生急急走了過來，手中拿著才沖洗出來的X光照片，照片還在不斷滴著水。

那兩個醫生隔很遠就大聲道：「情形比想像中的好，各位不用擔心！」

雲四風陡地轉過身來，高翔看到他蒼白的臉色，不禁心中一陣難過。

那兩個醫生舉起手中的X光照片，道：「看，脊椎骨沒有受傷，心臟、肺也沒有受傷，大量的內出血可能來自脾臟，這是人體內最軟弱的部分，也最容易復原！」

雲四風吁了一口氣，高翔按住了他的肩頭。

一個醫生道：「她是怎麼受傷的？那情形，像是有一個幾百磅重的鐵錘，由她的背後重重打擊了一下！」

高翔道：「不是鐵錘，我想是一個武功高手，出其不意的一下重擊！」

兩個醫生一起瞪著眼，像是不能相信會有這樣的事發生。

這時，急救室中又有一個醫生走了出來，雲四風忙道：「她醒過來了？」

那醫生道：「還沒有，但是情況穩定。」

他向另外兩個醫生道：「準備緊急手術設備，要進行手術，先將內出血止住！」

雲四風想向內衝去，可是卻被醫生攔住了，道：「傷者的情況極度虛弱，你不適宜進去！」

雲四風呆了一呆，轉過身來，高翔道：「四風，醫生說沒有生命危險，你不必太焦急！」

雲四風嘴唇掀動，發出了一些毫無意義的聲音，然後清了清喉嚨，道：「敵人是什麼人？」

高翔苦笑道：「完全不知道！蘭花現在就可能落在敵人的手中，但是我們如今對於敵人是何方神聖，簡直一無所知！」

別說高翔不知道敵人是什麼人，連已落在對方手中的木蘭花，這時也還不知道敵人是何方神聖！

在那間義大利餐館中，當那中年人突然來到了木蘭花的身前，忽然之間發出轟然巨笑聲來之際，木蘭花已經可以肯定，事情十分不妙，她也沒有必要再掩飾下去，應該採取行動了。

所以，她陡然站了起來。

也就在那一剎間，她聽到了一下爆炸聲。

由於她的注意力全集中在身前那個中年人的身上，是以她並不知道那一下爆炸是如何發生的。

在轟然巨響中，木蘭花的身子向後一縮，她的反應極快，一縮之間，已到了那張桌子之後，她和那中年人之間，正隔了一張桌子。

可是，不等木蘭花有進一步的行動，濃密的黑煙已經洶湧地展佈開來，簡直就像是暴風雨中的海浪一樣。木蘭花只有不到一秒鐘的時間，看到了那中年人迅速地戴上了防毒面具。

木蘭花立時屏住了氣息，當她想看清楚四周圍的情形時，已經沒有可能了。

雖然她可以閉住呼吸，但是她的眼睛一樣無法抵受刺激，她只覺得有兩個人向她衝了過來，她迅速地擊出兩掌，將那兩個人打得直跌了出去，同時，她用力推翻了桌子。

她估計推翻的桌子可能已撞中了那中年人，她身子躍起，想向前衝出去，可是身子才躍起，她的雙足已分別被繩索纏住，而且繩索的一端，傳來極大的牽引力，拉得她直跌了下來。

她才一落下，「呼」地一聲，一件軟綿綿的東西，便已向她的身上罩了下來。

木蘭花雙手一伸，抓住了罩在她身上的那件東西，那東西像是一隻很大的帆布袋。

木蘭花還未曾來得及抖開帆布袋，就有兩個人上來，按住了她的手背，剎那之間，像是四面八方都充滿了突如其來的敵人！

木蘭花本來可以輕而易舉擺脫那兩個按住她手臂的人，而且可以令得那兩個人身受重創的。可是就在那一剎間，她改變了主意。

餐館中的突襲來得如此突然，以致連心思靈敏遠在常人之上的木蘭花，也不能立刻想出究竟是發生什麼事情。

在這樣的情形下，木蘭花反倒不急於脫身，她已經估計到對方的目的是俘虜她，那麼。為了弄清楚究竟是什麼事，乾脆將計就計，就讓對方俘虜了去，不是更可以明白事情的真相麼？

木蘭花一想到這裡，只是偽裝掙扎了幾下，她立時又感到一陣有著強烈的麻醉劑氣味的液體，向她的臉上直噴了過來。

木蘭花屏住了呼吸，盡量不吸入麻醉劑，但儘管那樣，她也不禁感到了一陣昏眩。

就在那時，她的身子被人推著，已全被那幅帆布包了起來。木蘭花還可以感到對方的動作極其迅速，一被捲了起來，立時有繩子將她緊緊紮了起來，而她也被抬了起來，向外走去。

在不到一分鐘之內，木蘭花已經覺出自己上了一輛車，車子迅速地駛出。十分鐘後，她又被從車上搬下來，又上了另一輛車，一連換了三輛車，才被抬進了一幢屋子，放了下來。

木蘭花知道自己被放在地板上，因為她可以聽到身邊傳來的雜沓的腳步聲。然後，就是一個憤怒的聲音道：「我們究竟傷了多少人？」

另一個人答道：「一共是十四個！」

那聲音更加憤怒，道：「傷了十四個！難道就沒有人懲戒她？」

又一個聲音響了起來，那聲音一聽就令人難忘，聽來又蒼老，又嘶啞，在聲音之中，像是充滿了愁苦一樣，道：「我給了她一掌！」

那聲音陡地轟笑了起來，他一笑，木蘭花就聽出他就是那個中年人，他笑著，道：「你老人家出掌，當然一掌就打死了她！」

木蘭花陡地吃了一驚，當穆秀珍衝進來的時候，木蘭花已經被帶走了，她並不知道穆秀珍的事，但是聽對方這樣說，用的是專指女性的「她」字，這個女子，又傷了對方十個人之多，那麼，十之八九可能是穆秀珍了。

木蘭花只覺得那蒼老的聲音聽來十分異樣，只有對中國武術有深湛研究的人，才能聽出這種異樣來。

中國的武術，向來分為「內家」和「外家」兩種，內家功夫，就是俗稱「內功」，以練氣為主，講究以氣御力，無窮無盡，可以使人體的能力發揮淋漓盡致的地步，這是最上乘的武術。

練這種武術的人，先從吐納呼吸練起，練得有了火候，呼吸異於常人，時間相隔特別長。

木蘭花自己也是練過氣的人，所以她可以聽出那蒼老的聲音在講話之際，幾乎全然不用提氣，毫無疑問的是一個內家高手無疑！

如果穆秀珍中了這樣高手的一掌，那麼穆秀珍一定受傷了。木蘭花素知穆秀珍生性比較浮躁好動，而修練內功的過程，是一個十分沉悶無聊，要求修習者有極度靜心的境界，穆秀珍儘管在武術上的造詣極高，但是遇上了真正的內家高手，她就不免要吃虧了！

尤其，當那個聽來是領導的人，一聽說那人打了「她」一掌，就肯定「她」已死了之際，木蘭花更不由自主地吸了一口氣。

那低沉蒼老的聲音「嘿嘿」冷笑了兩下，道：「沒有，她只不過受了傷！」

那頭子的聲音聽來有點惱怒，道：「為什麼只是打傷她，而不是打死她？你沒有能力打死她？你知道她傷了我們多少人？」

那低沉的聲音又冷笑了起來，道：「陸嘉先生，我請你注意，我是獨力行事的，並不接受你的指揮。第二，我喜歡殺人就殺人，喜歡傷人就傷人，任何人不能干涉我。第三，我打她的一掌，是在她背後偷襲的。你以為我是什麼人，會在偷襲的情形下打死一個人？我要打死敵人，只有在堂堂正正的比試之下下手！我是一個武術家，不是你們這群只問目的、不擇手段的人的同黨！」

那人的聲音雖然蒼老、低沉，可是這一番話，卻是說得慷慨激昂。

木蘭花聽了，心中陡地想起了一個人，心中剛動了一下，卻已聽到那頭子，被稱為陸嘉先生的那人，壓抑著憤怒，道：「我知道了，你是武術名家，我們是卑鄙小人！陳思空先生！」

在陸嘉先生叫出了「陳思空先生」這個名字之後，他又講了幾句話，可是木蘭花卻完全沒有聽進去，她心中因為這個名字的震動，是難以形容的！

陳思空！

這個名字能在素來鎮定的木蘭花心中，也引起如此巨大的震動，當然不是沒有原因的。事實上，任何對東方武術有研究的人，一聽到這個名字，都會震動。尤其是人人以為他早已作古，可是他卻又活生生地在世上之際，震動自然更甚！

陳思空在武術界的地位，可以上溯到霍元甲創立精武體育會的時候。霍元甲以一套迷蹤拳蜚聲國際，連敗多個國家的大力士和武術家，完全所向無敵。

可是，熟知武術界內幕的人卻知道，霍元甲在和一個來自中國關外的武術高手比試之中，他至少沒有獲勝。這次比試，是在一種極其秘密的安排下進行的。雙方除了比試者之外，只帶一個好友作為見證。

霍元甲所帶的，是他的生死之交農勁蓀，而對方所帶的一個見證，卻是一個叫兒島的日本人。

這個日本人，在見識了兩大中國武術高手三日三夜的交手之後，回到日本，曾說過一句使日本武術界震驚的話，他說：

「中國武術是世界武術之精華，所包含的內容之廣，任何人盡一生之力，若非有超特的領悟能力，根本難窺其門徑！」

當時，這一句話，曾引起日本武術界的極度不滿，紛紛找兒島較量。

兒島閉門七年不出，在這七年之中，他將自兩大高手比武中領悟得到的中國武術奧秘，加上日本固有的武術，各取其長，苦練有成，一旦再出，日本高手所向披靡，人人成了他手下的敗將。兒島在拳術、劍術上的造詣，被日本武術界一致公認為第一高手。

這位兒島武師，曾是木蘭花的師父，木蘭花曾經跟他學過武技，成為他最得意的弟子之一。

兒島師父告訴木蘭花，一般人皆只知中國武術界的巨擘是霍元甲，卻不知道另外還有一人，武術造詣絕不在霍元甲之下。

這個人，只知道他來自中國關外，根本不知他的來歷，在上海，和霍元甲較技三日三夜，不分勝負之後，又飄然而去，也沒有人知道他到什麼地方去了。

由於事情相隔已經超過五十年，雖然武術界中有不少人知道這件事，但總以為那人早死了。這個人的名字，當兒島師父當年和木蘭花講起的時候，木蘭花就印象極其深刻地記在心中。

這個人的名字，就是陳思空！

當年，兒島師父在中國，是被陳思空打敗，成了好友，才成為那次驚天動地的武術比賽的見證之一，連兒島師父也不知道陳思空的來歷，以後，兒島師父也沒有再見過這個武術大師。

據兒島師父說，那一年，霍元甲年紀較大，已經三十二歲，而陳思空不過二十出頭。事情已超過五十年，如果如今這個蒼老低沉的聲音，就是那個陳思空所發出的話，那麼，他應該是將近八十高齡的老人了！

中國武術中的內家功夫，是不受年齡限制的，相反地，年紀越大，因為修習的年資越高，功力就越是深湛，有許多神乎其技的武術傳說，因為久已失傳，也沒有人有恆心花幾十年苦功苦練，所以被認為只是「傳說」，但木蘭花卻深知那不是傳說，而是真可以有人做得到的！

剎那之間，木蘭花的心中不知想了多少事，她想到自己身在險境，而這樣的一個武學高手，雖然似乎不願意和對方同流合污，但顯然又是和對方一路的，對方究竟是什麼樣的人物，何以行事如此神秘，全然不能從已經發生的事中，推測到對方的來歷？

木蘭花的心中十分亂，等到她勉力鎮定下來之際，已聽得一連串的冷笑聲在遠去，顯然是陳思空已經走了開去，而陸嘉先生則用憤怒的聲音在下命令：「將她帶到我房間裡去！」

幾個人答應著，木蘭花立時又覺得被人抬了起來，向前走著，轉了幾個彎，又放了下來。一放了下來之後，她就覺得身上的繩索被解去，罩在她身上的帆布也被揭了開來。

就在身上的帆布一被揭開之際，木蘭花就以十分敏捷的動作一躍而起。她不但立時躍起，而且立即一伸手，抓住了她身邊一個大漢的手腕，手一轉，已將那大漢的手背反扭到了背後，然後，直退了五六步，退到了屋角，站定。

木蘭花的動作是如此之快，而對方是一直以為木蘭花是中了強烈麻醉劑昏迷不醒的，是以當木蘭花成功地退到了屋角，而且將那大漢反扭著手背，擋在自己的面前，已經處於一個相當安全的境地之際時，房間中的幾個人，甚至還不知發生了什麼事！

木蘭花迅速打量了一下，連將她突如其來制服的那人在內，房間中一共有五個人，房間很寬大，陳設美而現代化。

最先有了反應的那個人，就是木蘭花兩次曾在那間義大利餐室之中見到過，起先還以為他是黃義和教授的那個中年人。

這個中年人，當然就是陸嘉先生了！這時，正充滿了驚怒，張大了口，像是想發出一下怒吼聲來。

可是木蘭花不等他出聲，就冷冷地道：「陸嘉先生，你好！」

陸嘉陡地震動了一下，從他在那間餐室中出現，到將木蘭花擄來，他的言行一直都顯示他是一個極其精明的人物。

可是這時，木蘭花陡地叫出他的名字，他的神情就像是一個受了責備的孩子一樣，一片茫然失措，不知如何才好的表情。

雖然，那只是極短時間發生的事，他立即恢復了正常，但木蘭花已嘲弄似地「呵呵」笑了起來，道：「陸嘉先生，你的上司一定不會欣賞你剛才這種神情的！」

木蘭花對這個「陸嘉先生」是什麼人，全然一無所知。可是她卻憑她那精密的推理能力，確定了幾件事：這次對方的行動，如此迅速而有效率，對方一定是一個極其龐大的秘密組織，不是普通的犯罪分子，這樣的組織中，真正的首腦人物是不會出動的，陸嘉在如今看來，雖然是首領，但是他上面，一定有更高級的人物。

而這一點，從陳思空雖然和陸嘉一起行事，但是對陸嘉卻絕不買帳這一點上，得到證明。

而通常，這樣的組織，一般是採取上對下極其嚴密的控制手段的，儘管一個人平時什麼都不怕，可是對組織中的上級，一定畏之如虎。木蘭花之所以這樣說，就是這個緣故。

果然，木蘭花的話才一出口，陸嘉的面色又變了一變，但是他卻立時恢復了鎮定，吸了一口氣，道：「真是名不虛傳，我們對你們的估計太低了！」

木蘭花不肯放過使對方心驚的機會，她悠然道：「是你估計錯誤，相信你的上司不會對我們估計錯誤。所以，錯的是你！」

陸嘉的面色又變了一變，神情也變得極其憤怒，但是他卻沒有發作，向木蘭花指了一指，道：「如果你認為制住了我們之間的一個人，就可以脫身，那就錯了！」

木蘭花「哈哈」笑了起來，道：「脫身？我為什麼要脫身？我的目的，就是讓你帶到你的地方來！如果要脫身的話，在那餐室中，你以為我不能脫身？」

木蘭花一面說，一面伸手一推，將被她制住的那個大漢，推得向前直跌了出去，然後，神態悠閒地在一張沙發上坐了下來。

她一坐下之後，反而像她是主人似的，一攤手道：「請坐，坐下來好說話！」

陸嘉怔了一怔，木蘭花雖然身在敵人的巢穴之中，可是她的態度是如此之鎮定，有一股難以形容的鎮懾力量，使對方聽從她的話。

陸嘉在一怔之後，打橫跨出了一步，坐了下來，瞪著木蘭花。

木蘭花看來已經完全控制了局面，道：「看來，我們至少有一件事是一致的，那就是我們大家都想找出黃義和教授的下落，是不是？」

陸嘉哼了一聲，並沒有回答。

4 宇宙中心會

木蘭花繼續道：「你們也知道黃教授有到那家餐室去的習慣，所以在那裡等他。不過你們做得很徹底，我想，你們已經買下了那家餐室，將所有的人，連顧客在內，都換上了你們的人，是不是？」

木蘭花講到這裡，笑了起來，道：「而我卻在這樣的情形之下，兩次闖了進來，當然，不論我的化裝如何精巧，你們都可以輕而易舉地將我認出來了！」

陸嘉已完全恢復了鎮定，冷冷地道：「不錯，如果你早明白就好了！」

木蘭花將背舒服地靠在沙發上，道：「現在知道也不遲！為了找黃教授，你們倒真是不惜成本！自從黑龍黨、黑手黨、秘密黨以及胡克黨被擊潰之後，世界已很少有什麼組織有這樣的魄力了！」

木蘭花舉出了四個著名的世界性犯罪組織的名稱來，目的就是想試探對方的來歷，從對方的反應之中，探知對方組織的性質和規模，除非是極有經驗的人，不然是一定會露出口風來的！

而陸嘉先生的經驗，顯然不夠老到，一聽就道：「哼，黑龍黨、秘密黨，算得了什麼！」

木蘭花吸了一口氣，陸嘉透露的不多，但是木蘭花已知道，陸嘉所屬的那個組織，不出她所料，是一個非比尋常的組織！

木蘭花在外表上看來，仍是一樣鎮定，盯著陸嘉，道：「你們的組織，已經決定和我，以及本市警方，作正面衝突了？」

陸嘉又震動了一下，像是對這個問題，不知該如何回答才好。

木蘭花正想抬出他的「上司」來恐嚇他一下，突然聽到陸嘉的身上發出了「吱吱」的聲響，陸嘉在剎那之間，竟顯得異常驚惶失措。

他看來有點手忙腳亂地自上衣口袋之中，取出一個小小的金屬盒來，自那金屬盒之中，拉出了一個耳機，塞向耳中，半轉過身去，像是不願意被木蘭花看到他那種狼狽的神情。

他不斷點著頭，連聲說著：「是！是！我知道！我知道！」

這時，木蘭花的心中，也十分驚訝。

這小金屬盒子，自然是一具超小型的無線電對講機。

木蘭花見過比這更小，更精巧的無線電對講機，那並不足以令得她驚訝，令得她驚訝的是：這時，陸嘉分明是在接受他上峰的指示。何以指示會來得如此及時，就在陸嘉無法回答她這個尖銳的問題之際呢？

當然，只有一個可能，就是在這間房間中的對話，如今在向陸嘉發指示的人，是完全可聽得到的！從這一點來看，陸嘉所屬的那個組織，其嚴密的程度，遠在自己的想像之上！

當木蘭花想到這裡之際，陸嘉已轉回了頭來，神情似很惶恐，吞了一口口水，才道：「木蘭花小姐，一切全是誤會，我們無意與你為敵，也無意在本市行事，一切全是誤會！」

他一再強調「只是誤會」，木蘭花冷笑了起來，道：「誤會？我被你們用綁架的手法帶到這裡來！秀珍受了傷，這全是誤會？黃教授的住所失火，那間餐室中裝置煙幕彈，這也是誤會？」

陸嘉的神情十分惱怒，像是要發作，可是就在此際，一個書架之上，突然傳出一個聲音，道：「蘭花小姐，你剛才所說的四點，有一點錯了！」

木蘭花揚了揚眉道：「你們想否認黃教授的屋子是你們放火燒的？」

木蘭花立時知道自己的判斷，錯在什麼地方，自然是由於她過人的推理能力而來的。她知道對方也在尋找黃教授，以對方這種軍事化的行動效率而論，如果放火燒了黃教授的房子，那麼要在同時捉到黃教授，自然是輕而易舉的事。

那麼，這場造成了那個無名怪屍的大火，就不會是他們放的，木蘭花剛才故意那樣說，只想將事情擴大，表示絕不甘就此罷休之意。

她這時那樣一說，自書架中傳出來的那聲音道：「的確不是我們做的事，我們不必承認，是我們做的事，我們不會否認！」

木蘭花冷笑了一聲，道：「越是行動偷偷摸摸的人，就越是喜歡擺出一副好漢的樣子來！」

那聲音倒並不發怒，只是笑了一下，道：「我們不必在這個問題上多作爭論，正如陸嘉所說，是誤會。至於兩位小姐因此而受到的損失，我們竭誠願意作賠償。我已經向醫院方面查問過，幸而事情不致於無可補救，穆秀珍小姐可能要休息一個月，但我們願意補償！」

木蘭花心中本來著實為穆秀珍擔心，如今才知道穆秀珍的傷勢，至少沒有性命之憂，然而，「休息一個月」，傷勢著實不輕了！

木蘭花立時道：「條件是什麼？」

那聲音道：「請你相信。我們的一切行動，全基於一種不得已的原因在進行，一切事情，和本市的治安是絕無關係的！」

木蘭花道：「至少你們製造了黃教授的失蹤！」

那聲音道：「蘭花小姐，黃教授是自己失蹤的，別以為他的屋子失了火，他失蹤了，他就是受害人。事實上，我們才是受害人！」

木蘭花呆了一呆，她找不出理由不相信那人的話，可是那人的話究竟是什麼意思，她卻全然不明白。

她道：「請你解釋詳細一些！」

那聲音道：「不能再詳細了！事實上，我剛才那兩句話，已經超越了我所能透露的極限。我們願意付出補償，條件隨便你提，什麼樣的代價，我們都可以接受，我們不想事情擴大，也絕無意與你為敵！」

那聲音說到這裡，無可奈何地乾笑了幾下，才又道：「和女黑俠木蘭花為敵的滋味，並不好受！」

那聲音講到這裡，在那聲音之旁，顯然還有另一個人，就在這時，發出了「哼」的一下冷笑。木蘭花一聽就聽出，那是陳思空所發出來的冷笑聲，當然表示對那人的話不同意。

木蘭花本來想立時出聲，叫出陳思空的名字來的。但是，轉念間，她改變了主意。

對於這樣一個久已在心中有著極其深刻印象的武術高手，木蘭花對他有幾分敬意，也有幾分忌憚，在她還未曾有確切的決定之前，她自覺不應輕舉妄動！

所以，她假裝聽不到那一具有挑戰性的冷笑，只是道：「你們連黃教授的下落也不再找了？」

那聲音道：「這是我們的事，我可以保證，這事情與你們完全無關！也絕不會騷擾任何人！」

木蘭花道：「我可以問一些問題嗎？」

那聲音立時道：「不能！」

木蘭花沉聲道：「剛才，你還說可以接受任何和解的條件！」

那聲音道：「我是指物質上的，而你的問題，一定有關我們的秘密。事實上，我就算答應你，也沒有用，真正的秘密，你以為我會知道？那是我們組織最高層才能知道的事！」

木蘭花站了起來，道：「好，那我就去問他們，請問我是自己走出去呢？還是由你們送我出去？」

當木蘭花和自書架揚聲器的那聲音對答之際，陸嘉和那幾個大漢神情緊張，但卻一聲不出。木蘭花一問之後，那聲音道：「你可以自己離去！」

這句話才一出口，書架陡地移開，現出一道暗門。陸嘉和那幾個大漢，以極快的動作退進了暗門之中，暗門也立時關上。

木蘭花知道她可以自己離去的意思，是對方已準備放棄這裡了，對方是一個行動這樣有效率的組織，既然已經放棄這裡，木蘭花也可以肯定絕無法在這裡找出什麼線索來，大可不必浪費時間了。

她打開了房門，走了出去，經過了一條走廊，來到了一個相當大的客廳之中。

木蘭花已經看出，自己所在的那個地方，是一所相當古老的花園洋房。木蘭花在客廳中略站了一站，就向花園中走去。

花園也相當大，花木扶疏，一草一木都看得出曾經經過悉心的照料，而如今，一個人也沒有，顯得出奇的靜。

木蘭花向著半開的鐵門走去，在她來到離鐵門約莫還有三十公尺左右之際，在她的身側，突然傳來了一陣「格格」的聲響。

木蘭花轉頭一看，看到一株碗口粗細的龍眼樹，樹幹已然折斷，但是還未曾完全斷折，正自發出「格格」的聲響，向她直倒下來。

木蘭花向前躍出了幾步，那株龍眼樹轟然倒地，木蘭花在向前躍出避開之際，已曾經在留意四周圍是不是有人。可是以她的經驗而論，她可以肯定，花園中早已是一個人也沒有了，而這株樹，是有人在離去之前弄折，算定了時間倒下來的。

木蘭花知道，不會無緣無故有人弄倒一株樹，那一定是有作用的！

木蘭花來到那株龍眼樹的斷折處，才看了一眼，就緊鎖起雙眉來。

那株樹的樹幹上，有一個很明顯的拳頭印子，像是有人一拳打在還未曾凝固的石膏上所留下來的一樣，四個指節骨的印特別深，看來比常人的骨節要大得多，而樹的斷口處參差不齊。

這樹，是被一個人用一拳之力打斷的！

木蘭花當然知道這個人打斷這株樹是什麼用意，那是向她示威，木蘭花也知道是什麼人將那株樹打斷的，那是陳思空！

木蘭花不知道世界上有多少人可以一拳打斷一株碗口粗細的樹木，她知道她不能，除了陳思空之外，世界上是不是還有人有這樣的能力，真是疑問！

木蘭花在斷樹的旁邊站了幾分鐘，才走出了花園。花園外是一條斜路，下了斜路，就是公路，木蘭花等了沒有多久，就截到了一輛車，載著她到了最近的警局，一到警局，木蘭花立時和高翔取得了聯絡。

穆秀珍的緊急手術，一直進行了四個小時才結束，當她被從急救室中推出來的時候，面色蒼白得可怕，人也仍然在昏迷狀態之中。

這時，木蘭花也已經趕到了。

雲四風一看到了穆秀珍，立時走過去，緊握著她平放在白床單上的手，穆秀珍的手冷得出奇，雲四風一握住了她的手、身子就不由自主地震動了一下。

到了病房之中，醫生將各人請了出去，包括堅持要留在病房中的雲四風在內。

雲四風事實上是被木蘭花勸出病房去的，木蘭花對他道：「四風，受傷的人，最重要的是休息與睡眠。在睡眠之中，人的復原能力最快，秀珍如果能睡上兩天，對她的傷勢就大有幫助，不要為了焦急，反而害了她！」

雲四風聽得木蘭花這樣說，才肯離開病房，但是無論如何，不肯離開醫院，連木蘭花也無法可施。而兩個醫生看到雲四風那樣的情形，已開始在研究是不是要為他準備另一間病房了！

木蘭花等人在聽了治療經過的簡短報告之後，回到了家中。

當木蘭花講述她在屋中的經歷之際，高翔大聲道：「什麼，你就這樣算了！」

木蘭花皺了皺眉，道：「我曾說過我就這樣算了？」

高翔神情惱怒，道：「可是你卻讓那個陸嘉，和他手下那些人走掉了。」

木蘭花沉默了片刻，道：「我是有理由的。第一，當時出手，就算我制服了陸嘉，他也只不過是一個小卒，我相信他對整件事情所知不多。第二、我真的有點害怕那個陳思空！」

高翔、安妮和雲五風聽得木蘭花這樣說，不禁互望了一眼，心中都有一種駭然的感覺。

他們和木蘭花在一起，都已經很久了，可是，從木蘭花的口中說出了「害怕」這個名詞來，卻還是第一次。木蘭花是根本不知道什麼叫「害怕」的，可是這時，她卻承認自己心裡的害怕，怕的是一個名字叫作陳思空的人。

高翔沒有再說什麼。

木蘭花在靜了片刻之後，道：「我覺得我們這次遇到的，是從來也未曾遇到過的敵人。以前，不論我們面對多麼凶惡、多麼勢力龐大的敵人，但我們至少可以知道敵人在做什麼，或是已做了什麼。可是如今，我們面對的敵人，是如此之神秘，我們對他們的行動目的，一無所知！」

高翔等三人全不出聲。從黃教授住所的那場大火起一直到現在，每一件事都籠罩著一種神秘的濃霧，使人無法看清楚事實的真相。

安妮最先開口，道：「如果對方停止了活動，那我們豈不是白吃了虧？」

木蘭花並沒有直接回答安妮這個問題，道：「高翔，那具至今還沒有查出來歷的屍體，到現今為止，我們還只是在本市查資料，你能不能將這具屍體的資料發到國際刑警總部去，在世界各地查一查？」

高翔道：「那容易——你懷疑死者在未死之前，是偷入本市來的？」

木蘭花道：「既然在本市查不到任何記錄，那一定是外來的人了，還有，那間餐室，那幢屋子，是由什麼人承購或承租的，也要查一查。我相信查不出什麼來，不過總得查一下。」

高翔立刻就轉身去打電話，木蘭花望著安妮，說道：「黃教授的住所全毀在大火之中，當然什麼也找不到了，可是黃教授在大學裡應該有一間辦公室？」

安妮點頭道：「是的，每個教授都有獨立的辦公室！」

木蘭花緩緩地吸了一口氣，道：「現在才去做，可能已經遲了，不過總比完全沒有想到這一點好，我想黃教授這個人，是所有神秘事件的中心人物，到他的辦公室去找一找，看有什麼值得注意的東西。警方會安排你的行動，我想不用很久，你就可以去。」

安妮神情認真，道：「蘭花姐，黃教授……我對他的人格……」

木蘭花哼了一聲，道：「人格，不經過長時期的接觸，是很難瞭解一個人的人格的。」

安妮沒有再說什麼。

這時，天已快亮了，雲五風和安妮互望一眼，安妮立時知道了雲五風的意思，道：「我一個人去就行，秀珍姐一醒來，你就通知我。」

木蘭花伸了一個懶腰，道：「我們每人都還有很多事要做，應該休息一下，才開始行動。」

各人全知道，當木蘭花決定要休息時，那就是真正的休息，什麼也不想。木蘭花一說完，就上了樓。

這次，高翔等三人全沒料到，木蘭花雖然努力想使自己真正休息，什麼也不去想，可是她竟無法做到這一點，她無法使自己不去想陳思空。

她在想：「如果自己面對這個在武術上有登峰造極的造詣的老人，自己應該怎麼辦？」

上午八時，高翔離開住所時，看到木蘭花還睡著，並沒有吵醒她。

高翔下樓，安妮已在等著他，兩人一起離開。高翔到警局，安妮則駕車到大學校本部去。警方已和大學當局聯絡好了，讓安妮進入自從失火之後，一直鎖著的黃教授的辦公室。

那間辦公室，安妮以前來過兩次，全是向黃教授請教問題而來的，安妮對於辦公室中所掛的那一大幅腦部神經系統的擬想圖，有極深刻的印象。

這次安妮進這間辦公室來，心境顯得很異樣。她十分尊敬黃教授，可是隨著事情的發展，黃教授的失蹤，成了整個神秘事件的中心，要是黃教授不出現，不知有多少問題無法解決！

打開辦公室門，讓安妮進來的，是一個白髮蒼蒼的老校役。

安妮進了辦公室之後，關上了門，開始仔細的搜查，每一本書，每一張紙，都不放過。

安妮本來就是一個十分細心的人，木蘭花讓她來做這件事，自然是再適合也沒有了，可是，直到中午，安妮還是什麼發現也沒有。

教授的辦公室中有很多文件，但全是和教學有關的，黃教授幾乎沒有任何私人的東西留下來，安妮花了將近三小時，毫無所獲，她在辦公桌後的椅子上坐了下來。

就在這時候，她突然有一種被人監視的奇異感覺。

人的這種感覺是很奇特的，是人的第六感官的作用，經常有冒險生活經驗的人，這種感覺尤其強烈。

當安妮一有這種感覺之際，她陡然轉過身來，在她的身後是窗子，窗外是一片草地，可是當她轉過身來時，窗外卻明顯地沒有人。

安妮吸了一口氣，又轉回身來，這種感覺仍然存在，背後有被人盯著的那種感覺，自然並不好受。

這次，安妮並不轉過身去，因為上次轉身並沒有結果，她只是直視向前，在桌上找可以反光的物件，她看到了一隻紙鎮，是不銹鋼鑄造的，表面十分光滑，如同一面鏡子一樣。她向前俯了俯身，將那個紙鎮抓在手中，向前略移了一下。

就在那剎間，她看到窗外果然有人影閃了一閃，像是有一個人，以極快的速度縮回頭去。安妮放下紙鎮，疾走到窗前，迅速地推開窗。

這時，外面草地上，有兩個學生走近來，建築物的轉角處，有一個傴僂的背影，正在緩緩向前走過去。安妮認出那個背影，就是幫她開辦公室門的那個老校役。

照那老校役的位置來看，他也沒有可能是剛才的偷窺者，除非他能夠在一秒鐘內移動十公尺以上。

安妮在窗口呆了片刻，本來，在經過兩小時的搜尋而毫無發現之後，她已經準備放棄了，可是突然之間發現了這樣的事，那使安妮感到，這間辦公室一定還有值得注意的地方！

她又回到辦公桌後坐了下來，仔細地，用心地察看著辦公室中的一切，心中不斷轉著念。

她想到，木蘭花曾說，由於一直沒想到黃教授是許多神秘事件的中心人物，所以未曾想到要到教授的辦公室來找尋什麼，如今再來，可能已經遲了！

然而，對手方面，卻是早知道黃教授才是問題人物，他們甚至對木蘭花說，受了黃教授的害！那麼，他們是早就應該來搜過這間辦公室的人，是不是有用的線索早給對方取走了呢？

安妮立時否定了自己這個想法。因為對方如果已獲得了有力線索的話，就可以將黃教授找出來了，也不會再有人來偷窺她的行動了。

安妮的假定是：對方來搜過這間辦公室，可是並沒有得到什麼。

這樣的情形，可能是由於兩個原因，其一，這間辦公室中根本沒有線索；其二，辦公室中有線索可尋，但對方沒有發現。

安妮覺得，黃教授既然牽涉在這樣神秘的事件中，若說他在主要的工作室中，沒有任何跡象留下來，那是極不合理的。但是，為什麼對方來找過找不到，自己也找了兩小時，一樣找不到什麼呢？

自己找得十分的仔細，甚至抖開了每一本書來，看看是不是有什麼紙片夾在其中。

當安妮在思索之際，她的目光依然在四下巡視著，她的目光停留在牆上所掛的一塊木板上。

這種軟木板，通常是用一種釘子，將一些文件、通告之類，釘在板上面用的，這時也有幾張紙釘在板上。

安妮的目光，已經自那軟木板上移了開去，但也就在此際，她陡然想起一件事來。

她想起了有偵探小說鼻祖之稱的美國大作家麥倫・坡的一篇著名的小說：《信》！

在那篇小說中，麥倫・坡寫一群人，在一間房間中找尋一封關係重大的信，找尋工作極其徹底，甚至將每一件傢俱都拆成了碎片，但還是找不到這封信，而結果，這封信就放在掛在牆上的一個信箱之中，在最不受注意的地方！

最顯眼的地方，當人想發現什麼秘密之際，也就是最不去注意的地方，剛才三小時之中，安妮就未曾向那軟木板多望一眼。

安妮一想到這裡，陡地站了起來。

當站起來之際，她又感到窗外有人在偷窺，可是安妮卻並沒有轉身，也沒有停頓，她大步來到那塊軟木板之前，揭起釘在板上的那些紙來看。

第一張，是一份通知黃教授出席一個座談會的通知書，第二張，是一個演講會的程序表，安妮才揭到第三張，就怔住了！

安妮一看到那張紙上的字，就可以認出那是黃教授的筆跡，字跡十分潦草，寫著兩行字：

如果我有了特殊的不測，害我的必然是宇宙中心會，這個會的負責人

——我所知道的，是盧利根勳爵。

安妮一方面為了自己終於有了發現而高興，一方面卻十分迷惑，「宇宙中心會」是什麼東西？盧利根勳爵又是什麼人？

安妮知道自己想下去也不會有結果，不必在這上面多費時間，她已有重大的發現，必須立即和木蘭花聯絡。她扯下了那張紙來，才轉過身，就發現辦公室的門柄在緩緩轉動著。

安妮立時來到了門邊，門柄繼續轉動，門被慢慢推開，一個人探頭進來，安妮的手掌已然疾揚了起來，準備一掌向下砍下去。

可是也就在那一瞬間，她的手僵在半空，砍不下去，因為她看到了那個探頭來的是什麼人，就是那個老校役！

那個老校役抬起頭來，望著安妮，道：「小姐，你還不走？是午飯時候了！」

安妮吸了一口氣，道：「我這就走了，請你再將門鎖好，別讓旁人進來。」

老校役「哦哦」地答應著，安妮從他的身邊向外走去，可是她一腳才跨出門口，頭上突然一緊，像是有一柄鐵鉗陡然鉗住了她的後頸。

安妮的反應也極快，在那一瞬間，她絕沒有時間去判斷究竟發生了什麼事，但是她卻立時本能地自衛，雙臂向後一縮，重重地向後撞了出去。

安妮的這一下動作，如果她背後有人偷襲的話，是足可以將在她身後的人肋骨撞斷的，安妮雙肘向後一撞之際，也覺得自己已經撞中了什麼——她不能肯定被她撞中的是不是一個人，因為在感覺上而言，她的雙肘就像是撞在一塊木板上一樣！

緊接著，她頸後那股緊壓的力道陡然加強，壓住了她的頸側大動脈，使血液暫時不能流通，安妮只覺得一陣昏，她想叫，可是一張大了口，就失去了知覺。

5 老校役

木蘭花在高翔走後不久就醒來，她醒過來之後第一件事，就是打電話到醫院去查詢穆秀珍的情形。

當她知道穆秀珍已經醒過來之際，她用最快的速度趕到了醫院，進了病房。

穆秀珍躺在病床上，臉色蒼白，看來十分虛弱，在她身邊的雲四風，握著她的手。

穆秀珍一看到木蘭花，就用微弱的聲音道：「蘭花姐，要是我傷重不治，你……你替我報仇！」

木蘭花在床邊坐了下來，道：「放心，你死不了，而且我可以告訴你，你打傷了他們十幾個人，令得他們狼狽不堪！」

穆秀珍一聽，立時高興了起來，道：「那還差不多，不算虧本，那些人一網就擒了？」

木蘭花苦笑了一下，搖了搖頭，道：「秀珍，你可知道自己是傷在什麼人手下的？」

穆秀珍皺起了眉，道：「不知道，好像是一柄足有千磅重的大鐵錘，在我背上錘了一下！」

木蘭花道：「不是，那是一個武術造詣極高的高手！他由於不願在背後偷襲的情形下打死你，所以只用了三分力——」

當木蘭花講到這裡之際，穆秀珍的臉上，現出一股不服氣的神情來。

木蘭花嘆了一口氣，道：「你還記得兒島師父說過，他當年目擊中國兩大高手比武的事？」

穆秀珍「哼」地一聲，道：「不見得在背後偷襲我的是霍元甲復活了吧？」

木蘭花卻一點也不覺得好笑，她的語調更沉重，道：「不是，是當時霍元甲的對手陳思空！」

躺在病床上的穆秀珍陡地震動了一下，病房之中，立即靜得什麼聲音也聽不到。

穆秀珍當然也知道陳思空這個人，在那一瞬間，她只覺得，自己居然還能活著，那是什麼樣出奇的幸運！

就在這時，病房門打開，高翔和雲五風一起走了進來，穆秀珍和他們兩個打了一個招呼，閉上了眼睛。

木蘭花道：「秀珍，你只管休養——」

穆秀珍卻陡地伸開眼來，同時，在她蒼白的臉上，現出極其堅決的神情，道：「等我傷好了之後，我要和他正面決戰！」

一向鎮定的木蘭花一聽得穆秀珍這樣說，也不禁震動了一下，當時她卻沒有說什麼，只是淡淡地道：「那等你好了再說吧！」

她一面說，一面站了起來，道：「別妨礙她休息，我們該走了！」

她向外走去，高翔和雲五風跟在後面，雲四風卻一點離去的意思都沒有。穆秀珍突然道：「安妮怎麼不來看我？」

木蘭花道：「她有點事，不過也該快來了！」

他們三人出了病房，高翔立時道：「蘭花，有一件事，實在無法令人相信，然而卻是事實！」

木蘭花向高翔望去，高翔揮著手，道：「那具無名屍體，國際刑警總部已和全世界各地警方聯絡過，可是根本沒有這個人！」

木蘭花呆了一呆，道：「那是不可能的，這個人生前曾受過嚴重的槍傷，這種槍傷，如果不是有極其高超的現代醫學治療，一定當場身亡，不會再活下來。

這種治療過程，是一定有記錄的！」

高翔苦笑道：「本來應該是，可是我們得到的回答，卻全是沒有記錄可查！」

木蘭花的眉心打著結，這實在是不可能的事，這種槍傷一定要經過治療，治療過程一定有記錄。只要有記錄，就一定查得出來，電腦可以在一分鐘之內，查到比這個無名屍體再輕多少倍的槍傷記錄！

雲五風並不是愛發表自己意見的人，可是這時候，他卻也忍不住道：「我看一定是什麼地方的警方工作人員有了疏忽。這個人，就算是再無足道的小人物，他既然受了這樣嚴重的槍傷，在當地警方，一定會有記錄留下來的！」

雲五風這樣說的時候，木蘭花陡地震動了一下，雙眉向上揚。

高翔一看到她這樣的表情，就知道木蘭花一定是在那一瞬間，想到了什麼極重要的關鍵問題，從木蘭花隨之而來的那一閃而過的駭然神情看來，她所想到的事，一定極其嚴重！

不過，木蘭花立時恢復了常態。

高翔問道：「你想到什麼？」

木蘭花深深地吸了一口氣，像是並不是在回答高翔的問題，而是在自言自語，道：「我是想到了一點事，是由五風剛才那幾句話中得到啟發而想出來的。」

可是雲五風剛才那一番話，他也是聽到了的，他就想不出什麼來，他再將雲五風的話在心中想了一遍，還是想不出有什麼特別的地方。

木蘭花卻像是已經完全忘記了她才想到的事，又問道：「那餐室——」

高翔道：「我們找到了餐室的原來業主，在黃教授住所失火的第三天，就有人用高價向他收買餐室，價錢是正常價錢的十倍，他沒有理由不出讓！」

木蘭花點著頭，高翔又道：「那幢大洋房，是六個月之前租下來的，和承購那家餐室一樣，由一家註冊公司出面。這家公司的地址是虛報的，所用來註冊的文件，也查明全是十分精密的偽造！」

木蘭花「唔」地一聲，道：「也就是說，一點可查的線索都沒有！」

高翔苦笑了一下，攤了攤手。

他們三個人一起向外走出去，雲五風道：「安妮怎麼還沒有消息？」

高翔打趣道：「不見得在大學行政大樓裡，也會出什麼意外吧，你大可不必擔心！」

雲五風有點不好意思。他們走出了醫院的建築物，才來到大門口，就看到一輛救護車，響著警號，直駛了進來，有幾個醫護人員，正急急向外走去。

這本來是醫院中常見的情形，木蘭花他們也未曾在意，繼續向前走著，當他們來到車前的時候，救護車已停了下來，自救護車上，有人抬著擔架下來。

事後，雲五風自己也無法解釋。當時為什麼會向被抬下來的擔架望上一眼。

不管為了什麼，也許只是偶然的一眼，就在那一望之下，雲五風陡地叫了起來，聲音是如此之厲，他叫道：「安妮！」

他一面叫，一面伸手指著擔架。當他伸手指向擔架之際，他已不由自主劇烈地發起抖來！

高翔和木蘭花也立時向擔架看去，一看之下，兩人也全呆住了！

在擔架上躺著，正被救護人員抬下車來的不是別人，正是安妮！

高翔在那瞬間，也不由自主地發出了一下呼叫聲，向前疾奔了過去，可是木蘭花的行動比他更快，比他先一步來到了擔架旁。

兩人同時向一個才從救護車中下來的警官問道：「什麼事？」

那警官一看到了高翔，立時立正、敬禮，道：「這位小姐被發現倒在大學校園中，昏迷不醒！」

木蘭花揭開了安妮的眼皮，安妮的眼球幾乎是停滯不動，而且毫無神采，這證明她的腦部受到沉重的打擊！

剎那之間，木蘭花的手心中，也不禁冒出了冷汗來！她派安妮去做的事，可以說是絕無危險的，可是如今卻變成了這樣！

她抬頭向雲五風看去，看到雲五風還失神落魄地站著，直到木蘭花向他望去，他才踉蹌奔過來。這時，安妮已被抬進醫院去了！

高翔正在向那警官發出一連的問題，那警官道：「是大學一個老校役發現的！」

高翔忙道：「快，帶那老校役到醫院來，我要親自問他經過的情形！」

那警官答應了一聲，立時轉身了開去。

高翔和木蘭花兩人互望了一眼，心中實在不知道是什麼滋味，穆秀珍才從昏迷中醒來，至少還得在床上躺一個月，安妮又昏迷不醒地被抬了進來，在他從前的冒險生活之中，可以說從來也沒有受過這樣的挫敗！

一場火，一具無名屍體，一個失了蹤的教授，這其中，究竟包含了什麼樣的神秘事件？

雲五風已經跟進去，木蘭花和高翔也走了進去，他們全被醫院當局的人，阻在急救室門外。

在急救室門外等了半小時左右，才看到一個醫生走了出來，神情顯得極其憂慮，使人一看到他的神情，心就向下疾沉。

雲五風想開口詢問，可是他的嘴唇掀動著，卻發不出聲來。

那醫生道：「腦部受傷，原因不明。」他搓著手道：「這樣的情形，可能使人長期昏迷不醒！」

木蘭花陡地抽了一口氣，道：「嚴重到了這種程度？」

那醫生做著手勢，道：「當然，那只是初步的診斷，腦電圖顯示病人的腦部活動，幾乎是在靜止狀態，我們會請更多專家來會診，唉，可惜黃義和教授不知所蹤，黃教授是這方面的專家。」

木蘭花接口道：「奧捷博士也是這方面的專家！」

那醫生呆了一呆，像是想不到木蘭花會知道奧捷博士這個人，他道：「當然，奧捷博士是世界著名的腦科權威，不過，他在瑞典。」

木蘭花道：「我知道，我認識他，借用醫院的電話用一下，我立即和他聯絡，請他馬上趕來！」

那醫生還在疑惑間，院長也走了出來。院長和木蘭花是十分熟稔的，一聽之下，立時將木蘭花請到院長辦公室，木蘭花在斯德哥爾摩的長途電話接通之後，才講了幾句，就突然震動了一下，放下電話來。

高翔以疑惑的神情望著她，木蘭花道：「奧捷博士的住所在上個月突然起火，火場中事後並沒有發現屍體，但是奧捷博士卻從此沒有再出現過！」

高翔一聽，不由自主在喉際發出了「咯」地一聲響來。木蘭花卻立時撥了電話號碼，道：「請接維也納，對，奧地利國家科學院！」

院長辦公室有人敲門，一個警官推開門，探頭進來、道：「高主任，老校役來了。」

高翔忙走了出去，順著那警官所指，看到一個背部傴僂、白髮蒼蒼、滿臉皺紋的老人，帶著十分惶恐的神情，站在走廊的轉角。

高翔向他走過去，那老校役望著高翔，神情更是惶恐。

高翔道：「你不必害怕，我問你幾個問題！」

老校役連連點頭，高翔道：「是你發現安妮小姐昏迷不醒的？」

老校役道：「是，是我給她開門的，後來中飯的時候到了，我去飯堂吃飯，經過草叢，看到她躺在草叢裡。」

高翔道：「沒有看到別的人？」

老校役眨著眼，道：「沒有，沒有別的人！」

高翔又道：「你也沒有聽到打架的聲音？」

老校役神情奇怪地道：「打架？學校裡從來也沒有人打架，沒有，沒有！」

高翔嘆了一口氣，在那老校役的身上，顯然什麼也問不出來，他對身邊的警官道：「請他到警局去，再作一份詳細的供證！」

那警官答應著，將老校役帶走。

高翔回到了院長辦公室，才一推門，他就覺得氣氛很不對勁，木蘭花還在打電話，院長和雲五風臉色都很怪。

高翔一進來，院長就道：「奧地利的腦科權威傑遜博士也失蹤了！」

高翔向木蘭花望去，木蘭花正在說話，道：「我想和達拉斯教授通話……」

接著是一陣沉默，木蘭花在沉默中聽對方講話，高翔可以從她的神情中，得知對方的答覆一定令她心驚。

木蘭花放下電話，一言不發，轉過身來，向院長道：「我所知道的三位世界知名的腦科權威，全失蹤了。院長，請你收集本市的專家——」

雲五風忙道：「無論如何，請你挽救安妮！」

院長的神情沉重，道：「我會盡力，會盡力，她不是完全沒有機會……不能說完全沒有機會！」

院長的話，明顯地是安慰病者的親人，高翔只覺得心直向下沉。

木蘭花來回踱了幾步，道：「院長，據我所知，適當的電波刺激，可以使傷者暫時回復正常！」

院長點頭道：「有這種可能，我們正在作全面檢查，看是不是有別的部位受傷——」

院長才說到這裡，一個醫生急匆匆走了進來，道：「安妮小姐醒過來了。」

雲五風「颼」地一聲，向外便衝，醫生卻一把將他拉住，道：「她只是醒了過來。」

高翔只感到一股極度的涼意生自背脊，醫生說：她只是醒了過來，高翔自然可以明白醫生那樣說法，究竟是什麼意思！

安妮的確是醒過來了，醫生也替她作了全身檢查，證明她沒有其他的傷。可是醒過來的安妮只是在病床上半躺著，睜著眼。甚至無法自她的眼神中看出她在望向何方，對於四周圍的一切，完全沒有任何反應，像是根本聽不到任何聲音和看不到任何東西一樣。

而令得醫生大惑不解的是，安妮的情形，顯然是腦部受到了極度的震盪所致，可是在她整個頭部，完全找不到任何傷痕。

醫生不明白，木蘭花卻是明白安妮何以會變成這樣的，木蘭花心中實在不願意去想，因為她害怕。

可是，她卻不能不想，因為她知道安妮是如何受傷的：陳思空！

安妮毫無疑問，也是遭了陳思空的毒手！

安妮為什麼會又遭了毒手呢？當然是她在黃教授的辦公室中發現了秘密，那麼，她發現的是什麼秘密呢？

她遇襲的地點，會不會就在黃教授的辦公室之中？

木蘭花一想到這裡，轉身向外走，高翔還來不及問她到哪裡去，她已經走了出去。

木蘭花呆呆地坐在黃教授的辦公桌之後。

她這樣坐著已經有很久了，斜陽的光輝從窗中射進來，給整個辦公室帶來一片朦朧的金黃色。

木蘭花坐著，思索著。

辦公室中完全沒有打鬥過的痕跡，看不出曾發生過任何事，當然，心細的木蘭花可以發現辦公室曾經遭過精密的搜查——至少兩次，其中一次精密的搜查手法是她所熟悉的，那是安妮的手法。

另一次搜查，木蘭花甚至可以肯定，是在安妮的搜查之前。

那也就是說，第一次搜查沒有結果，安妮的搜查結果，一定是十分直接，一看就可以記在心裡的，不然，對方不會用這樣的手段對付她，使她完全不能說出她看到過的東西來。

木蘭花本來希望安妮在遇襲之前，會有什麼線索留下來，可是沒有，她一定連反抗的機會都沒有，就遭了毒手。

安妮是十分機警的人，木蘭花不能想像她如何會在毫無防備的情形之下就遭了毒手！

木蘭花站了起來，離開了黃教授的辦公室，經過一條走廊，走出了建築物。在行政大樓的建築物外，是一片草地，草地以灌木圍著，安妮就是在灌木叢中被發現的，從門口到灌木叢，大約是一百公呎。

也就是說，安妮如果在辦公室遇襲，行凶者要將她拖行一百公呎，可是草地上，卻又沒有人被拖行過的痕跡。

木蘭花在夕陽的餘暉中，緩緩向前走著，校園中很靜，在她身邊沒有人，當她快來到灌木叢附近之際，才看到一個老人蹒蹒向前走來，木蘭花來的時候曾見過他，是那個老校役，木蘭花也曾向他問過話。

木蘭花漸漸走近灌木叢，她心裡有無數問題要解答，可是沒有一個問題是略有頭緒的，一切全是那樣地不可捉摸。她全然沒有注意那個老校役，直到她和老校役錯身而過的那一瞬間，她才陡地心中一震！

她和那老校役錯身而過，老校役好像還和她打了一個招呼，不過木蘭花並沒有在意。她和老校役相距，大約是一公呎左右。

而令木蘭花心中陡然之間產生重大震動的原因是，當老校役在她身邊經過的時候，她陡地覺得老校役吸了一口氣，而那種吸氣所發出的極其輕微的聲響，是幾乎任何人都會忽略過去的！

然而，木蘭卻是例外。木蘭花是木蘭花，不是任何人！

她不但注意任何在她身邊發生的極其細微的事，而且，有著各方面豐富的知識，這兩者相輔相成，使她成為一個有敏銳的觀察力和接納能力的人。

這兩者是缺一不可的，像這時候，如果她粗心，對那老校役的那一下吸氣聲忽略了過去，她當然不能發現什麼，而就算她注意到了那一下呼吸聲，要不是她有著豐富的知識，知道那一下呼吸有異於常人，那是經年累月，對呼吸有極度控制力的人才能發出來的呼吸聲的話，她一樣不能獲得什麼！

對呼吸有極度控制能力，換句話說，就是這個在她身邊經過的老校役，有著長期的練氣訓練，那是一個中國武學內家高手的必備條件！

在那一瞬間，木蘭花心中真是驚喜交集，她吃驚的是對方的身分隱藏得如此之好，不用說，安妮一定是在毫無防備的情形之下，傷在他的手中的了！

木蘭花甚至可以肯定，在背後襲擊穆秀珍，使得穆秀珍受傷的，一定也是這個內家高手！

當木蘭花想到了這一點時，她心頭不禁怦怦亂跳！

她曾聽到過這個內家高手的聲音，要認出他的聲音來，絕不是難事！而這個內家高手，正是許多謎團的中心，在他的身上可以得到許多答案，這是整件事情的關鍵人物！

木蘭花心念電轉，可是她卻並沒有停下，而且也不顯露出吃驚的神情來，又繼續向前走了兩步，才轉過頭來，她看到那校役也在繼續向前走著。

木蘭花定了定神，盡量使自己的聲音聽來和正常情形下的沒有什麼不同，叫道：「老伯！」

她一叫，那老校役也停住了腳步，轉過頭來，現出感到很意外的神情來，而且四面張望著，以確定木蘭花是不是在叫他。

如果不是木蘭花已在那一下吸氣聲中，知道了秘密的話，是絕想不到這樣不起眼的一個老校役，竟會是這樣厲害的一個人物！

不但穆秀珍傷在他的手中，安妮受的傷害更甚，腦部受傷，可能一生也不能復原！

木蘭花抑遏著心情的激動。她決定不動聲色，對方既然是這樣一個厲害人物，讓他以為自己仍然什麼也不知道，總比較有利一些！

木蘭花笑著，向那老校役走了過去，道：「老伯，是你發現那昏倒在草叢中的女學生的？」

老校役「啊」地一聲，道：「是，一切經過，我已經向警官說了！」

木蘭花嘆了一口氣，道：「那昏迷不醒的女孩子，就像我的妹妹一樣，我想找出是誰害她，你是不是可以告訴我，當時她躺在哪裡？」

老校役「哦」地一聲，道：「就在那裡！」

他一面向前指著，一面向前走去，木蘭花跟在他的身邊，兩人之間的距離，不超過一尺！

這時，連一向遇事鎮定的木蘭花，心中也不禁感到了極度的緊張，她明知在自己身邊的是一個極其危險的敵人，可是她卻不知該怎麼做！

如今的情形，對她是有利的，因為對方全然不會提防她出手，她可以一出手，就有機會制住對方，可是，萬一制不住呢？是不是應該等候更佳的時機出現？這個人如此事關重大，木蘭花知道自己絕不能輕舉妄動，要是一擊不中，那就再難去找他了！

木蘭花和老校役不過一起向前走出了五六步，她已隱隱感到自己的手心在冒汗。

那老校役在走出了五六步之後，停了下來，伸手指著地上，道：「就是——」

就在這時，木蘭花已有了決定：不會有比如今再好的時機了！就在如今出手制服對方！

那老校役才講了兩個字，木蘭花已經出手，手腕倏地一翻，五指已經搭住了對方伸出來的手腕。

這一下手法，是七十二小擒拿手中的一招，只要手指一搭住對方，對方就萬難脫身！可是，木蘭花還是將對方，估計得太低了！

就在她的手指一搭上了對方的手腕，緊接著，準備運勁一收手指，將對方的手腕緊緊抓在手中之際，她陡地覺出，自對方的手腕之上，自然而然生出一股彈力！

那股彈力並不是十分強大，但是也足夠令得她的手指滑開了少許，離開了原來想要抓住的地方。

木蘭花本來疾攻出去的方位，正好是手腕大動脈最柔軟的所在，在那地方，也是臂部神經線的集中地，在武學上，那地方叫做「脈門」，由於是主要血管和臂部神經匯聚的所在，只要用力扣緊，對方的手臂暫時就不能動，而且在極短的時間內，半邊身子會麻木，而喪失戰鬥的能力。

可是這時，就在電光石火的一瞬間，木蘭花落手的地方變得不準了。

木蘭花這一驚，實在是非同小可，她一停也不停，立時藉著手指被彈開少許的勢子，向對方的肘彎抓去，而且同時抬起右腿來，膝蓋已向對方重重撞了出去。

這一下變化，幾乎是在半秒鐘之內完成的。對方手背一縮，木蘭花那一抓抓空，可是膝蓋同時抬起，卻已重重撞在對方的小腹之上。

老校役發出了一下悶哼聲，身子向後退了一步。當他後退一步之際，剎那之間，他整個人變了！

本來，他是那樣腳步蹣跚，身形傴僂，雙眼昏暗無神，可是此際，他卻陡然挺直了身子，比本來看起來足足高了一個頭，雙目之中，神光炯炯逼人，神情變得極其驃悍懾人！

木蘭花知道自己剛才這一握，足以令得一個壯漢倒地不起，可是對方卻只是後退了一步！

木蘭花也知道，自己突如其來的出手，本來是佔著先機的，可是如今，先機已經消逝了一半，再不掌握時間的話，連這一半先機，也要消逝無蹤了！

所以她根本不停留，對方才一退，木蘭花已經欺身直上，左掌切，右掌推，又攻出了兩招。

這兩招的去勢是如此之猛烈，令得老校役又後退了兩步，木蘭花推出的那一掌，倏地五指撒開，已抓住了老校役的胸口。

木蘭花突然出手，連攻五下，那老校役一被木蘭花抓住了胸口，神情反倒更鎮定，盯著木蘭花，道：「雖然你是出手突襲，但是五招之內，令我還不得手，也算是武術奇才了！」

木蘭花的五指不但抓住了對方的衣服，而且食指和拇指都緊按在對方的胸口。她知道這樣的手法，可以制住一個普通人，但未必能制得服一個武術高手，而對方的態度如此鎮定，正證明了這一點。

所以，她要另外設法削弱對方的戰鬥能力，她立時道：「多謝你的稱讚，陳思空先生！」

她在陡然之間叫出了對方的名字，她估計對方一定會因為自己的身分暴露而感到極度的震驚！

木蘭花料中了！對方果然陡地震動了一下，而就在那一瞬間，木蘭花已經以極高的速度踢出了兩腳！

那兩腳踢出的同時，木蘭花手向前一推，令得對方身子直向後仰跌出去。

木蘭花在對方身子一跌出去之際，踏步進身，然而對方在跌出去之際，陡地一個轉身，反腳踢了過來，那一腳，直踢向木蘭花的胸口，木蘭花立時雙手齊出，向他的足踝抓去。

如果木蘭花能夠抓中對方的足踝的話，那麼，這場打鬥就可以結束了！

可是，木蘭花的手才一伸出，對方的腳突然向下一沉，沉下了半尺，木蘭花抓了一個空，一腳已經踢中了她的腰際。

那一腳的力道是如此之重，令得木蘭花陡地向後跌退了一步，而對方一腳踢中了木蘭花，卻沒有再打下去的意思，身子向前一衝，颼地一聲，已掠出了六七尺去。

等木蘭花定過神來時，他已在十來步開外，而且正以極高的速度在向前奔著。

6 盧利根勳爵

木蘭花不由自主地發了一下呼叫聲，立時向前追去，可是她和對方之間，始終保持著那十來步的距離，兩人一前一後，追到了學校行政大樓的門口。

木蘭花陡地看到高翔正從內走出來，疾叫道：「高翔！攔住他！他就是陳思空！」

高翔的反應也算得是快的了，可是陳思空的行動更快，高翔只覺得眼前人影一閃，陳思空已到了他的身前，接著，右肩上已重重中了一掌。

那一掌，令得高翔的身子陡然一側，撞在大樓門口的玻璃門上。

但也就在這時，高翔的左手已然拔槍在手，「砰」地一聲響，立時射出了一槍，射在疾竄進大樓的陳思空的面前。

那一槍射出，在向前奔出的陳思空立時站住，高翔到這時，才發覺自己的右臂在右肩中了那一掌之後，又酸又麻，只是軟垂著，連舉起來的力道都沒有。

他仍然以左手握著槍，厲聲道：「別動！一動也別動！」

木蘭花在這時也奔了過來，陳思空緩緩轉過身來，望著高翔手中的槍，面肉抽搐著，現出極度憤怒和悲哀交揉的一種神情來。

這時，由於槍聲和呼叫聲，有不少學生也奔了過來，高翔手中的槍一直對著陳思空，他是如此之全神貫注，惟恐失去目標，以致連木蘭花來到了身邊，他也未曾向木蘭花望一眼。

木蘭花向一個學校的職員道：「快去報警！說高主任制住了一個極其危險的人，需要大量支援！」

那職員望著陳思空，顯然不明白一個平時行動遲緩的老校役，何以忽然之間，會成了「極度危險的人物」，但是他還是立時答應著，奔了進去。

陳思空直到這時，才深深吸了一口氣，冷笑道：「高翔制住了我？他？不是他，是他手裡的槍！」

木蘭花站在高翔的身邊，聽得陳思空那樣說，並不出聲。

陳思空又道：「你們兩人也都曾學過武術，用這樣的方法對付我，是一種恥辱！」

木蘭花冷笑一聲，道：「先別談武術家的榮譽，說說受了重傷的穆秀珍和昏迷不醒的安妮，或是失蹤了的黃教授，這才是你的傑作！」

陳思空的面色變得極其難看，臉上的肌肉在不斷抽搐著，身上也隱隱發出一陣輕微的「格格」聲來。

高翔仍然全神貫注用槍對準了陳思空，不讓他有任何妄動的機會，不到三分鐘，兩輛警車已經以極高的速度直衝了進來，自車上跳下四五個警司和十來個警員來，木蘭花指揮著他們，將陳思空團團圍住。

高翔直到這時，才鬆了一口氣，道：「給我手銬！」

一個警官將手銬交給高翔，高翔的右臂仍然酸痛無力，他收起了槍，用左手拿了手銬，向陳思空走去。

可是他才走出一步，就給木蘭花伸手攔住，道：「別給他任何機會！」

高翔怔了一怔，立時明白了木蘭花的意思，木蘭花是在說，如果走近陳思空，以對方在武術上的造詣而論，可以輕而易舉地制住他，而警方的特別工作室主任如果成為人質，那麼再多的警員也起不了作用了。

高翔立時站定了腳步，道：「陳思空，我拘捕你，你如果拒捕的話，我可以下令將你殺死，上警車去吧！」

陳思空深深吸了一口氣，四面看了一眼，竟然笑了起來，道：「警方人員竟然用這種方式拘捕一個人，不是太奇特了麼？」

木蘭花由衷地道：「不錯，由於你是如此特殊的一個人物，不得不如此！」

高翔也大聲道：「任何人必須和他保持兩公尺的距離。陳思空，你上車！」

陳思空傲然道：「如果是這樣的話，我拒絕上車，你們絕對無可奈何！」

木蘭花立時道：「方法太多了！譬如說，我們可以將動物園的獸醫召來，向你發射麻醉針，這種麻醉針可以使一頭犀牛昏迷不醒！」

陳思空的臉色更加難看，悶哼一聲，向前大踏步走了出去。

所有持槍的警員，都和他保持著兩公尺的距離，直到他上了車，將車門鎖好，人人才鬆了一口氣。

木蘭花道：「幸好你及時出現，不然，一定給他逃脫了。你是來找我的？」

高翔道：「是，安妮醒過來了！」

安妮醒過來了。

木蘭花和高翔來到病床之前，看著醒過來了的安妮，都不禁感到一陣心酸。

安妮的雙眼是如此茫然，那表示她雖然醒了過來，但是對於自己身在何處，以及發生什麼事，一點也記憶不起來！

她甚至用失神的、陌生的眼光，望著木蘭花和高翔兩人！

她自從醒了過來之後，嘴唇掀動，一直掙扎著在說話，她發出的聲音，是斷續的一個接一個的單音，而且一直到木蘭花來到了病床之前，也還是那幾個字。

安妮所發出的聲音，連貫起來，是：宇宙……盧利根勳爵。她在不斷地重複那幾個字。

木蘭花在病床前，佇立了十分鐘，聽安妮講了幾十遍「宇宙……盧利根勳爵」。她轉過身去，望著身後的好幾個腦科專家道：「這是什麼意思？」

一個專家道：「我們不知道她說的話有什麼意義，但是可以肯定，那一定是她心中憑著堅強的意志，認為那是極其重要的事情。而且，她心中的這件事，是在她受到襲擊之前不久才發生的，是她腦中最新的記憶和印象！」

木蘭花又向安妮望了一眼，道：「她復原的機會是……」

幾個專家互望了一眼，仍由那個專家道：「很難說，可能很快就復原，也可能——」

木蘭花深吸了一口氣，道：「永遠是這樣？」

那專家點了點頭，然後嘆了一聲，道：「請相信，她本身如果長期在這樣的情形之下，她是不會感到任何痛苦的！」

木蘭花閉上眼，在那一瞬間，她想到安妮加入她們的經過，經過了這些年，安妮已經由一個女孩變成了少女，如今她可能永遠處在這樣的白癡狀態之中！

木蘭花道：「高翔，宇宙兩個字，我們不知道是什麼意思，但是盧利根勳爵，分明是一個人的名字，要用一切方法查出這個人的資料來！」

高翔點著頭，木蘭花又道：「安妮如今的情形，別讓秀珍知道！」

高翔又苦笑了一下，道：「我千勸萬勸，才勸雲五風回家去休息一會，唉，這兩兄弟！」

木蘭花又道：「我要去看陳思空了，安妮一定是發現了什麼重大的秘密之後，才遭了毒手的，而陳思空，當然也知道這個秘密！」

高翔苦澀地道：「如果他肯合作的話，他會將秘密告訴我們的！」

木蘭花伸手撫摸著安妮的頭髮，安妮仍然在喃喃地道：「宇宙……盧利根勳爵！」

木蘭花幾乎是逃著離開去的，她要是再不離去，熱淚一定要奪眶而出了！

然而，當木蘭花面對著陳思空的時候，她看來卻仍是那麼冷靜，像是什麼事也沒有發生過一樣，儘管她內心深處有著如此深切的悲痛。

陳思空被單獨囚禁在一間拘留室中，在木蘭花之前，已有一個本市最著名的刑事律師，來要求保釋他，但是被拒絕了。

對方能夠在那麼短的時間中，出動這樣著名的一個律師，那證明陳思空是屬於一個集團，而且這個集團的勢力極大，非同等閒。

木蘭花在鐵柵外坐了下來，陳思空在裡面，背對著她，看來一點也沒有轉過身來的意思。

木蘭花望了他半晌，才道：「陳先生，謝謝你對安妮手下留情！」

陳思空冷笑了一下，道：「為了我使她終生變成白癡，而沒有殺她？」

木蘭花的聲音之中充滿了驚訝，道：「什麼？你在說什麼？安妮變成白癡？」

木蘭花甚至極其輕鬆地笑了起來，道：「陳先生，我看你一定犯了什麼錯誤，安妮早已醒過來了！」

陳思空陡地震動了一下，疾轉過身來，斬釘截鐵地道：「絕無可能！」

木蘭花揚了揚眉，道：「如果不是她告訴我，我怎能知道你的身分？」

陳思空又陡地震動了一下，木蘭花攤了攤手，道：「還有，盧利根動爵的名字，除了她知道之外——」

木蘭花的話還沒有說完，陳思空陡地彈了起來，又重重坐了下來。

當他坐下來之後，木椅發出了一陣格格的聲響，像是不勝負荷。

他坐下來之後，看看自己的手，十指伸屈著。

當他十指伸屈的時候，他的手指給人的印象，是不折不扣的鐵鉗！

木蘭花又笑了起來，道：「我錯了，我根本不必謝你，你不是手下留情，而是你根本力不從心了！你太老了！陳先生！」

陳思空陡地抬起頭來，雙眼之中現出極其憤怒的神色，望定了木蘭花。

木蘭花嘆了一聲，道：「你太老了！你已經多少歲了？八十，還是已經超過了八十？你練的武術能使你較你的年齡看來年輕，可是，那只不過是表面的現象，實際上，你衰老了，離死亡已越來越近，任你有通天的本領，你也不能——」

木蘭花講到這裡，陳思空陡地怒吼起來，道：「住口！住口！」

他一面叫，一面甚至在急速地喘著氣。

這絕不是一個武學精湛之士應有的現象，由此可以證明木蘭花的那一番話，觸動了他心底深處最不願想到的傷痛！

木蘭花一副無可無不可的神情，道：「好，我不說，不過請你記得，我說不說，事實總是不變的。」

陳思空面肉抽搐著，又陡地轉過身去。

木蘭花道：「我尊敬你是一個卓越的武術家，陳先生，你願意在牢裡度過餘生呢？還是在未來的日子中繼續享受自由？反正穆秀珍的傷勢很快會復原，安妮已經沒事了，我們可以作一個特別的安排。」

木蘭花一上來就說安妮「完全沒事了」，目的就是要使對方覺得事情不是十分嚴重，從而可以和警方合作。

她這樣說，顯然起了作用。

陳思空靜默了片刻，道：「要我合作？」

木蘭花道：「是的，那宇宙——」

陳思空又陡地轉過身來，道：「看來，你真的已知道了不少！」

木蘭花其實只知道「宇宙」兩個字，並不知道其他，但這時她卻道：「安妮知道多少，我就知道多少。知道的還不多，但是根據這些，要查起來，就不是一件難事，對不對？」

陳思空盯著木蘭花半晌，才道：「要我合作，可以，但是你必須以正當的方法令我心服，你明白麼？正當的方法，並不是用槍指著我！」

木蘭花深深地吸了一口氣，她自然明白陳思空的意思，所謂「正當的方法」，就是和他作武術上的較量，要在武術上勝過他，他才心服！

這是不可能的事，木蘭花知道自己不能在武術上勝過他。

本來她只覺得自己沒有把握，但木蘭花已和他動過手。那次動手，在表面上看來，木蘭花連攻幾招，陳思空才有還手的機會，看來好像是她佔了上風，但是木蘭花卻知道，她的攻擊，是在對方全然沒有防備的情形之下發動的。

木蘭花也知道，自己那幾處攻擊，實在已經盡了畢生功力之所能，而結果，對方只還了一腳，就將局勢完全扭轉了過來！

那說明陳思空的武術，絕對在她之上！

陳思空目光炯炯，望著木蘭花，像是在等著木蘭花的答覆。

在木蘭花全然不知該如何答覆之際，高翔的聲音自她身後傳來，道：「陳思空，你別異想天開了，沒有人和你比武，如果你不和警方合作，你就得接受法律的嚴厲制裁！你太老了，老到了完全不知道自己處身在什麼時代之中！你以為現在還是憑武功定真理的年代麼？」

木蘭花早知道高翔已來到了身後，高翔這幾句話，正好替她解了圍。

陳思空怒吼一聲，又轉過身去。

高翔和木蘭花互望了一眼，兩人一起向外走去，來到高翔的辦公室，高翔將一份文件推到木蘭花的面前，道：「你看看盧利根動爵這個人！」

木蘭花一眼就先看到了一張相片，相片上是一個十分尊嚴，一眼就給人以大人物印象的老人，有著筆直的鷹勾鼻，雙目有神。

木蘭花陡地吸了一口氣，道：「盧利根勳爵，就是那個盧利根勳爵！」

高翔道：「是，就是那個盧利根勳爵！」

他們兩人的對話，聽起來好像是全然沒有意義，但是木蘭花卻已經表示了她沒有想到，安妮口中的「盧利根勳爵」，就是那個鼎鼎大名，對現代政治稍有認識的人，都應該知道的盧利根勳爵！

這個盧利根勳爵，在近代政治史上的地位，極其奇特，將來的歷史學家在提及他的時候，一定會有無法下筆之苦。

盧利根勳爵的爵位是由何而來，傳說紛紜。最可信的一種說法，是德皇威廉二世封給他的祖先，因為他是德國人，在第二次世界大戰期間，盧利根勳爵曾替希特勒出力，主持德國軍火生產，成績是有目共睹的，他甚至參加了德國最後的火箭生產。

大戰結束，德國戰敗，盧利根勳爵是同盟軍要尋找的戰犯，但是他卻不知所蹤，若干年後，非洲一個新國家誕生，這個新國家的「總統高級顧問」，赫然就是盧利根勳爵。

由於當時非洲的新興國家，正受東、西方各國的拉攏，在微妙的國際關係之下，盧利根勳爵雖然在戰犯名單之中，但是他的身分已經是這個國家的要人，自然不便舊事重提，各國都裝著糊塗。

在接下來的幾年之中，至少有六個國家的獨立或革命是由他策劃的，這六個國家，包括了非洲國家，和美洲國家在內，那些國家，都奉他為神明，他的地位更高，而且勢力也更擴張。擴張到了有不少國家不想正面得罪他，但是也表明了態度，絕不歡迎他入境。

盧利根勳爵參與世界政治，完全是在幕後的，他政治勢力的觸角，究竟可以到達何等程度，也沒有人說得出來。不過人人皆知的事實是，由他所控制的一個集團，所包括的各種勢力，要在什麼小國家中製造一場政變，是輕而易舉的事！

沒有人知道盧利根勳爵的野心究竟有多大，也沒有什麼人可以輕易接近他。他在那個第一個在他策劃之下獲得獨立的非洲國家之中，受著獨裁總統的極度禮遇，他住在一個皇宮般的堡壘之中，這個堡壘附近五十哩，是絕對不准任何車輛經過的！

這個盧利根勳爵，何以會和黃義和教授發生關係？安妮所發現的秘密之中，何以會有這樣的一個人在內？

木蘭花眉心打著結，事情似乎越來越不可解了！

雖然陳思空或者可以解開那些疑團，但是陳思空的要求……

木蘭花吸了一口氣，高翔道：「蘭花，黃教授和這個盧利根動爵之間，怎麼會有關係？」

木蘭花又吸了一口氣，才道：「別忘記，其中還有一個人！」

高翔揚了揚眉，一時之間，不知道木蘭花這樣說法是什麼意思。

木蘭花立時道：「那具無名怪屍！」

高翔攤了攤手，道：「我們用盡了一切方法，還是查不出這具屍體的身分來！」

木蘭花望著高翔，道：「我想起了五風的一句話。」

高翔不知道木蘭花是根據雲五風說過的哪一句話，木蘭花立即又道：「那次，雲五風曾說，這具屍體，就算是一個再不重要的小人物，他既曾受過這樣嚴重的槍傷，又經過治療，一定應該有記錄的，是不是？」

高翔一揮手，道：「是，當時你的神情很奇特，好像想到了什麼極其重要的事！」

木蘭花道：「我是想到了一些事，不過當我又想到，那不可能，如今既然事情和盧利根動爵這樣的人有關連，我不得不重新考慮我的想法了！」

高翔道：「你究竟想到了什麼？」

木蘭花道：「五風說，這個人即使是再不重要的小人物，也應該有他的記錄，反過來，這個人，如果是一個極其重要的大人物呢？」

高翔呆了一呆，道：「我不明白你的意思，如果是大人物的話，更應該有記錄才對！」

木蘭花道：「那是你心目中的大人物還不夠大的緣故，如果說，這個人是一個大國的元首，在世界上，他每說一句話，就可以改變世界局勢的那樣的大人物，應該會怎樣？」

高翔在那瞬間，口張得極大，可是卻一點聲音也發不出來。

他已經明白了木蘭花是何所指而云然，也正因為他明白木蘭花的意思，是以他心中的震驚，令得他張大了口，出不了聲。

木蘭花一直望著高翔，像是在徵詢高翔的意見。

過了好半晌，高翔才吁了一口氣，他的話，聽來是有點答非所問的，他道：「頭部中了一槍，背部中了一槍，我的天，難道這具無名怪屍……會是他？」

木蘭花立即道：「如果是他的話，你是不是認為反而會全無記錄可查？」

高翔重重地擊了一下桌子，道：「當然可能，誰也不會想到是他，而且，他受傷的記錄，當然是最機密的文件，那就變得全無可查了！」

高翔和木蘭花互望著，又過了半晌，高翔才道：「如今我們在處理的是什麼樣的事件？」

木蘭花道：「可能是這一百年來，世界上最嚴重，最神秘的事件！」

高翔直跳了起來，道：「如果這樣的話，陳思空落在我們的手中，一定有人會不讓他講任何話，他——」

高翔才講到這裡，對講機已發出了「滋滋」聲，高翔按下掣，就聽得一個極其倉促的聲音叫道：「高主任，拘留室中出了事，疑犯陳思空被殺！」

高翔也沒有問究竟是怎麼出事的，「砰」地放下電話，和木蘭花疾向外奔去。

當他們來到拘留所門外之際，已經聽得警號聲刺耳地響著，一隊又一隊的警員走進奔出，兩個高級警官向高翔走了過來，高翔怒喝道：「我不是一再吩咐過，要嚴密看守疑犯的，怎麼又會出了事?盧所長呢?叫他來見我！」

高翔口中的盧所長，就是拘留所的所長，是一個有著極其良好記錄的警務人員，可是當高翔提起盧所長之際，在他面前的兩個高級警官，卻現出十分難以形容的臉色來，高翔呆了一呆道：「盧所長怎麼了？」

那兩個警官並不出聲，只是做了一個手勢，請木蘭花和高翔進去。

木蘭花和高翔直來到陳思空的拘留室外，看到陳思空伏在鐵柵上，雙手緊緊地抓住鐵柵，雙眼圓睜，神情極其惱怒。

而在他的兩眼之間，有一個圓溜溜的深洞，一股深紫色的血，正自那個深洞中流出來，陳思空顯然是一中槍就死了的。

高翔和木蘭花一看到這種情形，心中不禁一驚。

這時，另兩個警員由人扶了過來，高翔認出他們就是剛才離開的守衛，這時神情極其駭然迷惘，像是受過極度的驚恐一樣。

高翔怒道：「你們是幹什麼的？怎麼容許凶手進來？」

那兩個警員中的一個，結結巴巴道：「高主任……我們奉命守衛，根本沒有人可以走進這裡，可是盧所長忽然走了進來，對疑犯說了一句話，疑犯來到了鐵柵前，盧所長突然拔出槍來，就那麼一槍……」

高翔怔了一怔，轉身向身後兩個高級警官看去，那兩個警官的神情，仍然十分異樣。

高翔如今自然知道那是為什麼了，剛才他還叫盧所長來，追究陳思空被殺的責任，但是誰知道，行凶的就是盧所長，這個有著極其優良服務記錄的高級警務人員。

高翔一時之間說不出話來，過了好一會，才道：「你們目擊他行凶，為什麼不阻止他？」

那兩個警員苦笑道：「高主任，事情實在太突然了……盧所長放了一槍，轉身就走，我們還未曾來得及想一想發生了什麼事，他已經走了出去。」

高翔苦笑了一下，向木蘭花望去。

木蘭花看來十分鎮定，道：「你們說，盧所長來的時候，向疑犯說了一句話，疑犯就走前來聽他講，他說了些什麼？」

那個警員中的一個道：「盧所長說：『陳先生，盧利根勳爵要我帶一句重要的話來。』」

高翔和木蘭花同時吸了口氣，又是盧利根勳爵！

就在這時，又一個高級警官奔了過來，手裡拿著一具小型錄音機，直來到高翔身前，道：「高主任，這是在盧所長辦公室發現的，你聽！」

高翔接了過來，按下了一個掣，錄音機中立時傳出了盧所長的聲音，聲音很沉重，聽來像是有極重的精神負擔一樣。盧所長的聲音道：

「高主任，我很抱歉，我沒有別的話說，只能說我抱歉，對方給我的條件太好了，我無法拒絕，而且，如果我拒絕的話，我絕不能多活三分鐘，高主任，我抱歉！」

高翔一等錄音帶播完，怒喝一聲，將錄音機重重向牆上摔去，摔了個粉碎。陳思空是這些日子來，唯一可以找到的關鍵人物，整個疑團可望在他的身上揭開，但是陳思空卻在這樣嚴密防範之下，給人殺死了。

高翔一面揮手，一面怒吼道：「將他抓回來，動員所有的力量，將他抓回來！」

木蘭花來到了高翔的身邊，道：「我看抓不到他，對方的條件之一，當然包括將他迅速而安全地帶離本市在內！」

高翔悶哼了一聲，道：「他能逃到什麼地方去？通過國際刑警，我一定要將他抓回來！」

木蘭花攤了攤手，道：「國際刑警並不是萬能的，有一些國家，根本當權者就是超級的罪犯，像盧利根動爵當總統顧問的那個非洲國家，國際刑警有什麼用？」

高翔瞪大了眼，木蘭花想了一想，道：「我先回家去，你料理了這裡的事，先約四風、五風一起來，我們商量一下行動的步驟。」

高翔望著木蘭花，他自然不知道木蘭花準備怎麼做，可是從木蘭花的神情中，他可以看得出，木蘭花的心中，一定已經有了重大的決定。

7 勇敢行動

木蘭花的心中，的確已經有了重大的決定。在她家裡的客廳中，木蘭花望著神情憤然的高翔，和憔悴、憂慮的雲四風和雲五風兄弟。

雲五風是才從醫院裡來，安妮的情況並沒有多大的好轉，專家盡量令她昏睡，希望她能在長期的睡眠中得到治療。

雲四風的雙眼之中佈滿了紅絲，他已有很多天沒有睡過覺了，穆秀珍的傷勢雖然肯定沒有性命之虞，但是她所受的痛苦，對深愛著她的雲四風而言，就像是自已受了傷一樣。

高翔、四風和五風望著木蘭花，木蘭花緩緩地道：「高翔已對你們說起過我和他的推測？那具無名怪屍，他的身分，可能是一個大國的元首，這個大國的元首中槍的事，幾年前是轟動世界的大事！」

雲四風和雲五風都點著頭，雲四風伸手抹了抹臉，他的神態儘管仍然很疲倦，但是這種推測，顯然引起了他極大的興趣。

他道：「問題是，那個大人物中槍之後，是立即宣布了他的死亡的！」

木蘭花道：「是，剛才我已經詳細研究過有關那個案子的資料，在事情發生之後，那個國家就有幾個傑出的記者，認為這個大人物沒有死，只不過由於傷勢嚴重，醫生已斷定他即使痊癒，也必然成為白癡，基於政治上的原因，才宣布他已死亡的！」

雲五風道：「有什麼證據？」

木蘭花道：「那兩位記者搜集了很多證據，有的不免牽強附會，但是最可信的一點，是這個大人物中了槍之後，立即被送進當地一家醫院之中，從那時開始，這間病房就被嚴密封鎖，大約只有不到十個有著最密切關係的人進過那間病房。而且，自從中槍之後，就再也沒有任何公眾見過這個大人物，一個也沒有。以一個民主國家的一國元首來說，即使是遇刺身亡，在落葬之前，也應該讓公眾瞻仰遺容。可是這個大人物卻是例外，自此之後，沒有人見過他。當然，有少數人是知道真相的，例如大人物的遺孀，但她絕不會透露什麼！」

高翔道：「行刺的凶手後來落網，可是凶手又在眾目睽睽之下，被一個聲稱痛恨凶手的、患了絕症的人打死，這是最奇特的案件！」

木蘭花道：「這是一個國際上最大的政治陰謀，這個大人物有許多開明、進步的政策，逐一付諸實行，可能影響到若干大集團的利益，於是就發生了這樣一場政治暗殺。」

雲四風道：「我仍然不明白，如果在黃教授家裡燒死的那具屍體，是那個……大人物，他是怎麼會來到這裡？黃教授為什麼要將他燒死？」

木蘭花吸了一口氣，道：「這，我現在也還不明白，一切全是假設——」她講到這裡，略頓了一頓，才又道：「假設這個大人物當時並沒有死，生命被保存了下來，但保存下來的僅僅是生命，他受了傷之後，由一個叱吒風雲、世界性的領導人物而變成了一個白癡，那麼，作為擁護他的組織，或是他的家人，會怎麼做？」

雲五風道：「當然要盡一切可能，看是不是能使他復原。」

木蘭花道：「對，黃義和教授是腦科的權威，瑞典的奧捷博士也是！」

雲四風失聲道：「他們全失蹤了！」

木蘭花點著頭，神情仍十分凝重，道：「這其間的曲折情形究竟如何，我還不知道，但是我知道有一個人一定是知悉的，我決定去找他！」

高翔一怔，道：「誰？黃教授？」

木蘭花搖頭道：「黃教授，他所知的不會比我們更多，我要去找的那個人，是整件事情由頭至尾的策劃者，我相信，幾年前的那件轟動世界的行刺事情，也是他精心設計的，我要去見的人是——」

木蘭花講到這裡，略停了一停，高翔陡地發出了一下呻吟似的聲音來，隨即站起，無助地揮著手，道：「天，你不是要去見盧利根動爵吧！」

木蘭花的鎮定和高翔的慌張，恰好成為一個強烈的對比，她平靜道：「我正是要去見盧利根動爵！」

雲四風和雲五風兩人也站了起來。雲四風道：「不能去，也不必要去，事情和我們一點關係也沒有，這樣重大的國際陰謀，全是各個有勢力，足以操縱世界局勢大集團之間的鬥爭，我們不必插手其間。」

木蘭花點頭道：「你說得很對，情形本來是這樣，可是如今我們已經插手其間了！」

雲四風道：「蘭花，別以為我怕事，我什麼也不怕，可是我們如今還沒有插手其中，可以完全不加理會。」

木蘭花冷冷地道：「你錯了！在安妮發現了秘密，我們知道了整件事和盧利根動爵有關，陳思空出手傷了安妮之後，我們已經和這件國際大陰謀發生了關係，逃是逃不脫的，只有迎上去，將之擊破，這是唯一使我們以後還能安全生存的辦法。」

高翔等三人互望著，又緩緩坐了下來。

他們都知道，木蘭花的話，並不是自己嚇自己，而是實實在在的情形。

盧利根勳爵和他主持的那個集團，甚至已不能以「犯罪集團」來稱呼他們，當然他們所做的，全是罪惡的勾當，然而他們的勢力是如此之龐大，至少有二十個以上的國家是他們的後盾。

這樣一個集團，如果在幾年之前，已經可以作出暗殺一個大國的國家元首這樣的事，為了不使他們的秘密外洩，多滅殺幾個人滅口，那算得了什麼？

但是，木蘭花說不能逃避，要迎向前去戰鬥，憑他們，有什麼能力和這樣龐大的勢力作鬥爭？高翔苦澀地道：「蘭花，我們面對的不是普通的犯罪集團，和他們作正面的鬥爭，幾乎是不可能的事，除非甘冒第三次世界大戰的危險，我們有什麼能力這樣做？」

木蘭花道：「我當然知道，所以，我不是和他們整個集團起衝突，我只是去見一個人，盧利根勳爵，盧利根勳爵是一個非凡的人，但無論如何，他是一個人，是我自信可以對付的一個人。」

高翔又急又憤怒，道：「你根本見不到他，在你離他還不知有多少重障礙之前，早已遭了毒手！」

木蘭花抬起了頭，望著窗外，道：「或許是，但是我們躲在家裡，結果也是一樣的。」

高翔等三人「嗖」地吸了一口氣，客廳中靜了下來。

過了好一會，高翔才以一種極其無可奈何的聲音道：「你準備怎麼去？」

木蘭花的回答極簡單，道：「分開去！」

高翔眨了眨眼，一時之間還不明白她的意思，木蘭花已補充道：「替我準備一架飛機，我自己駕駛，帶著那具無名怪屍。」

高翔怔了一怔道：「帶著那具屍體？為什麼？」

木蘭花道：「這具屍體對我們來說，一點用處也沒有，但是對盧利根動爵而言，卻有極大的作用，我帶著這具屍體去，他有可能要見我！」

高翔皺著眉，道：「蘭花，如果——」

木蘭花揮了揮手，神情堅決地打斷了高翔的話，道：「我已經決定了！」

高翔嘆了一聲，木蘭花說她已經決定了，那也就是說，這件事是一定要付諸實行的了！木蘭花絕不會草率地作出決定，而當她已經有了決定之後，那麼，就再也不能改變了，一定要做。

木蘭花站了起來，來回踱了幾步，道：「醫院方面的保安，單靠警方力量是不夠的，陳思空被殺，就是證明，四風和五風要多辛苦些！」

雲四風和雲五風神情嚴肅，點著頭。

木蘭花又望向高翔，道：「你替我去安排飛機，和作沿途的聯絡！」

高翔的神情極其苦澀，喃喃地道：「這……等於叫我替你安排去送死！」

木蘭花也現出了一個無可奈何的笑容！她不是不知道自己去見盧利根動爵，是一個極其危險的行動，但是她絕不是一個行事沒有計劃的人，她已經想好了許多辦法，無論如何，她可以見到這個在幕後操縱著世界大局的人，這一點，她是有把握的！

在高翔喃喃自語之後，木蘭花又催了他一句，道：「越快越好！」

小型軍用噴射機以極高的速度飛行著，木蘭花注視著儀表，校訂著飛行路線，一切全正常，才飛過那個狹長的海是紅海，離她的目的地，還有一千哩路程。

小型噴射機在起飛前，照木蘭花的意思，噴上了國際紅十字會的徽號，沿途降落、加油，也都沒有遭受到任何阻撓。

木蘭花在離開之前，先來到醫院，穆秀珍的傷勢很有起色，她在生氣，怪安妮不來看她，當然她不知道安妮就在離她不到一百公尺的一間病房之內，正在昏迷不醒。

木蘭花也沒有告訴穆秀珍她要到哪裡去，只是告訴她將有遠行。穆秀珍的好奇心強烈，一再追問，可是在她身邊的幾個人，沒有一個肯吐露半點口風，她也自然無可奈何。

高翔已經告訴了她陳思空的死訊，穆秀珍聽了，呆了半晌，才道：「他怎麼不等我找他報仇，就先死了？」

木蘭花駕著機，想著這一切經過。

她的腦海中一片雜亂，但是當飛機漸漸接近目的地，已經飛進了那個非洲國家的領空之後，她需要應付各種各樣的事變，那需要頭腦的極度清醒！

她在最後一站加油，起飛之前，已經和那個國家的政府部門聯絡過，她聲稱自己是國際紅十字會的人員，送一具屍體來給盧利根勳爵。對方答應了她的入境。

木蘭花並沒有換名字，她自稱是紅十字會的人員，那也不過是措詞應對上的方便，她知道自己的身分、行動是絕瞞不過對方的，木蘭花也無意要瞞過對方，對方並不是普通的對手，一切用來對付普通對手的方法，都是用不上的。

飛機一進入那個國家的領空不久，木蘭花就看到，有四架噴射戰鬥機迎面飛了過來。其中三架迅速爬高，到了木蘭花飛機的上空，維持著「品」字形的隊形，距離木蘭花的飛機，約莫五百公尺。

木蘭花笑了一下，心想這倒是一個良好的開端，對方的戰鬥機擺出了這樣的隊形，那是將她當作最厲害的敵人了。

這種居高臨下的「品」字隊形，在空軍人員之中有一個術語，叫作：「三點網」。在居高臨下的情形之下，只要一開火，敵機萬難走得脫。

這種隊形，在舊式使用機槍的戰鬥機來說，也是最有效的擊落敵機的方法，何況這種新型的戰鬥機上，顯然裝置有空對空飛彈！

當三架飛機升空之後，另一架飛機在木蘭花的前面兜了一個圈，木蘭花按動通訊儀的掣，通訊儀的指針自動移動著，找到了和對方通話的頻率。

木蘭花立時聽到了一個她十分熟悉的聲音，道：「蘭花小姐，請按照指示飛行，別出花樣！」

木蘭花立時回答道：「我的飛機是沒有武器的，而我無意傚法日本的神風自殺隊，所以你大可以放心，陸嘉先生！」

木蘭花一聽就聽出那聲音是以前曾和她交談過的陸嘉先生所發出的，木蘭花這時已經可以肯定，這個陸嘉，一定是盧利根勳爵手下一個相當重要的人物！

通訊儀中又傳出了陸嘉的聲音，他「嘿嘿」地笑著，道：「你記憶力不壞！現在，請你跟著我的飛機，將高度降到八千尺！」

木蘭花在這樣的情形下，絕無不服從對方指示的餘地，而她也無意不遵從。她降低飛行高度，陸嘉的飛機始終在前作引導，而在她上面，三架戰鬥機也始終保持著同樣的距離。

陸嘉的聲音不斷傳來，每一次命令，都要木蘭花降低飛行的高度，直到高度只有一千五百尺。木蘭花向下看去，所看到的是一片廣闊之極的沙漠，在陽光下，閃耀著奪目的金光，整片沙漠像是沒有盡頭一樣！

木蘭花沉聲道：「我已經離開了我預定的航線了！」

陸嘉的聲音立時傳來，道：「是，你要按照我們的指示降落。」

木蘭花道：「盧利根動爵已經準備在我降落的地點接見我？」

陸嘉對木蘭花的試探，卻並不回答，只是發出了一連串難以捉摸的笑聲。

飛機繼續向前飛著，越過了一個至少有一百個油井架的油田，高度更低，木蘭花已經看到前面，在沙漠之中，有一個機場。

那機場並不大，停著數十架戰鬥機，看來是該國的一個秘密空軍基地。

木蘭花心中不禁苦笑了一下，她來之前，已盡一切可能熟悉她要來的這個國家，但是在她可以獲得的資料之中，卻沒有這樣一個空軍基地存在，那當然是該國高度的軍事秘密！

木蘭花這時苦笑，因為她並不想自己獲知太多的秘密！她知道得越多，處境便越是危險。

木蘭花吸了一口氣，跟著陸嘉的飛機，降落在跑道上，那三架一直在她上面的戰鬥機，在木蘭花降落之後，低飛掠過，也在遠處的跑道上降落。

木蘭花的飛機才一停下，四輛中型吉普車已經疾駛了過來，車上全是荷槍的士兵，在軍官的指揮下，躍下車，將飛機團團包圍。

木蘭花並不下機，她看到前面的飛機，機艙打開，一個穿著軍服的中年人，看來精神奕奕，有著一頭花白頭髮，走下機來，向木蘭花做了一個手勢。

木蘭花知道自己也可以下機了！她打開機艙，跨了出來。

她才一出現，就聽到整齊劃一的「卡啦」一聲響，那是大約八十桿步槍一起拉動槍機的聲音。

木蘭花跳了下來，向那中年人攤著手，道：「這樣的歡迎儀式，太隆重了吧！」

那中年人笑道：「不是對付你的，我叫陸嘉，請跟我來。」

木蘭花一時之間，還不明白陸嘉所說的「不是對付你的」是什麼意思，一輛車身長得出奇的房車已經駛了過來，在她的身邊停下，一個軍官跳下，打開車門，陸嘉做了一個手勢，請木蘭花上車。

木蘭花上車，陸嘉跟著上來，車由一個軍官駕駛，向前疾駛而去。

車子才駛出不到一百碼，一陣震耳的槍聲已傳了過來。木蘭花忙轉頭，由車後窗中向外看去，只見包圍她飛機的那批士兵，在不斷向她的飛機射擊，就在一刹那間，「轟」地一聲巨響，整架飛機都著火燃燒起來！

這是木蘭花絕未曾料到的事！她全然不知道對方毀去她的飛機，目的何在，但那總不會是好事！

她立時轉過頭來，像是她剛才所看到的，只不過是有人打破了一隻杯子一樣，道：「你太心急了，機上有我帶來的禮物！」

陸嘉笑了起來，道：「你的禮物是廢物！如果這具屍體還有用處的話，我們要將之弄到手，太容易了，何勞你萬里迢迢送來！」

木蘭花心頭又震動了一下，但是表面上仍然一樣鎮定，道：「說得好，我真是太自作聰明了！對你們來說，重要的是這個人真的死了！一具屍體，當然是什麼作用也沒有的！」

陸嘉呵呵地笑了起來，道：「說得有趣，你心中一定在懷疑，既然我們不要這具屍體，為什麼還會允許你前來，是不是？」

木蘭花由衷地道：「陸嘉先生，在我所遇到過的對手之中，你可以說是極其傑出的一位！我的確不明白勳爵為什麼要見我！」

陸嘉笑道：「承讚，勳爵對死人沒有興趣，可是對活人是有興趣的！」

木蘭花的心中又震動了一下，她當然明白陸嘉口中的「活人」是指她而言，那也就是說，勳爵要見自己，另有目的。

這倒令木蘭花覺得目前的處境，至少比預料中好，自己有可以見機應變的機會。

車子繼續向前駛著，射出兩股強光。在那兩股強光之外，整個沙漠一片黑沉，無邊無際，什麼也看不到。

木蘭花明知自己的命運不可測，可以說有一大半不是掌握在自己的手中，在這樣的情形下，發急是一點用處也沒有的，是以當她估計到車子可能還要行駛一個相當遠的途程之後，她索性閉上眼睛養起神來。

而當她在竭力使自己的心境平靜下來之際，她竟真的睡著了！

直到她的耳際響起了陸嘉的聲音，道：「小姐，我們快到了！」木蘭花才醒了過來。

她先看了看時間，已經是午夜了。那也就是說，車子以每小時接近一百四十公里的速度，行駛了六小時之久！

然後，木蘭花再向前看去，不禁發出一下驚嘆聲，為眼前的情景而驚嘆。

木蘭花看到的，是一叢又一叢高大的樹木，那些優美、挺直的棕櫚樹，使人幾乎疑心置身於美國佛羅里達州的海灘上！

但是，四周圍還是沙漠，那一定是沙漠之中，原來就存在的一大片綠洲。在樹木的掩映之中，木蘭花還可以看到一座極其宏偉，古堡型的建築——傳說中盧利根勳爵的住所！

很多人知道有這樣一座古堡的存在，也知道這座古堡的主人是什麼人，但是真正見過這座古堡的人，只怕不會超過一千個。

這座古堡甚至沒有任何圖片發表過，世界上儘管有許多傑出的新聞記者，想要拍這座古堡的圖片，公諸於讀者，可是在三個英國記者租用的飛機墜毀，三個人全被燒成了焦炭，以及四個美國記者像是在空氣中消失，兩個澳洲記者和兩個法國記者被人發現屍體不全，在沙漠上之後，也就沒有人再敢打這個主意了。

木蘭花一看到了那些古堡，就失聲道：「舉世聞名的盧利根堡！」

陸嘉笑道：「是，你可知道有多少國家元首，是從這裡派出去的？」

木蘭花吸了一口氣，道：「派出去的？這樣的說法太難明白了，應該說，是由這座古堡的主人在幕後策動，籌劃而成功地掌了大權的。」

陸嘉搖頭，道：「簡直就是派出去的！」

木蘭花沒有再爭論下去。事實上，「派出去的」這個說法，可能更接近事實！盧利根勳爵的確有這個力量，陸嘉並不是在有意誇張。

車子駛到古堡的圍牆之外，牆外是一條繞牆約五十公尺寬的「河」。那應該是河，可是如今在沙漠中，卻只是一道又寬又深的溝，一座鋼橋正在緩緩垂下來，車子駛上去，駛進了圍牆。

木蘭花在車子駛進圍牆之際打量了一下，並沒有發現什麼防禦設備。當然，這並不是一個普通重要人物居住的地方，而是一個超級重要人物居住之處，一般的衛兵如林的警戒，在這裡是用不上的，這座古堡一定有著極其先進的安全設備，絕不是走馬看花，可以觀察得出來的。

車子駛進圍牆之後，已經進入了花園的範圍之內，木蘭花看到了修整得像是碧綠色地毯一樣的草地，在草地上高視闊步的，至少有兩百隻以上的孔雀。

不少孔雀正在展示著牠們其白如雪，或是爍若雲錦的尾羽，襯上一簇一簇的各種鮮花，更是恬靜、美麗得如同仙境一樣。

木蘭花對花卉的認識相當深刻，當車子駛過一大片荷蘭鬱金香和羅馬尼亞的黃玫瑰之後，她由衷地發出一下讚嘆聲。

陸嘉微笑道：「蘭花小姐，金錢和權力是萬能的！」

木蘭花做了一個不願在這個問題上多作辯論的手勢，車子又在繼續向前駛，一直駛到了古堡的門口，才停下來。

車才停下，兩扇金光閃閃，看來給人以極其沉重厚實之感的大門就打了開來。大門一打開，自古堡之中，走出了一個人來。

當木蘭花看清楚這個人時，她簡直不相信自己的眼睛！那個人的身形並不高，年紀極大，穿著一套純白綢的中國式服裝，他竟然是陳思空！

木蘭花呆了片刻，陸嘉已打開了車門，等她下車。

木蘭花吸了一口氣，下了車，走上了十數級石階。這時，她更加毫無疑問，站在門口的那個老人，就是武學絕頂高手陳思空。

陳思空在這裡出現，這件事，乍一遇上，實在有不可思議之感，但木蘭花在步上石階時，略微想了一想，就已經明白了！

陳思空是一個在內功上有極高造詣的人，這樣的人，要控制自己的呼吸和心臟跳動，是輕而易舉的事。別說是中國武學的絕代高手，就算是一個對瑜伽術素有訓練的人，也可以做到這一點。

當然，看守所所長在眾目睽睽之下，用來射擊陳思空的是假槍，而當自己和高翔看到他的「屍體」之際，他只不過是在裝死！他的「屍體」立時被運到了殮房，以他的本領而論，要從殮房中逃出來，那太容易了。

木蘭花想通了其間的經過，所以當她來到了陳思空身前的時候，簡直一點驚訝的神情都沒有，就像在這裡見到陳思空，是世界上最自然的事情一樣，木蘭花甚至微笑地向他點頭道：「陳老先生，你好！」

反倒是陳思空，看到了木蘭花這樣毫不驚奇，有點訝然，他「嘎」地一聲，道：「又見面了，你難道不以為我已經死了麼？」

木蘭花笑道：「當時，如果我向高翔表示，你只是裝死，你一定會躍起逃走，那時，在亂槍齊發之下，你真會死了！」

當時，在拘留所看到陳思空的「屍體」之際，木蘭花並未想到他只是在裝死，但如今木蘭花卻故意這樣說。

陳思空雙眉向上，揚了一揚，剛想說什麼，裡面又有一個人急急走了出來道：「勳爵在等著。」

木蘭花看了這人一眼，不禁在暗中吸了一口氣，剛才陸嘉曾說，世界上有許多國家的元首，是這裡派出去的，真的不算誇張！如今出來傳話的那個人，是黑種人，身形魁梧，他已經可以算得是世界一個眾所矚目的風雲人物，他的頭銜是一個非洲國家的什麼民族解放陣線的首腦。

這個非洲國家的政權，已經準備更替，大約至多半年，眼前這個黑人，就可以出任這個非洲國家的首屆總統，可是在盧利根古堡之中，他卻只不過是一個通傳奔走的小腳色。

木蘭花當然也知道，盧利根勳爵派這人來作通傳，是有作用的，作用就是炫耀他的實力！

陸嘉忙道：「請！」

陸嘉和那黑人走在前面，木蘭花走在當中，陳思空跟在木蘭花的後面。被這樣一個武學高手跟在背後，雖然木蘭花明知在盧利根勳爵曾見到自己之前，陳思空是絕不會對自己有什麼不利行動的，可是她還是不禁感到了極度的不自在。

整個大廳，完全是仿凡爾賽宮建造起來的，地下鋪的是義大利條紋的瑪瑙，一根又一根的大柱上，全是塗金的人物浮雕。

通過大廳，又來到了一條寬闊的走廊上，木蘭花向掛在走廊兩旁的油畫看了一眼，那些畫，木蘭花可以一幅一幅叫得出名字來，因為它們實在太出名了，像倫勃朗的「夜巡」，畢加索的「三個女人」等等，這些畫，有誰不知道呢？

木蘭花可以肯定，這些畫一定是真跡，掛在各大博物館中的才是假畫。何以真畫會到這裡，那自然是勳爵的神通廣大了！

在走廊的轉角處，一座銅雕，赫然是哥本哈根港口的「美人魚」，再過去，另一座雕像，則是比利時的「尿尿小童」，而當木蘭花看到了在兩扇雕刻得極其精美的橡木門兩旁，一旁放著一隻銅鼎，而另一旁放著一隻銅盤之際，木蘭花陡地轉過身來，盯著陳思空。

在木蘭花嚴厲的目光之下，陳思空居然現出一絲忸怩的神色來。

木蘭花在盯了陳思空片刻之後，毫不留情地斥責道：「你將毛公鼎和散氏盤這樣的國寶弄到這裡來，太過分了！」

陳思空沒有說什麼，只是悶哼著。

木蘭花轉回身，兩扇橡木門已自動打開，木蘭花看到了一個她生平所見，最寬大而最豪奢的書房。

在一張路易十四時代，巨大的雕花金漆、桃花心木的寫字檯之後，她看到了一個面貌如同石像雕刻一樣的中年人，當她望向那中年人之際，那中年人也正以神采炯炯的雙目，向她望來。

8 故事的最高潮

木蘭花向前走出了幾步，從身後的腳步聲聽來，只有陳思空一人跟了進來。而陸嘉和那黑人則是站在門口，大聲道：「木蘭花小姐！」

橡木門關上的聲音傳來，木蘭花繼續向前走著，坐在寫字檯後面的那個中年人，當然就是盧利根勳爵！

看他的樣子，像是並沒有站起來的意思，當木蘭花來到他只有六七尺距離之際，他才攤了攤手，指著一張椅子，道：「坐！」

勳爵一開口，聲音之中，像是含有一股不可抗拒的力量，木蘭花卻並不坐，四面看了一會，她看到陳思空和自己保持的距離，恰好就是自己和勳爵之間的距離。

木蘭花一發現了這一點，立時笑了起來，道：「勳爵，我還以為像你這樣的人，心目之中，早就應該不知道什麼是恐懼了，誰知道你還是像嬰兒一樣，要靠別人保護！」

勳爵如同岩石雕成一樣的臉上，一點也不表示什麼，只是道：「我可以不怕任何事，但是對於神秘莫測的中國人，必須有一定的預防！」

木蘭花做了一個手勢，道：「中國人有什麼神秘莫測？只不過是愛和平，盡自己一切可能，阻止醜惡妖邪進行活動而已！」

勳爵仍是不動聲息，只是乾笑了幾聲，木蘭花知道他一定又要令自己坐下，她搶在勳爵張開口之前，就在椅子上坐了下來。

木蘭花這時這樣做，表面上看來，好像是沒有什麼意思的，但實際上卻有著重大的意義。木蘭花知道，凡是進這間書房來的人，可以說無不惟勳爵之命是從，勳爵是這裡的總指揮，而她卻偏偏要保持獨立行動，不聽他的指揮！

果然，勳爵張開了口，還沒有發出聲音，木蘭花已經坐了下來，那使他要說的話說不出口，毫無表情的臉上，立時現出一絲怒意來。

他吸了一口氣，才又道：「我很忙——」

木蘭花立時打斷了他的話頭，顯得十分無禮，道：「又忙著在什麼地方製造政變？」

勳爵的怒意陡然升起，但是他顯然極懂得如何克制自己，立時又恢復了木然，道：「所以，我的話只說一遍，你用心聽著！」

木蘭花卻擺出一副毫不在乎的神情來，道：「如果你真的很忙的話，就不會浪費時間來說那些廢話！」

勳爵悶哼一聲道：「你手中有什麼王牌？」

木蘭花「哈哈」笑了起來，道：「這才問到正題上來了！在黃義和教授住所中燒死的那具無名屍體，我已經知道了他的身分。」

勳爵居然微笑了起來，道：「是麼？」

木蘭花道：「是！他當年遇刺之後——這次行刺，當然是閣下策劃的傑作了！雖然中了兩槍，可是並沒有死，一直活著！」

勳爵也笑了起來，道：「那有什麼不同，現在他已經死了，這算是什麼王牌？」

木蘭花緩緩地道：「這件行刺案，你是策劃人，是誰要求你策劃的，如果公佈出來，一定很有趣！」

勳爵搖頭道：「一點也不有趣，因為根本沒有人會相信你的鬼話！」

木蘭花笑道：「我的話，當然不會有人相信，可是，如果是那個人親口所說的話呢？」

木蘭花這句話一出口，盧利根勳爵一直坐著不動的身子，挪動了一下，但隨即冷然道：「他怎麼還會講話？」

木蘭花悠然道：「黃義和教授成功了！」

這一句輕描淡寫的話，令得勳爵面上的肌肉，不由自主地跳動了幾下。但他畢竟是一個極其老辣的人，隨即又恢復了鎮定，道：「很好，這才有點像王牌了，不過點數太小！」

木蘭花微笑道：「勳爵，我以下的話，只當是故事，你只當它完全是我虛構的好了。」

勳爵的背向後仰了一仰，道：「你只管說！」

木蘭花的神態更悠然，看來她像是真的在說故事一樣，道：「從前，有一個富庶強盛，居世界領導地位的大國，這個大國的領導人，是一個年輕有為，有卓見，有魄力的政治家。像所有有能力的人一樣，這個政治家，有著他的敵人，他的敵人不能光明正大地戰勝他，於是就想出了卑污的手段！」

勳爵看來像是漠不關心地「唔」了一聲。

木蘭花繼續道：「暗殺如何進行呢？這是一件大事，那些政敵自己無法做到這一點，於是就向一個魔王求教，和魔王講妥了條件，在魔王的策劃下，震驚世界的暗殺事件，終於發生了。」

木蘭花講到這裡，停了一停，勳爵抬起手來，輕輕地鼓了三下掌。

木蘭花又道：「暗殺並沒有徹底成功，腦部和背部中了槍的政治家沒有死，但是他的支持者知道處境凶險，就宣布了他的死訊，自然，舉世哀悼，政敵也要假惺惺哀傷一番，魔王自然也取得了他提出條件的實現。世人以為一個傑出的政治家被殺死了，儘管整件事是如此撲朔迷離，也儘管有許多的調查，但是事情看來是不了了之了。不過，魔王心中一定也在起疑，為什麼這個政治家中了槍之後，就再也沒有任何人見過他呢？魔王一定用盡方法在探明這件事。以魔王的神通而論，他可以很快就知道，政治家沒有死。而政治家如果沒有死的話，魔王和政敵的陰謀，就會大白於世。」

盧利根動爵聽到這裡，突然笑了起來，道：「這故事說不通了，魔王和政敵的陰謀，政治家是不知道的，就算政治家沒有死，魔王和政敵都沒有危險！」

木蘭花道：「故事的關鍵就在這裡了，當政敵和魔王接洽之後，魔王衡量整個局勢，知道要在這個國家中取得更大的控制力，控制這個政治家，比控制他的政敵來得好，所以，魔王將政敵的陰謀向政治家作過透露，希望借此能收買到政治家。當然，具正義感的政治家，一口拒絕了魔王的要求。」

木蘭花一面說，一面盯著動爵，她看到對方的臉上已經籠罩了一重極其可怕的鐵青色，她知道自己的推測離事實不會太遠。

木蘭花這時在說的「故事」，是她在明白了那具無名怪屍的身分之後，對一切事情的經過所作的推測，她故意用「故事」的方式，輕描淡寫地講出來，因為這樣更容易觀察對方的反應。

木蘭花繼續道：「魔王一遭到拒絕，立時下手，政治家遭到了不幸，政治家的支持者卻並不知情，因為整件事的關係太大，如果透露出去，這個大國可能分裂，發生這個國家歷史上的第二次內戰，魔王知道政治家沒有死，當然千方百計想再將他害死，但是他的支持者也是極有勢力，極有辦法的，將政治家藏匿了起來，請了全世界最好的腦科專家來治療，希望他能復原。」

勳爵笑了起來，道：「他的支持者，當然失望了！」

木蘭花不理會勳爵，道：「其中一個腦科專家居然成功了，政治家復原了，講出了魔王的陰謀，這個陰謀一暴露，魔王當然不希望如此。」

勳爵在聽到木蘭花講到一半之時，神情有過顯著的變化，但這時卻已完全恢復了常態，道：「太沉悶了，政治家要是復原了，何以還不揭露陰謀，還在等什麼？」

木蘭花心中不禁苦笑了一下，整個事情的經過，她都有自信，推測得離事實不會太遠，可是唯一她一點也推測不出絲毫頭緒來的是：何以黃教授會失了蹤，教授的住所會失火，那人會被燒死！

黃教授當然是受那人的支持者的委託，在極度秘密的情形下進行治療的，為什麼有了結果，卻發生劇變，還是根本沒有結果？

木蘭花就是這一點茫無頭緒，而盧利根勳爵偏偏一針見血提出了她無法解答的問題來！

木蘭花略停了停，道：「當然是事情又有了變化，那位腦科專家突然失蹤了，要不是他內心中已有了極度的秘密，他是不會失蹤的。專家的失蹤，令得魔王大起恐慌，偵騎四出，想將他找出來，弄明白他究竟已知道了什麼秘密，因這個秘密若是洩露了，對魔王極其不利。」

勳爵聽到這裡，陡地大笑了起來，道：「小姐，我把你估計太高了，原來你什麼也不知道，一切全是靠推測而來的，你的故事，一點也不好聽！」

木蘭花多少有點尷尬，她所講的一切，的確全是根據推測而來，事實上，她手上並沒有什麼「王牌」，可是在如今這樣的情形下，她卻不得不裝出一副高深莫測的樣子來。

她像是毫不在意地微笑著，道：「故事還沒有完，你怎麼知道無趣？」

勳爵做了一個手勢，示意木蘭花繼續說下去。

木蘭花道：「這是故事的最高潮了，你仔細聽著，那腦科專家知道自己處境危險，所以在失蹤之後找人幫助，而且，已經找到了幫助！」

木蘭花的「故事」，多半是推測出來的事實，可是最後一句，卻全然是在無可奈何的情形之下虛構出來的，她的用意是暗示對方，黃義和在她這一邊，可是她卻將對方估計得太低了。

勳爵一聽，就大笑了起來，向一直在旁邊不出聲的陳思空道：「陳先生，這位小姐說黃教授已經找過她要求幫助，你相信麼？」

陳思空冷冷地道：「除了白癡之外，沒有人會相信她的話。」

木蘭花感到極其狼狽，她不明白何以自己的話會唬不倒對方，唯一的可能是對方知道的遠比她來得多，在這樣的情形下，她唯有硬充到底。

她站了起來，道：「你不信？那也只好由得你了，不過你想，如果我真的握有王牌，我上門來找你，為了什麼？」

木蘭花這一句話，倒起了一定的作用，盧利根勳爵呆了一呆，道：「那麼你來的目的是——」

木蘭花笑著，道：「當然是來和你談買賣！」

勳爵盯著她，道：「你要出賣的是——」

木蘭花雙手一攤，道：「還須要講明白麼？我以為你早應該知道的了！」

木蘭花的語意咄咄逼人，但動爵笑了起來，道：「做買家，還是講明白一點的好。」

木蘭花出現神秘、緊張的神色來，向動爵的辦公桌走近了一點，身子偏向前，道：「我將黃教授給你，你給我一千萬美元！」

動爵揚了揚眉，道：「我根本不信黃教授在你的手裡，你不但什麼也得不到，而且，我想——」

動爵講到這裡，身子悠閒地靠向椅背，笑了起來，道：「我想，你不止一千萬美元！」

木蘭花又向辦公桌走近了一步。當她來的時候，她心中已有了一個決定，她的目的，本來是弄清楚整件事的來龍去脈，而且，她也有決心要對付盧利根動爵，如果不是陳思空的突然出現，她早已經下手了。由於陳思空在武術上的造詣如此之高，木蘭花不能不有所忌憚。

這時，木蘭花和動爵的對話，越來越緊張，她已經連向寫字檯逼近了兩步，陳思空卻仍然站在原來的地方未曾移動，木蘭花覺得機會來了，她已經站在辦公桌之前，離動爵只不過一公尺左右，只要她一動手，她可輕而易舉將對方制住。

只要制住了對方，那麼事情就容易解決了！

所以，勳爵的話還沒有講完，木蘭花左手在桌上一按，整個人已騰身而起，右手疾如閃電，抓向盧利根勳爵的頸部。

以木蘭花在武學上的造詣而論，她只要一抓住對方的頸，而對方的體重又在三百磅以下，她一縮身、揮臂、扭身，就可以將對方隔著桌子，直提了過來！

木蘭花且已準備好了下一步的動作，她一將對方提過桌子，立時將對方的手背扭過來，擋在自己的身前，那樣，她就有可能押著盧利根走出這個古堡去。

木蘭花一直是謀定而後動的，她的行動，很少出錯，然而，很少出錯並不等於完全不出錯，這時，她就犯了一個極大的錯誤。

木蘭花的錯誤是，儘管她在心中，已將對方的能力提高到了前所未有的程度，可是在事實上，她還是低估了對方！

就在她向前一伸手，抓向勳爵之際，她看得極其清楚，對方完全沒有任何趨避的動作。事實上，她的身手是如此之快，如此之突然，根本不容得對方有什麼趨避的動作。

可是，也就在那一瞬間，甚至沒有任何聲響，一隻巨大的玻璃罩突然罩了下來。

那玻璃罩大約有三公尺見方，一落下來，將寫字檯和木蘭花全罩在內，而恰好將勳爵隔離在外。

木蘭花的手向前疾抓而出，玻璃罩一落下來，她的手重重地碰在玻璃之上。木蘭花立時可以肯定，整個玻璃罩是用鋼化不碎玻璃製成的，因為如果是普通玻璃的話，她手撞上去的那股力量，一定可以將玻璃撞碎了。

幾乎是在同時，木蘭花看到勳爵仰頭大笑了起來。

木蘭花疾一轉身，看到陳思空也在仰天大笑。木蘭花一伸手，抓起寫字檯上的一隻巨大的銅鎮紙，待向玻璃砸去。

也就在這時，她看到勳爵一揚手，在他所坐的椅子背上按了一下。

一被罩進玻璃罩之後，木蘭花完全聽不到外面的聲音，她只是看到勳爵和陳思空在笑著。

這時，勳爵伸手一按，木蘭花陡地聽到了笑聲，也聽到了勳爵道：「小姐，勸你不必白費力氣了，人在運動時，消耗氧氣的數量特別多，而這個罩子之中的空氣，你完全靜止不動，也只不過恰好夠二十四小時之用。」

木蘭花怔了一怔，手中的銅紙鎮就沒有拋出去。

這時，她又聽得陳思空接著道：「旁人或者是二十四小時，不過她可以支持更多時間，因為她懂得控制呼吸，她也練過中國武術中的內家功夫！」

勳爵站了起來，側著頭，像是觀賞什麼珍奇動物一樣地看著在罩子中的木蘭花。木蘭花雖然一向處事鎮定，但是在這樣的情形下，她心中也不禁陣陣發涼。

她被困在這樣的玻璃罩中，而地點又是在盧利根堡，那就是說，除了對方放她出來外，她自己是絕對無法脫身的。

但是木蘭花卻一點也不現出驚愕的神色來，當勳爵在外面看著她的時候，她甚至陡地向前衝了出去，口中發出了大叫聲。

她突然其來的行動，令得勳爵嚇了一跳，忙不迭向後退出了一步，木蘭花活像是一個惡作劇得手的孩子一樣，哈哈大笑起來！

勳爵現出了一絲怒意來，揮著手，道：「小姐，本來我有意接納你，可是如今，你是自討沒趣，你求我收留你，我也不要了！」

木蘭花仍然笑著，道：「你的困難是，你也無法殺死我，只好等著，二十四小時，或者更長時間！」

勳爵怒意更甚，道：「我就要看你慢慢死！」

他話一講完，一個轉身，向著一個書架走去，當他來到書架之前時，書架向旁移開，現出一道暗門，勳爵逕自走了進去。

木蘭花一怔間，又聽到了關門的聲音，當她疾轉過身來之際，看到陳思空也已經走了出去。

木蘭花深深地吸了一口氣，在地上，倚著桌子坐了下來，開始思索。

罩子裡的空氣只夠普通人消耗二十四小時，木蘭花自然知道，在這樣密封的空間中，氧氣的消耗量是相對的，人體中呼出的二氧化碳越來越多，到後來，空氣中雖然還有相當數量的氧氣，但是人已經處於昏迷狀態之中。

正如陳思空所說，她善於控制呼吸，但那至多也不過三十個小時，三十小時之後，她可能已經因為缺氧而昏迷了！

當然，這是指使用罩子內的空氣而言，但是木蘭花的身邊，另外還有秘密武器，那便是小型的壓縮氧氣，她一直帶在身邊，體積不會比一枝普通的鋼筆大，在她的鞋底中，藏有兩支這樣的壓縮氧氣。

這樣的氧氣，每一支可以供人呼吸半小時，那也就是說，她可以有一小時額外的氧氣供應。那一小時，是不是能使她轉危為安呢？

木蘭花想到這裡，不禁苦笑起來，因為使用這種小型的壓縮氧氣，必須要將之咬在口中，以對方的神通而論，一看就可以知道她在幹什麼，那就大可以再等多一小時，然後再打開罩子，將她的屍體拖出去！

在木蘭花的冒險生活中，不知曾經有過多少次凶險，但是真正令得她有處身於絕境之想的，卻是現在，她盡量使自己的心境平靜，取下了耳環。

在她的耳環上，附有一顆鑽石，她試著用這枚鑽石去割劃玻璃。尋常玻璃，即使是半寸厚的，她也能利用這枚鑽石將之割開，但這時鑽石割上去，玻璃上卻連痕跡也沒有。

木蘭花感到，當罩子才一罩住的時候，是什麼聲音也聽不到的，後來忽然有聲音傳了進來，聲音是需要通路的，如果她能弄開那個通路——

木蘭花很快就找到了聲音的來源，在罩子的頂上，有一個小小的擴音器，木蘭花站上桌子，伸手碰到了那擴音器，她希望有一條電線通往外面，即使是一個小孔，也可以供空氣輸入。

可是，木蘭花的手一碰到擴音器，就輕而易舉地將之取下來，那是無線電擴音器！

她拋開了擴音器，自桌上躍下，在桌上取起一柄裁紙刀，將地下厚厚的地毯，沿著罩子的邊緣割開了一塊。地毯下面是鋼板，而罩子的邊緣，和鋼板銜接得如此之緊密，根本一點縫也沒有。

她用手指在罩子的邊緣和鋼板之間撫摸著。憑她的經驗，鋼板是合金鋼，這種合金鋼的硬度，通常是普通鋼的三倍到五倍。

木蘭花又站了起來，她可以肯定，偌大的書房中雖然只有她一個人，但是她的行動一定受著監視。木蘭花希望對方在監視她的行動，她心中已經有了脫身的打算。

她脫身的計劃，第一步是等待，所以，她又坐了下來，靠著桌子，閉上眼睛，看來是無法可施，一籌莫展的樣子。

木蘭花離開本市之後，高翔就一直在注意著她的行蹤，和她保持聯絡。但是在木蘭花一被逼降之後，聯絡就中斷了。

高翔知道木蘭花一定已經到了目的地，可是她在到達了之後，究竟發生了什麼事，高翔卻全然無法獲知，而且就算知道了，也絲毫無能為力。

高翔從醫院回來，穆秀珍恢復得相當快，安妮卻一點進展也沒有，仍然是在昏睡。

高翔感到極度的疲倦，這種疲倦，是從心中受了挫折而來的，他感到自己從來也未曾受過這樣的挫折，對方強得幾乎無法抗拒，尤其是當殮房報告，說陳思空的屍體「離奇失蹤」之後，他也知道那是怎麼回事了——又一次挫敗！

當他架著車，來到住所門口之際，他準備放上一大缸熱水，浸上半小時，看看是不是能從極度的疲倦之中恢復過來。

但就在離家門口還有幾十碼之際，他看到三輛汽車停在門口，有七八個人站在車旁，顯然因為家中沒有人，他們正在等著。

那七八個人全是西方人，其中一個，年紀已經相當老，是坐在輪椅上的，另外幾個人，高翔可肯定指出，必曾受過嚴格的保安訓練，而這幾個人，高翔全是未曾見過的。

當高翔發現這些人，還弄不清這些人的來歷之際，他準備將車子向前直駛過去，可是那些人中的兩個，卻已經向著車子直奔了過來。

高翔陡地停了車，另外兩個人，推著輪椅過來，輪椅上的老人雖然年老，可是雙眼仍然很有神，一來到近前，就道：「高先生？我們想和你以及尊夫人木蘭花小姐談一談！」

高翔冷冷地道：「閣下是誰？」

那老年人道：「我是你們找不出身分來的那具屍體的父親。」

高翔陡地一震，一時之間，實在不知道該如何回答才好。那具無名屍體的身分，木蘭花已經對高翔說過她的推測，到如今為止，還可以說是一個極度的秘密，如今這老人居然自稱是那具無名怪屍的父親。

但是高翔的震驚，卻只不過是極短時間的事情，他盯著那老人，立時認出了那老人是什麼人。

這個老人，曾經是一個極其顯赫的政治人物，而當他退居幕後之後，他的勢力仍然十分大，政治勢力所及，可以使他的兒子登上一個大國領袖的寶座，由些可見一斑了！

高翔做了一個手勢，道：「請進去再說！」

高翔將車駛進鐵門，那老人和他的保鏢、隨從跟在後面，一起進了屋子。

那老人又迫不及待地道：「尊夫人呢？」

高翔道：「她不在本市，對於整件事，我和她商量過。先生，你是怎麼知道令郎在這裡的？」

老年人的答覆，極其簡潔有力，道：「我收到了一封由黃教授寫來的信，是他告訴我的！」

高翔又是一怔，道：「黃教授他——」

老年人揮著手，神情有點激動，道：「你先聽我簡單地將事情經過說一遍，他被刺，受了傷，我們不得已發表了他的死訊，而暗中我們一直在設法醫治他。

因為我們相信他知道整個陰謀的關鍵。黃教授是我們的委託人，一切都在極度的秘密之下進行，直到我突然收到了黃教授的來信！」

高翔吸了一口氣，事情和木蘭花的推測完全一樣！

老年人的聲音變得很低沉，道：「黃教授在信中說，他已經有了成績，知道了本世紀最大的一個政治秘密，由於他使用的方法太新，所以當病人在說出了那個秘密之後，本來已經受過重傷的腦部，因為負荷太重，死亡了！」

高翔「哦」地一聲，道：「所以，他才乾脆放了一把火，想毀屍滅跡？」

黃教授為什麼會失蹤，他的屋子為什麼會失火，本來是一件木蘭花和高翔兩人百思不得其解的事，可是這時經那老年人一說，事情原來如此簡單！

那老年人道：「可能是的，問題在於，我們只知道陰謀是政敵發動的，但是具體的情形我們卻不知道，黃教授知道的秘密，也是我們需要知道的。」

高翔道：「你是說，你也不知道他的下落？」

老年人道：「我說過了，我只收到了他的一封信，不知道他人在什麼地方，我來，就是希望你和尊夫人，將他找出來。」

高翔道：「如果你將他那封信給我，那是尋找他的一項重要線索！」

老年人一揮手，一個隨從立時打開他的公事包，將一封信取了出來，略看了一看，已經看出郵戳上的分局名稱。

黃教授在屋子失火之際就離去，一定在什麼地方藏匿了起來，他當然覺得自己在知道了這個秘密之後，生命會有極度危險，所以躲了起來。在那樣的情形下，他不會走很遠的路去寄一封信。

這個郵局分局的所在地，是一個相當荒僻的郊外，高翔做了一個手勢，示意那老人略等一等。

他拿起了電話，找到一個極可靠的警官，道：「派二十個，或更多有良好記錄的幹探，到油橋區去，我可以肯定，黃義和教授躲在那一區，找到他之後，用最嚴密的保安程序，送他到警局去！」

高翔放下了電話，道：「先生，那一區的居民不多，有一個外來人，很容易找出來的。」

他講到這裡，略頓了一頓，才又道：「你說令郎在這裡接受治療是極度秘密的？我看不見得，至少盧利根勳爵就知道，而且可能曾和黃教授接過頭！」

老年人發怒道：「這畜生！我早就知道這陰謀一定和他有關，世上十件骯髒的陰謀，幾乎就有九件和他是有關的。」

高翔道：「木蘭花就是為了找出事情的真相，所以去見他了！」

老年人陡地震動了一下，現出極其關切的神情來，道：「她……她……孩子，快召她回來，她去見那個魔鬼？太危險了，儘管她能力高，可是對付這樣的魔鬼，我也不敢表示樂觀！」

高翔苦笑了一下，道：「我完全同意你的看法、可是她已經去了！」

老年人嘆了一聲，道：「願上蒼保佑她，我們住在本國大使館，請你一有了黃教授的消息，就和我聯絡！」

他說到這裡，揮了揮手，一個隨從推著輪椅，所有人全向外走去。

當那老年人在向外走去之際，仍然喃喃地道：「敢和這樣的魔鬼去見面，這種勇敢，未免過分了！」

高翔聽了，只好苦笑。

木蘭花毅然要去和盧利根見面，當然是極其勇敢的行動，她本來以為，如果自己裝著已經知道了黃教授的下落和秘密，對方一定會和她談判的。可是她卻沒有想到，盧利根派了陸嘉和陳思空來，找尋黃教授而沒有結果。

盧利根有這個自信，他們找不到的人，木蘭花也找不到；而且，木蘭花、高翔的行動也有人監視，所以木蘭花的話，盧利根完全不相信！

而這時，木蘭花看來已經嘗到了失敗的苦果了。

玻璃罩落下來足足三十二小時了，木蘭花已經處在半昏迷狀態中，在半小時之前，她取出了一支小型壓縮氧氣，咬在口中。

當她咬住了那支壓縮氧氣之後，她又做了不少事，包括拿起銅紙鎮，在玻璃罩上亂砸亂打在內。

在一幅巨大的電視螢光幕上，勳爵和陳思空注視著木蘭花這種動作，陳思空冷冷地道：「她完了，我看她身上不會有太多小型壓縮氧氣！」

勳爵揚了揚眉，就在這時，木蘭花已將咬在口中的那支氧氣拋開，又取出了一支來咬上，陳思空道：「還有半小時就完了！」

勳爵又聳了聳肩。

時間慢慢過去，到了將近半小時之際，木蘭花已現出了極其痛苦的神情來，她已經站不穩了，跌倒在地上，滾到了玻璃罩的邊沿。

她的雙眼睜得極大，看她臉部肌肉運動的情形，她像是要在那支氧氣中拚命地吸出氧氣來。

又過了兩分鐘，木蘭花陡地向後一仰，重重地撞在玻璃罩上，身子一扭，扭得臉向上，雙手無力的在玻璃上爬搔著，那種垂死的掙扎，勳爵和陳思空卻看得不動聲息。

又過了半分鐘，咬在木蘭花口中的那支壓縮氧氣跌了下來，木蘭花伏在玻璃罩的邊沿，一動也不動。

勳爵完全不感興趣，向陳思空揮了揮手，道：「你去處理她的屍體吧！」

陳思空道：「遲半小時再去！」

勳爵望向陳思空，陳思空神情木然，道：「她善於控制呼吸，一口氣，可以忍很久，但是，絕不能忍三十分鐘！」

他講到這裡，哈哈大笑起來。

三十分鐘之後，陳思空走進了書房，木蘭花和她才倒下去的時候，完全一樣姿勢地伏著，看來顯然是她一倒下去之際，已經死了。

陳思空處事十分小心，他還是先來到木蘭花的身前，看了一看，然後，後退幾步，按下了一個掣，玻璃罩向上升了起來。

陳思空來到桌前，按下了對講機的掣，道：「來兩個人——」

他才講到這裡，左腿上突然傳來「卡」地一下響。在一剎那間，他甚至沒有感到任何疼痛，只是身子陡地一倒，然後才是一陣劇痛，他的直覺告訴他：左小腿的脛骨斷折了！

可是，他卻不相信那是事實，小腿脛骨怎麼會無緣無故斷折？

他陡地抬起頭來，更是不能相信自己的眼睛，木蘭花在原來伏著的地方，一個翻滾，滾了出去，躍起，右手仍是掌砍的手形，他的小腿，是被木蘭花重重一掌砍斷的！

陳思空將斷腿縮了起來，木蘭花也已經站定了身子，冷冷地道：「想不到吧？」

陳思空的面肉抽搐著，喉際「格格」作響，剎那之間，他臉上的神情，與其說是憤怒，不如說是驚恐，他喃喃地道：「龜息功？」

木蘭花道：「你說呢？」

就在這時，門打開了，兩個大漢走了進來。

那兩個大漢才一進來，木蘭花就抓住了他們的腰際軟肉，同時身子彈起，雙膝一起頂向他們的脊椎骨，那兩個大漢發出痛苦已極的慘叫聲，倒了下去。

木蘭花冷冷地望著陳思空，道：「叫盧利根來，告訴他這裡有新奇的東西看！」

木蘭花一面說，一面向前走去，當她經過陳思空的身邊之際，陳思空驚駭地側了側身子。

木蘭花一直來到暗門之前才站定。

這時，陳思空的神情又變得極度沮喪，他剛才問木蘭花，木蘭花是不是憑著

「龜息功」，所以才能不死的，木蘭花並沒有給他肯定的答覆，而他又絕想不到木蘭花是憑借什麼才不致窒息的，她分明已經用完了那兩支小型壓縮氧氣。

他是一個畢生鑽研中國武術的人，當他看到木蘭花生蹦活跳，若無其事之際，最先想到的，就是木蘭花已經練成了最上乘的內功「龜息功」，她可以任意不呼吸而生存！

「龜息功」只是一門傳說中的武術，事實上是不是存在，也根本沒有人知道，可是陳思空一想到這門功夫，想起自己窮一生之力還未曾練成，木蘭花卻已練成了，他心中的沮喪真是難以形容，他直覺自己不是木蘭花的敵手，更何況木蘭花一出手，就令他斷了一條腿。

一個武術高手，在一種他完全不明白的情形下，一上來就受了重創，那對他的心理造成了一種極其嚴重的威脅。剛才木蘭花只不過在他的身邊經過，他就不由自主地側身避了開去，由此可以知道他心中的恐懼。

木蘭花對心理學研究有素，她知道如今陳思空等於是完全沒有抵抗能力的人一樣，當她來到暗門旁時，她又厲聲道：「叫勳爵進來！」

陳思空震動了一下，喉間發出「咯」地一聲響，按下了椅子背上的一個掣，清了清喉嚨，道：「勳爵，請你進來一下！」

動爵的聲音立時傳了出來，道：「怎麼？有什麼麻煩？我有事！」

這時候，木蘭花的心情也十分緊張，但她卻仍然用極其嚴厲的目光望定了陳思空，運用她堅強的意志，控制對方的意志。

陳思空的喉際又發出了「咯」地一聲，道：「沒有什麼，不過請你來一下！」

動爵的聲音聽來有點不耐煩，但還是道：「好，我就來。」

陳思空呆了一呆，鬆開了按掣的手，望著木蘭花，嘴唇掀動，欲言又止。

木蘭花冷冷地道：「你有什麼話要對我說，可以說了，動爵一來，我就會押著他離去！」

陳思空的面肉抽搐著，道：「聽說……龜息功，可以使人活到一百歲以上？」

木蘭花心中冷笑了一下。陳思空老了，已經超過了八十歲，任何到了這個年紀的人，心中最希望的一件事，大約便是希望可以永遠活下去，自己可說是擊中了他心中最軟弱的一點。

木蘭花點頭道：「不錯，傳說是這樣！」

陳思空立時現出極其熱切的神情來，道：「如果……你可以教我……龜息功秘訣，我……不但聽你的話，還可以幫你！」

木蘭花剛想作表示，書架後面，已傳來了一下輕微的聲響，木蘭花立時向陳思空做了一個手勢，示意他這個問題等一會再說，然後，她揚起了雙手，當書架移開，暗門打開，勳爵出現之際，才踏出一步，木蘭花的右手已經像鐵鉗一樣，鉗住了他的後頸，同時，右手在勳爵的眼前一揚，讓他看到了手中所握的一根四寸長不銹鋼尖刺。

那是木蘭花身邊許多小武器之一，而且，立時將這枚尖刺對準了他的後心，道：「我不相信我用力一刺之下，你可以活過半分鐘！」

這時，木蘭花在勳爵的身後，無法看到他臉上的神情，但是她卻可以清楚地感到勳爵全身的顫抖，不知是由於憤怒還是驚恐。

木蘭花看到陳思空的神情十分苦澀，顯然是這時，勳爵正用責備的目光對著他。

陳思空喃喃地道：「我失敗了……我失敗了！」

勳爵陡地怒吼起來，道：「怎麼一回事，她不是死了麼？我和你全看到的！」

木蘭花冷冷地道：「這次經歷教訓你，有時，連自己的眼睛也是靠不住的！」

勳爵用力掙扎了一下，木蘭花手中的尖刺立時向前伸了一伸，她感到針刺已經刺進了勳爵的肌膚，勳爵的聲音變得嘶啞，道：「你想怎樣？」

木蘭花道：「我只要離開，通知準備飛機和降落傘，如果你沒有接受過高空跳傘訓練的話，那麼，現在就開始祈禱吧！」

動爵的身子又劇烈地發起抖來，陳思空在這時候，提起了一張椅子，毫不費力地就折下兩隻椅腳來，又扯下了上衣，撕成布條，將兩根椅腳牢牢地綁在他的斷腿之上，道：「動爵，除了照她的吩咐去做之外，我看不出有任何其他的辦法！」

動爵又發出了一聲怒吼，木蘭花將針尖又向前略刺了刺，同時推著動爵，向前走去。

木蘭花本來還怕陳思空突然向自己襲擊，以陳思空的能力而論，雖然他斷了一條腿，可是如果他要向木蘭花襲擊的話，木蘭花是決計無法再制住動爵的，而如果動爵一脫出了木蘭花的掌握，那麼，木蘭花會有什麼下場，就再也明白不過了。

可是這時，陳思空卻反過來幫著木蘭花，那令得木蘭花大為放心，她道：「你聽，陳老先生就比你明白得多，你沒有第二條路可走！」

動爵發出一連串的咒罵聲，直到木蘭花手中的尖刺又向前伸出了一些，他才停止了咒罵，按下了對講機的掣，大聲呼叫道：「準備我的座機，我立刻要用！」

當他講完這句話之後，他不由自主地大口大口地喘起氣來。

木蘭花本來以為從古堡到機場還會有一段路程的，可是當她押著動爵，離開書房，經過走廊，穿過大廳之際，已看到一個巨大的水泥坪上，停著一架垂直升空、降落的新型飛機！

木蘭花打從心底發出了一下歡呼聲，因為只要她將動爵押上了飛機，她就可以說是完全脫離險境了。

當她出來的時候，陳思空一拐一拐地跟在她的後面。

木蘭花來到那架飛機之旁，看到附近還有兩三百人之多，但這些人在動爵的大聲呼喝之下，人人只是如同泥塑木雕也似地站著，一動也不敢動。

木蘭花登上了飛機，陳思空也要跟上來，木蘭花道：「陳先生，我不用你陪我！」

陳思空道：「那……龜息功的秘訣……」

木蘭花道：「我會告訴你真實的情形，但不是現在。」

陳思空現出了一絲猶豫的神色來，但是他立時道：「好，我相信你！」他向後退了開去，木蘭花反手關上機艙門，立時在動爵的後腦上，重重擊了一拳，令得他向前一仆，昏了過去。

木蘭花將他緊緊地綁在座位之上，自己坐進了駕駛位，發動了引擎，飛機垂直地向上升了起來。轉眼之間，著名的盧利根堡，就像是兒童積木一般大小了。

木蘭花絕無法忘記，當飛機來到這個國家的邊界附近，木蘭花將飛機交由自動操作儀器操縱，她弄醒了動爵，逼他穿上降落傘，又將他按在救生座位上，一按掣將他整個人彈出去之際，盧利根動爵臉上那種又憤恨又驚恐的神情！

木蘭花在開羅降落，轉了飛機，回到了本市。

她在啟程前，已經和高翔取得了聯絡，所以她一下機，高翔便衝了上來，和她緊緊擁抱。

高翔的神采極其興奮，木蘭花說道：「可是有什麼好消息麼？」

高翔大聲道：「太多了，全是好消息！」

木蘭花揚了揚眉，道：「一件一件說來聽聽！」

高翔和她一起走向車子，一面已迫不及待地道：「第一個好消息，你回來了；第二個好消息，秀珍已經可以起來走動了！第三個消息，安妮醒過來了，她還十分虛弱，可是她腦部所受的震盪，已不足以造成損害，你猜是誰用最新電震療法使安妮醒過來的！」

木蘭花怔了一怔道：「不會是黃義和教授吧！」

高翔這時正來到車前，他用力一掌，拍在車頂上，道：「正是他！這也就是第四個好消息，我們找到了他，憑他寄出的一封信，我們找到了他！」

木蘭花進了車子，高翔坐在駕駛位上。木蘭花問道：「信，他給誰的信？」

高翔道：「給那具無名怪屍的父親。」

木蘭花「啊」地一聲道：「這位老先生來了？」

高翔點頭道：「他來了，而且，我們找到黃教授之後，他和黃教授見過面，密談了一小時之久！」

木蘭花陡地吸了一口氣，高翔笑道：「怎麼，你好像不很高興？」

木蘭花道：「是的，黃教授一定已將他從病人處得知的秘密全部講出來了，這秘密一公開，將掀起極大的政治風波，對整個世界大局而言，實在不是一件好事！」

高翔本來正在飛快地駕車，一聽木蘭花這樣說，陡地踏下了剎車掣，使車子疾停了下來，轉頭向木蘭花望來，神情極其驚訝。

木蘭花道：「怎麼，我說錯了什麼？」

高翔道：「不是，我只是奇怪，何以你說的話，和那位老先生一模一樣。」

木蘭花陡地高興了起來，道：「那位老先生也這樣說，那麼，他是不準備報復了？」

高翔道：「那位老先生的人格十分偉大，當他和黃教授密談之後，他和我說——就像你剛才說的一樣，他說，他本來可以立即採取行動，對付主持行刺陰謀的那批政敵。但是那批政敵在那個大國之中，都身居要職，如果事情一公開，那將形成不堪設想的混亂。所以他要採取另一種方法，令那批政敵一個一個退出政壇，這樣就不致於造成太大的混亂。」

木蘭花吁了一口氣，道：「這位老先生真是偉大，我想見見他！」

高翔道：「他已經走了，和黃教授一起走的，他還說，他會將自己的打算寫一封長信告訴盧利根勳爵，警告盧利根勳爵，如果再在他的國度中搞政治陰謀的話，就將整件事公開！」

木蘭花笑道：「我看在十年之內，盧利根勳爵是再也不敢在那個國家中去搞花樣了！」

高翔繼續駕著車子，向前駛去，木蘭花在餘下來的二十分鐘行程中，卻只是閉目養神，聽高翔敘述經過情形。

二十分鐘之後，車子在醫院前停下，高翔和木蘭花下了車，來到了安妮的病房，還沒有進門，就聽到穆秀珍的聲音在叫：「不行，我非找他比武不可！」

木蘭花推開了門，道：「秀珍，醫院是需要寧靜的，你太大聲了。」

木蘭花一出現，穆秀珍就「哇」地一聲大叫，向木蘭花撲了過來，緊緊地抱住了她。

木蘭花一面輕拍著穆秀珍的背脊，穆秀珍的語音響亮，行動快捷，她的傷勢自然是不礙事了，她看到雲四風和雲五風全在，安妮坐在床上，神情儘管憔悴，但是雙眼之中卻閃耀著澄澈的光芒。

木蘭花輕輕推開了穆秀珍，和她一起坐了下來，道：「安妮，事情結束了！」

安妮坐起來，緊握住木蘭花的手，道：「蘭花姐，我以為再也見不到你了！」

木蘭花深深吸了一口氣，穆秀珍已經迫不及待地道：「你們什麼都瞞著我，安妮受傷，你……究竟是到什麼地方去了？」

雲四風笑道：「她去見了盧利根勳爵！」

雲四風的話一出口，安妮和穆秀珍陡地嚇了一大跳，一起向木蘭花望來，木蘭花微笑著，將她和盧利根勳爵見面的經過，詳細地講述了出來。

木蘭花講完，穆秀珍大叫道：「不對，不對！」

安妮奇道：「什麼不對？」

穆秀珍指著木蘭花道：「蘭花姐，你是沒有法子在缺氧情形下活下去的，你根本不會什麼龜息功啊！」

木蘭花道：「我當然不會龜息功，事實上，是不是真有這門功夫，也是疑問。」每個人臉上都現出十分疑惑的神情來，望定了木蘭花。

木蘭花不出聲，一分鐘之後，安妮先笑了起來，道：「我明白了！」

穆秀珍瞪著眼，顯然她還不明白，忙伸手一推安妮，安妮道：「玻璃罩下的地面是合金鋼的——」

她一面說，一面向木蘭花望了一眼，看到木蘭花嘉許的神情，她知道自己料對了，才繼續道：「蘭花姐的身邊一定帶著一小瓶王水，這種一份硝酸、三份鹽酸的混合液體，可以腐蝕合金鋼，使得玻璃罩之下現出一道隙縫來。」

穆秀珍又向木蘭花望來，木蘭花笑道：「所以，我在裝著死去之際，必須伏向下，好使自己的口鼻剛好對住了這條縫。」

各人一起笑了起來，穆秀珍道：「陳思空還在等著什麼龜息功的秘訣哩，讓他慢慢等吧！」

《木蘭花傳奇》全系列已至尾聲，然而東方三俠的故事並未畫上句點！他們仍會抱著冒險的精神，深入世界各個黑暗處，只要哪裡有不法或疑難的事，就會看到他們的身影，繼續打擊犯罪，聲張正義！

倪匡奇情作品集

木蘭花傳奇30殺神（含：重嫌、秘辛）

作　者：倪匡
發行人：陳曉林
出版所：風雲時代出版股份有限公司
地址：10576台北市民生東路五段178號7樓之3
電話：(02) 2756-0949
傳真：(02) 2765-3799
執行主編：朱墨菲
美術設計：許惠芳
業務總監：張瑋鳳
出版日期：2024年8月
版權授權：倪匡
ISBN ：978-626-7464-16-8
風雲書網：http://www.eastbooks.com.tw
官方部落格：http://eastbooks.pixnet.net/blog
Facebook：http://www.facebook.com/h7560949
E-mail：h7560949@ms15.hinet.net
劃撥帳號：12043291
戶名：風雲時代出版股份有限公司

風雲發行所：33373桃園市龜山區公西村2鄰復興街304巷96號
電話：(03) 318-1378　　傳真：(03) 318-1378
法律顧問：永然法律事務所 李永然律師
　　　　　北辰著作權事務所 蕭雄淋律師

行政院新聞局局版台業字第3595號 營利事業統一編號22759935

定價：299元　　**版權所有　翻印必究**

國家圖書館出版品預行編目資料

殺神／倪匡 著. -- 臺北市：風雲時代出版股份有限公司, 2024.06 面； 公分.（木蘭花傳奇；30）

ISBN : 978-626-7464-16-8（平裝）

857.7　　113005410